पूस की रात

और अन्य कहानियाँ

31 जुलाई, 1880 को वाराणसी के निकट लमही नमक ग्राम में जन्मे धनपतराय श्रीवास्तव या मुंशी प्रेमचंद, एक ऐसा व्यक्तित्व है जिसे परिचय की आवश्यकता नहीं। प्रेमचंद ने अपने जीवनकाल में हिन्दी और उर्दू साहित्य को अपनी बेशकीमती रचनाओं से अलंकृत किया है। इनमें *सेवासदन, प्रेमाश्रम, रंगभूमि, निर्मला, गबन, कर्मभूमि, गोदान* आदि लगभग डेढ़ दर्जन उपन्यास तथा *कफन, पूस की रात, पंच परमेश्वर, बड़े घर की बेटी, बूढ़ी काकी, दो बैलों की कथा* आदि तीन सौ से अधिक कहानियाँ शामिल हैं। उन्होंने अपने दौर की सभी प्रमुख उर्दू और हिन्दी पत्रिकाओं— *जमाना, सरस्वती, माधुरी, मर्यादा, चाँद, सुधा* आदि में लिखा। उन्होंने हिन्दी समाचार पत्र *जागरण* तथा साहित्यिक पत्रिका *हंस* का संपादन और प्रकाशन भी किया।

उनकी रचनाओं में समाज सुधार आन्दोलनों, स्वाधीनता संग्राम तथा प्रगतिवादी आन्दोलनों के सामाजिक प्रभावों का स्पष्ट चित्रण है। उनमें दहेज, अनमेल विवाह, पराधीनता, लगान, छूआछूत, जाति भेद, विधवा विवाह, आधुनिकता, स्त्री-पुरुष समानता आदि, उस दौर की सभी प्रमुख समस्याओं का चित्रण मिलता है। अपने जीवन के अंतिम दिनों तक वे साहित्य सृजन में लगे रहे। हिन्दी साहित्य के क्षेत्र में 1918-1936 के काल खंड को 'प्रेमचंद युग' भी कहा जाता है।

पूस की रात

और अन्य कहानियाँ

मुंशी प्रेमचंद

ekadā

ekadā

First published in Hindi as *Poos ki Raat aur Anya Kahaniyan* in 2023 by Eka, an imprint of Westland Books, a division of Nasadiya Technologies Private Limited

Published in 2025 by Ekadā, an imprint of Westland Books, a division of Nasadiya Technologies Private Limited

No. 269/2B, First Floor, 'Irai Arul', Vimalraj Street, Nethaji Nagar, Alapakkam Main Road, Maduravoyal, Chennai 600095

Westland, the Westland logo, Ekadā and the Ekadā logo are the trademarks of Nasadiya Technologies Private Limited, or its affiliates.

ISBN: 9789357769389

10 9 8 7 6 5 4

This is a work of fiction. Names, characters, organisations, places, events and incidents are either products of the author's imagination or used fictitiously.

Typeset in ChanakyaUni by Neo Software Consultants, Prayagraj

Printed at Parksons Graphics Pvt. Ltd

विषय-सूची

पूस की रात

हल्कू ने आकर स्त्री से कहा—'सहना आया है, लाओ, जो रुपये रखे हैं, उसे दे दूँ, किसी तरह गला तो छूटे।'

मुन्नी झाड़ू लगा रही थी। पीछे फिरकर बोली—'तीन ही तो रुपये हैं; दे दोगे तो कम्मल कहाँ से आवेगा? माघ-पूस की रात हार में कैसे कटेगी। उससे कह दो, फसल पर रुपये दे देंगे। अभी नहीं।'

हल्कू एक क्षण अनिश्चित दशा में खड़ा रहा। पूस सिर पर आ गया, कम्मल के बिना हार में रात को वह किसी तरह नहीं जा सकता। मगर सहना मानेगा नहीं, घुड़कियाँ जमावेगा, गालियाँ देगा। बला से जाड़ों मरेंगे, बला सिर से टल जायेगी। यह सोचता हुआ वह अपना भारी-भरकम डील लिए हुए (जो उसके नाम को झूठ सिद्ध करता था) स्त्री के समीप आ गया और खुशामद करके बोला—'ला दे दे, गला तो छूटे। कम्मल के लिए कोई दूसरा उपाय सोचूँगा।'

मुन्नी उसके पास से दूर हट गयी और आँखें तरेरती हुई बोली—'कर चुके दूसरा उपाय! जरा सुनूँ, कौन उपाय करोगे? कोई खैरात दे देगा कम्मल? न जाने कितनी बाकी है जो किसी तरह चुकने ही नहीं आती। मैं कहती हूँ, तुम क्यों नहीं खेती छोड़ देते? मर-मर काम करो, उपज हो तो बाकी दे दो, चलो छुट्टी हुई। बाकी चुकाने के लिए ही तो हमारा जनम हुआ है। पेट के लिए मजूरी करो। ऐसी खेती में बाज आये। मैं रुपये न दूँगी—न दूँगी।'

हल्कू उदास होकर बोला—'तो क्या गाली खाऊँ?'

मुन्नी ने तड़पकर कहा—'गाली क्यों देगा, क्या उसका राज है?'

मगर यह कहने के साथ उसकी तनी हुई भौंहें ढीली पड़ गयीं। हल्कू के उस वाक्य में जो कठोर सत्य था, वह मानो एक भीषण जन्तु की भाँति उसे घूर रहा था।

उसने जाकर आले पर से रुपये निकाले और लाकर हल्कू के हाथ पर रख दिये। फिर बोली—'तुम छोड़ दो अबकी से खेती। मजूरी में सुख से एक रोटी खाने को तो मिलेगी। किसी की धौंस तो न रहेगी। अच्छी खेती है! मजूरी करके लाओ, वह उसी में झोंक दो, उस पर से धौंस।'

हल्कू ने रुपये लिए और इस तरह बाहर चला मानो अपना हृदय निकालकर देने जा रहा हो। उसने मजूरी से एक-एक पैसा काट-कपटकर तीन रुपये कम्मल के लिए जमा किये थे। वह आज निकले जा रहे थे। एक-एक पग के साथ उसका मस्तक अपनी दीनता के भार से दबा जा रहा था।

2

पूस की अँधेरी रात! आकाश पर तारे ठिठुरते हुए मालूम होते थे। हल्कू अपने खेत के किनारे ऊख के पत्तों की एक छतरी के नीचे बाँस के खटोले पर अपनी पुरानी गाढ़े की चादर ओढ़े काँप रहा था। खाट के नीचे उसका संगी कुत्ता जबरा पेट में मुँह डाले सर्दी से कूँ-कूँ कर रहा था। दो में से एक को भी नींद न आती थी।

हल्कू ने घुटनियों को गर्दन में चिपकाते हुए कहा—'क्यों जबरा, जाड़ा लगता है? कहता तो था, घर में पुआल पर लेट रह, तो यहाँ क्या लेने आये थे। अब खाओ ठण्ड, मैं क्या करूँ। जानते थे, मैं यहाँ हलुवा-पूरी खाने आ रहा हूँ, दौड़े-दोड़े आगे-आगे चले आये। अब रोओ नानी के नाम को।'

जबरा ने पड़े-पड़े दुम हिलाई और अपनी कूँ-कूँ को दीर्घ बनाता हुआ एक बार जम्हाई लेकर चुप हो गया। उसकी श्वान-बुद्धि ने शायद ताड़ लिया, स्वामी को मेरी कूँ-कूँ से नींद नहीं आ रही है।

हल्कू ने हाथ निकालकर जबरा की ठंडी पीठ सहलाते हुए कहा—'कल से मत आना मेरे साथ, नहीं तो ठंडे हो जाओगे। यह राँड पछुआ न जाने कहाँ से बरफ लिए आ रही है। उठूँ, फिर एक चिलम भरूँ। किसी तरह रात तो कटे! आठ चिलम तो पी चुका। यह खेती का मजा है! और एक-एक भागवान ऐसे पड़े हैं, जिनके पास जाड़ा जाये तो गर्मी से घबराकर भागे। मोटे-मोटे गद्दे, लिहाफ-कम्मल। मजाल है कि जाड़े का गुजर हो जाये। तकदीर की खूबी है! मजूरी हम करें, मजा दूसरे लूटें!'

हल्कू उठा और गड्ढे में से जरा-सी आग निकालकर चिलम भरी। जबरा भी उठ बैठा।

हल्कू ने चिलम पीते हुए कहा, 'पियेगा चिलम, जाड़ा तो क्या जाता है, जरा मन बहल जाता है।'

जबरा ने उसके मुँह की ओर प्रेम से छलकती हुई आँखों से देखा।

हल्कू—'आज और जाड़ा खा ले। कल से मैं यहाँ पुआल बिछा दूँगा। उसी में घुसकर बैठना, तब जाड़ा न लगेगा।'

जबरा ने अगले पंजे उसकी घुटनियों पर रख दिये और उसके मुँह के पास अपना मुँह ले गया। हल्कू को उसकी गर्म साँस लगी।

चिलम पीकर हल्कू फिर लेटा और निश्चय करके लेटा कि चाहे कुछ हो अबकी सो जाऊँगा, पर एक ही क्षण में उसके हृदय में कम्पन होने लगा। कभी इस करवट लेटता, कभी उस करवट; पर जाड़ा किसी पिशाच की भाँति उसकी छाती को दबाये हुए था।

जब किसी तरह न रहा गया तो उसने जबरा को धीरे से उठाया और उसके सिर को थपथपाकर उसे अपनी गोद में सुला लिया। कुत्ते की देह से जाने कैसी दुर्गन्ध आ रही थी, पर वह उसे अपनी गोद से चिपटाये हुए ऐसे सुख का अनुभव कर रहा था, जो इधर महीनों से उसे न मिला था। जबरा शायद समझ रहा था कि स्वर्ग यही है; और हल्कू की पवित्र आत्मा में तो उस कुत्ते के प्रति घृणा की गन्ध तक न थी! अपने किसी अभिन्न मित्र या भाई को भी वह इतनी ही तत्परता से गले लगाता। वह अपनी दीनता से आहत न था, जिसने आज उसे इस दशा को पहुँचा दिया। नहीं, इस अनोखी मैत्री ने जैसे उसकी आत्मा के सब द्वार खोल दिये थे और उसका एक-एक अणु प्रकाश से चमक रहा था।

सहसा जबरा ने किसी जानवर की आहट पाई। इस विशेष आत्मीयता ने उसमें एक नई स्फूर्ति पैदा कर दी थी, जो हवा के ठंडे झोकों को तुच्छ समझती थी। वह झपटकर उठा और छतरी के बाहर आकर भूँकने लगा। हल्कू ने उसे कई बार चुमकारकर बुलाया; पर वह उसके पास न आया। हार में चारों तरफ दौड़-दौड़ कर भूँकता रहा। एक क्षण के लिए आ भी जाता तो तुरंत ही फिर दौड़ता। कर्तव्य उसके हृदय में अरमान की भाँति उछल रहा था।

3

एक घंटा और गुजर गया। रात ने शीत को हवा से धधकाना शुरू किया। हल्कू उठ बैठा और दोनों घुटनों को छाती से मिलाकर सिर को उसमें छिपा लिया। फिर भी ठंड कम न हुई। ऐसा जान पड़ता था, सारा रक्त जम गया है, धमनियों में रक्त की जगह हिम बह रहा है। उसने झुककर आकाश की ओर देखा, अभी कितनी रात बाकी है। सप्तर्षि अभी आकाश में आधे भी नहीं चढ़े। ऊपर आ जायेंगे तब कहीं सबेरा होगा। अभी पहर भर से ऊपर रात है।

हल्कू के खेत से कोई एक गोली के टप्पे पर आमों का बाग था। पतझड़ शुरू हो गई थी। बाग में पत्तियों का ढेर लगा हुआ था। हल्कू ने सोचा, चलकर पत्तियाँ बटोरूँ और उन्हें जलाकर खूब तापूँ। रात को कोई मुझे पत्तियाँ बटोरते देखे तो समझे कोई भूत है। कौन जाने कोई जानवर ही छिपा बैठा हो; मगर अब तो बैठे नहीं रहा जाता।

उसने पास के अरहर के खेत में जाकर कई पौधे उखाड़ लिए और उनका एक झाड़ू बनाकर हाथ में सुलगता हुआ उपला लिए बगीचे की तरफ चला। जबरा ने उसे आते देखा तो पास आया और दुम हिलाने लगा।

हल्कू ने कहा—'अब तो नहीं रहा जाता जबरू! चलो, बगीचे में पत्तियाँ बटोरकर तापें। टाँठे हो जायेंगे, तो फिर आकर सोयेंगे। अभी तो रात बहुत है।'

जबरा ने कूँ-कूँ करके सहमति प्रकट की और आगे-आगे बगीचे की ओर चला।

बगीचे में खूब अँधेरा छाया हुआ था और अँधकार में निर्दय पवन पत्तियों को कुचलता हुआ चला जाता था। वृक्षों से ओस की बूँदें टप-टप नीचे टपक रही थीं।

एकाएक एक झोंका मेंहदी के फूलों की खुशबू लिए हुए आया।

हल्कू ने कहा—'कैसी अच्छी महक आई जबरू! तुम्हारी नाक में भी सुगन्ध आ रही है?'

जबरा को कहीं जमीन पर एक हड्डी पड़ी मिल गई थी। उसे चिचोड़ रहा था।

हल्कू ने आग जमीन पर रख दी और पत्तियाँ बटोरने लगा। जरा देर में पत्तियों का एक ढेर लग गया। हाथ ठिठुरे जाते थे। नंगे पाँव गले जाते थे। और वह पत्तियों का पहाड़ खड़ा कर रहा था। इसी अलाव में वह ठंड को जलाकर भस्म कर देगा।

थोड़ी देर में अलाव जल उठा। उसकी लौ ऊपर वाले वृक्ष की पत्तियों को छू-छूकर भागने लगीं। उस अस्थिर प्रकाश में बगीचे के विशाल वृक्ष ऐसे मालूम होते थे, मानो उस अथाह अँधकार को अपने सिरों पर सँभाले हुए हों। अँधकार के उस अनन्त सागर में यह प्रकाश एक नौका के समान हिलता, मचलता हुआ जान पड़ता था।

हल्कू अलाव के सामने बैठा आग ताप रहा था। एक क्षण में उसने दोहर उतारकर बगल में दबा ली और दोनों पाँव फैला दिये, मानो ठंड को ललकार रहा हो, तेरे जी में जो आये सो कर। ठंड की असीम शक्ति पर विजय पाकर वह विजय-गर्व को हृदय में छिपा न सकता था।

उसने जबरा से कहा—'क्यों जब्बर, अब ठंड नहीं लग रही है?'

जब्बर ने कूँ-कूँ करके मानो कहा—'अब क्या ठंड लगती ही रहेगी।'

'पहले से यह उपाय न सूझा, नहीं इतनी ठंड क्यों खाते।'

जबरा ने पूँछ हिलाई।

'अच्छा आओ इस अलाव को कूद कर पार करें। देखें, कौन निकल जाता है। अगर जल गए बचा, तो मैं दवा न करूँगा।'

जबरा ने उस अग्निराशि की ओर कातर नेत्रों से देखा।

'मुन्नी से कल न कह देना नहीं तो लड़ाई करेगी।'

यह कहता हुआ वह उछला और अलाव के ऊपर से साफ निकल गया! पैरों में जरा लपट लगी; पर वह कोई बात न थी। जबरा आग के गिर्द घूमकर उसके पास आ खड़ा हुआ।

हल्कू ने कहा—'चलो-चलो, इसकी सही नहीं। ऊपर से कूदकर आओ। वह फिर कूदा और अलाव के इस पार आ गया।'

4

पत्तियाँ जल चुकी थीं। बगीचे में फिर अँधेरा छाया था। राख के नीचे कुछ-कुछ आग बाकी थी, जो हवा का झोंका आ जाने पर जरा जाग उठती थी; पर एक क्षण में फिर आँखें बन्द कर लेती थी।

हल्कू ने फिर चादर ओढ़ ली और गर्म राख के पास बैठा हुआ एक गीत गुनगुनाने लगा। उसके बदन में गर्मी आ गयी थी; पर ज्यों-ज्यों शीत बढ़ती जाती थी, उसे आलस्य दबाये लेता था।

जबरा जोर से भूँककर खेत की ओर भागा। हल्कू को ऐसा मालूम हुआ कि जानवरों का एक झुण्ड उसके खेत में आया है। शायद नीलगायों का झुण्ड था। उनके कूदने-दौड़ने की आवाजें साफ कान में आ रही थीं। फिर ऐसा मालूम हुआ कि वह खेत में चर रही हैं। उनके चबाने की आवाज चर-चर सुनायी देने लगी?

उसने दिल में कहा—'नहीं, जबरा के होते कोई जानवर खेत में नहीं आ सकता। नोच ही डाले। मुझे भ्रम हो रहा है। कहाँ! अब तो कुछ नहीं सुनायी देता। मुझे भी कैसा धोखा हुआ!'

उसने जोर से आवाज लगायी—'जबरा, जबरा।'

जबरा भूँकता रहा। उसके पास न आया।

फिर खेत के चरे जाने की आहट मिली। अब वह अपने को धोखा न दे सका। उसे अपनी जगह से हिलना जहर लग रहा था। कैसा दंदाया हुआ था। इस जाड़े-पाले में खेत में जाना, जानवरों के पीछे दौड़ना असूझ जान बैठा पड़ा। वह अपनी जगह से न हिला।

उसने जोर से आवाज लगायी—'लिहो-लिहो! लिहो!!'

जबरा भूँक उठा। जानवर खेत चर रहे थे। फसल तैयार है। कैसी अच्छी खेती थी; पर ये दुष्ट जानवर उसका सर्वनाश किये डालते हैं।

हल्कू पक्का इरादा करके उठा और दो-तीन कदम चला; पर एकाएक हवा का ऐसा ठण्डा, चुभनेवाला, बिच्छू के डंक का सा झोंका लगा कि वह फिर बुझते हुए अलाव के पास आ बैठा और राख को कुरेदकर अपनी ठण्डी देह को गर्माने लगा।

जबरा अपना गला फाड़े डालता था, नीलगायें खेत का सफाया किए डालती थीं। और हल्कू गर्म राख के पास शांत बैठा हुआ था। अकर्मण्यता ने रस्सियों की भाँति उसे चारों तरफ से जकड़ रखा था।

उसी राख के पास गर्म जमीन पर वह चादर ओढ़कर सो गया।

सबेरे जब उसकी नींद खुली, तब चारों तरफ धूप फैल गयी थी। और मुन्नी कह रही थी—'क्या आज सोते ही रहोगे? तुम यहाँ आकर रम गये और उधर सारा खेत चौपट हो गया।'

हल्कू ने उठकर कहा—'क्या तू खेत से होकर आ रही है?'

मुन्नी बोली—'हाँ, सारे खेत का सत्यानाश हो गया। भला ऐसा भी कोई सोता है! तुम्हारे मड़ैया डालने से क्या हुआ?'

हल्कू ने बहाना किया—'मैं मरते-मरते बचा, तुझे अपने खेत की पड़ी है। पेट में ऐसा दरद हुआ, कि मैं ही जानता हूँ।'

दोनों फिर खेत की डाँड़ पर आये। देखा, सारा खेद रौंदा पड़ा हुआ है, और जबरा मड़ैया के नीचे चित लेटा है; मानो प्राण ही न हों।

दोनों खेत की दशा देख रहे थे। मुन्नी के मुख पर उदासी छाई थी। पर हल्कू प्रसन्न था।

मुन्नी ने चिंतित होकर कहा—'अब मजूरी करके मालगुजारी भरनी पड़ेगी।'

हल्कू ने प्रसन्न-मुख से कहा—'रात की ठण्ढ में यहाँ सोना तो न पड़ेगा।'

कुसुम

साल भर की बात है, एक दिन शाम को हवा खाने जा रहा था कि महाशय नवीन से मुलाक़ात हो गयी। मेरे पुराने दोस्त हैं, बड़े बेतकल्लुफ़ और मनचले। आगरे में मकान है, अच्छे कवि हैं। उनके कवि-समाज में कई बार शरीक हो चुका हूँ। ऐसा कविता का उपासक मैंने नहीं देखा। पेशा तो वकालत है; पर डूबे रहते हैं काव्य-चिंतन में। आदमी ज़हीन हैं, मुक़दमा सामने आया और उसकी तह तक पहुँच गये; इसलिए कभी-कभी मुक़दमे मिल जाते हैं, लेकिन कचहरी के बाहर अदालत या मुक़दमे की चर्चा उनके लिए निषिद्ध है। अदालत की चारदीवारी के अन्दर चार-पाँच घंटे वह वकील होते हैं। चारदीवारी के बाहर निकलते ही कवि हैं—सिर से पाँव तक। जब देखिये, कवि-मण्डल जमा है, कवि-चर्चा हो रही है, रचनाएँ सुन रहे हैं। मस्त हो-होकर झूम रहे हैं, और अपनी रचना सुनाते समय तो उन पर एक तल्लीनता-सी छा जाती है। कण्ठ स्वर भी इतना मधुर है कि उनके पद बाण की तरह सीधे कलेजे में उतर जाते हैं। अध्यात्म में माधुर्य की सृष्टि करना, निर्गुण में सगुण की बहार दिखाना उनकी रचनाओं की विशेषता है। वह जब लखनऊ आते हैं, मुझे पहले सूचना दे दिया करते हैं। आज उन्हें अनायास लखनऊ में देखकर मुझे आश्चर्य हुआ—'आप यहाँ कैसे? कुशल तो है? मुझे आने की सूचना तक न दी।'

बोले—'भाईजान, एक जंजाल में फँस गया हूँ। आपको सूचित करने का समय न था। फिर आपके घर को मैं अपना घर समझता हूँ। इस

तकल्लुफ़ की क्या ज़रूरत है कि आप मेरे लिए कोई विशेष प्रबन्ध करें। मैं एक ज़रूरी मुआमले में आपको कष्ट देने आया हूँ। इस वक्त की सैर को स्थगित कीजिए और चलकर मेरी विपत्ति-कथा सुनिये।'

मैंने घबड़ाकर कहा—'आपने तो मुझे चिन्ता में डाल दिया। आप और विपत्ति-कथा! मेरे तो प्राण सूखे जाते हैं।'

'घर चलिए, चित्त शान्त हो तो सुनाऊँ!'

'बाल-बच्चे तो अच्छी तरह हैं?'

'हाँ, सब अच्छी तरह हैं। वैसी कोई बात नहीं है!'

'तो चलिए, रेस्ट्रां में कुछ जलपान तो कर लीजिये।'

'नहीं भाई, इस वक्त मुझे जलपान नहीं सूझता।'

हम दोनों घर की ओर चले।

घर पहुँचकर उनका हाथ-मुँह धुलाया, शरबत पिलाया। इलायची-पान खाकर उन्होंने अपनी विपत्ति-कथा सुनानी शुरू की—

'कुसुम के विवाह में आप गये ही थे। उसके पहले भी आपने उसे देखा था। मेरा विचार है कि किसी सरल प्रकृति के युवक को आकर्षित करने के लिए जिन गुणों की ज़रूरत है, वह सब उसमें मौजूद हैं। आपका क्या खयाल है?'

मैंने तत्परता से कहा—'मैं आपसे कहीं ज्यादा कुसुम का प्रशंसक हूँ। ऐसी लज्जाशील, सुघड़, सलीक़ेदार और विनोदिनी बालिका मैंने दूसरी नहीं देखी।'

महाशय नवीन ने करुण स्वर में कहा—'वही कुसुम आज अपने पति के निर्दय व्यवहार के कारण रो-रोकर प्राण दे रही है। उसका गौना हुए एक साल हो रहा है। इस बीच में वह तीन बार ससुराल गयी, पर उसका पति उससे बोलता ही नहीं। उसकी सूरत से बेज़ार है। मैंने बहुत चाहा कि उसे बुलाकर दोनों में सफाई करा दूँ, मगर न आता है, न मेरे पत्रों का उत्तर देता है। न जाने क्या गाँठ पड़ गयी है कि उसने इस बेदर्दी से आँखें फेर लीं। अब सुनता हूँ, उसका दूसरा विवाह होने वाला है। कुसुम का बुरा हाल हो रहा है। आप शायद उसे देखकर पहचान भी न सकें। रात-दिन रोने के सिवा दूसरा काम नहीं है। इससे आप हमारी परेशानी का

अनुमान कर सकते हैं। ज़िन्दगी की सारी अभिलाषाएँ मिटी जाती हैं। हमें ईश्वर ने पुत्र न दिया; पर हम अपनी कुसुम को पाकर सन्तुष्ट थे और अपने भाग्य को धन्य मानते थे। उसे कितने लाड़-प्यार से पाला, कभी उसे फूल की छड़ी से भी न छुआ। उसकी शिक्षा-दीक्षा में कोई बात उठा न रखी। उसने बी० ए० नहीं पास किया, लेकिन विचारों की प्रौढ़ता और ज्ञान-विस्तार में किसी ऊँचे दर्जे की शिक्षित महिला से कम नहीं। आपने उसके लेख देखे हैं। मेरा खयाल है, बहुत कम देवियाँ वैसे लेख लिख सकती हैं! समाज, धर्म नीति सभी विषयों में उसके विचार बड़े परिष्कृत हैं। बहस करने में तो वह इतनी पटु है कि मुझे आश्चर्य होता है। गृह-प्रबन्ध में इतनी कुशल कि मेरे घर का प्राय: सारा प्रबन्ध उसी के हाथ में था; किन्तु पति की दृष्टि में वह पाँव की धूल के बराबर भी नहीं। बार-बार पूछता हूँ, तूने उसे कुछ कह दिया है, या क्या बात है? आखिर, वह क्यों तुझसे इतना उदासीन है? इसके जवाब में रोकर यही कहती है—*मुझसे तो उन्होंने कभी कोई बातचीत ही नहीं की।* मेरा विचार है कि पहले ही दिन दोनों में कुछ मनमुटाव हो गया। वह कुसुम के पास आया होगा और उससे कुछ पूछा होगा। उसने मारे शर्म के जवाब न दिया होगा। संभव है, उससे दो-चार बातें और भी की हों। कुसुम ने सिर न उठाया होगा। आप जानते ही हैं, वह कितनी शर्मीली है। बस, पतिदेव रूठ गये होंगे। मैं तो कल्पना ही नहीं कर सकता कि कुसुम-जैसी बालिका से कोई पुरुष उदासीन रह सकता है, लेकिन दुर्भाग्य को कोई क्या करे? दुखिया ने पति के नाम कई पत्र लिखे, पर उस निर्दयी ने एक का भी जवाब न दिया! सारी चिट्ठियाँ लौटा दीं। मेरी समझ में नहीं आता कि उस पाषाण-हृदय को कैसे पिघलाऊँ? मैं अब खुद तो उसे कुछ लिख नहीं सकता। आप ही कुसुम की प्राण रक्षा करें, नहीं तो शीघ्र ही उसके जीवन का अन्त हो जायेगा और उसके साथ हम दोनों प्राणी भी सिधार जायेंगे। उसकी व्यथा अब नहीं देखी जाती।'

नवीनजी की आँखें सजल हो गयीं। मुझे भी अत्यन्त क्षोभ हुआ। उन्हें तसल्ली देता हुआ बोला—'आप इतने दिनों इस चिन्ता में पड़े रहे, मुझसे पहले ही क्यों न कहा? मैं आज ही मुरादाबाद जाऊँगा और उस लौंडे की इस बुरी तरह खबर लूँगा कि वह भी याद करेगा। बचा को ज़बरदस्ती घसीट कर लाऊँगा और कुसुम के पैरों पर गिरा दूँगा।'

नवीनजी मेरे आत्मविश्वास पर मुसकराकर बोले—'आप उससे क्या कहेंगे?'

'यह न पूछिये! वशीकरण के जितने मन्त्र हैं; उन सभी की परीक्षा करूँगा।'

'तो आप कदापि सफल न होंगे। वह इतना शीलवान, इतना विनम्र, इतना प्रसन्न मुख है, इतना मधुर-भाषी कि आप वहाँ से उसके भक्त होकर लौटेंगे! वह नित्य आपके सामने हाथ बाँधे खड़ा रहेगा। आपकी सारी कठोरता शान्त हो जायेगी। आपके लिए तो एक ही साधन है। आपके कलम में जादू है! आपने कितने ही युवकों को सन्मार्ग पर लगाया है। हृदय में सोयी हुई मानवता को जगाना आपका कर्तव्य है। मैं चाहता हूँ, आप कुसुम की ओर से ऐसा करुणा-जनक, ऐसा दिल हिला देनेवाला पत्र लिखें कि वह लज्जित हो जाये और उसकी प्रेम-भावना सचेत हो उठे। मैं जीवन-पर्यन्त आपका आभारी रहूँगा।'

नवीनजी कवि ही तो ठहरे। इस तजबीज में वास्तविकता की अपेक्षा कवित्व ही की प्रधानता थी। आप मेरे कई गल्पों को पढ़कर रो पड़े हैं, इससे आपको विश्वास हो गया है कि मैं चतुर सँपेरे की भाँति जिस दिल को चाहूँ, नचा सकता हूँ। आपको यह मालूम नहीं कि सभी मनुष्य कवि नहीं होते, और न एक-से-भावुक। जिन गल्पों को पढ़कर आप रोये हैं, उन्हीं गल्पों को पढ़कर कितने ही सज्जनों ने विरक्त होकर पुस्तक फेंक दी है। पर इन बातों का वह अवसर न था। वह समझते कि मैं अपना गला छुड़ाना चाहता हूँ, इसलिए मैंने सहृदयता से कहा—'आपको बहुत दूर की सूझी। और मैं उस प्रस्ताव से सहमत हूँ और यद्यपि आपने मेरी करुणोत्पादक शक्ति का अनुमान करने में अत्युक्ति से काम लिया है; लेकिन मैं आपको निराश न करूँगा। मैं पत्र लिखूँगा और यथाशक्ति उस युवक की न्याय-बुद्धि को जगाने की चेष्टा भी करूँगा, लेकिन आप अनुचित न समझें तो पहले मुझे वह पत्र दिखा दें, जो कुसुम ने अपने पति के नाम लिखे थे, उसने पत्र तो लौटा ही दिये हैं और यदि कुसुम ने उन्हें फाड़ नहीं डाला है, तो उसके पास होंगे। उन पत्रों को देखने से मुझे ज्ञात हो जायेगा कि किन पहलुओं पर लिखने की गुंजाइश बाक़ी है।'

नवीनजी ने जेब से पत्रों का एक पुलिन्दा निकालकर मेरे सामने रख दिया और बोले—'मैं जानता था आप इन पत्रों को देखना चाहेंगे, इसलिए

इन्हें साथ लेता आया। आप इन्हें शौक से पढ़ें। कुसुम जैसी मेरी लड़की है, वैसी ही आपकी भी लड़की है। आपसे क्या परदा!'

सुगन्धित, गुलाबी, चिकने कागज पर बहुत ही सुन्दर अक्षरों में लिखे उन पत्रों को मैंने पढ़ना शुरू किया—

मेरे स्वामी, मुझे यहाँ आये एक सप्ताह हो गया; लेकिन आँखें पल-भर के लिए भी नहीं झपकीं। सारी रात करवटें बदलते बीत जाती है। बार-बार सोचती हूँ, मुझसे ऐसा क्या अपराध हुआ कि उसकी आप मुझे सजा दे रहे हैं। आप मुझे झिड़कें; घुड़कें, कोसें; इच्छा हो तो मेरे कान भी पकड़ें। मैं इन सभी सजाओं को सहर्ष सह लूँगी; लेकिन यह निष्ठुरता नहीं सही जाती। मैं आपके घर एक सप्ताह रही। परमात्मा जानता है कि मेरे दिल में क्या-क्या अरमान थे। मैंने कितनी बार चाहा कि आपसे कुछ पूछूँ; आपसे अपने अपराधों को क्षमा कराऊँ; लेकिन आप मेरी परछाईं से भी दूर भागते थे। मुझे कोई अवसर न मिला। आपको याद होगा कि जब दोपहर को सारा घर सो जाता था; तो मैं आपके कमरे में जाती थी और घण्टों सिर झुकाये खड़ी रहती थी; पर आपने कभी आँख उठाकर न देखा। उस वक्त मेरे मन की क्या दशा होती थी, इसका कदाचित् आप अनुमान न कर सकेंगे। मेरी जैसी अभागिनी स्त्रियाँ इसका कुछ अन्दाज़ कर सकती हैं। मैंने अपनी सहेलियों से उनकी सोहागरात की कथाएँ सुन-सुनकर अपनी कल्पना में सुखों का जो स्वर्ग बनाया था उसे आपने कितनी निर्दयता से नष्ट कर दिया!

मैं आपसे पूछती हूँ, क्या आपके ऊपर मेरा कोई अधिकार नहीं है? अदालत भी किसी अपराधी को दंड देती है, तो उस पर कोई-न-कोई अभियोग लगाती है, गवाहियाँ लेती है, उनका बयान सुनती है। आपने तो कुछ पूछा ही नहीं। मुझे अपनी खता मालूम हो जाती, तो आगे के लिए सचेत हो जाती। आपके चरणों पर गिरकर कहती, मुझे क्षमा-दान दो। मैं शपथपूर्वक कहती हूँ, मुझे कुछ नहीं मालूम, आप क्यों रुष्ट हो गये। सम्भव है, आपने अपनी पत्नी में जिन गुणों को देखने की कामना की हो, वे मुझमें न हों। बेशक मैं अँगरेज़ी नहीं पढ़ी, अँगरेज़ी-समाज की रीति-नीति से परिचित नहीं, न अँगरेज़ी खेल ही खेलना जानती हूँ। और भी कितनी ही त्रुटियाँ मुझमें होंगी। मैं जानती हूँ कि मैं आपके योग्य न थी। आपको मुझसे कहीं अधिक रूपवती, गुणवती, बुद्धिमती स्त्री मिलनी

चाहिए थी; लेकिन मेरे देवता, दंड अपराधों का मिलना चाहिए, त्रुटियों का नहीं। फिर मैं तो आपके इशारे पर चलने को तैयार हूँ। आप मेरी दिलजोई करें, फिर देखिए, मैं अपनी त्रुटियों को कितनी जल्द पूरा कर लेती हूँ। आपका प्रेम-कटाक्ष मेरे रूप को प्रदीप्त, मेरी बुद्धि को तीव्र और मेरे भाग्य को बलवान कर देगा। वह विभूति पाकर मेरी कायाकल्प हो जायेगी।

स्वामी! क्या आपने सोचा है? आप यह क्रोध किस पर कर रहे हैं? वह अबला, जो आपके चरणों पर पड़ी हुई आपसे क्षमा-दान माँग रही है, जो जन्म-जन्मान्तर के लिए आपकी चेरी है, क्या इस क्रोध को सहन कर सकती है? मेरा दिल बहुत कमजोर है। मुझे रुलाकर आपको पश्चात्ताप के सिवा और क्या हाथ आयेगा। इस क्रोधाग्नि की एक चिंगारी मुझे भस्म कर देने के लिए काफी है, अगर आपकी यह इच्छा है कि मैं मर जाऊँ, तो मैं मरने के लिए तैयार हूँ; केवल आपका इशारा चाहती हूँ। अगर मरने से आपका चित्त प्रसन्न हो, तो मैं बड़े हर्ष से अपने को आपके चरणों पर समर्पित कर दूँगी; मगर इतना कहे बिना नहीं रहा जाता कि मुझमें सौ ऐब हों, पर एक गुण भी है—मुझे दावा है कि आपकी जितनी सेवा मैं कर सकती हूँ, उतनी कोई दूसरी स्त्री नहीं कर सकती। आप विद्वान हैं, उदार हैं, मनोविज्ञान के पंडित हैं, आपकी लौंडी आपके सामने खड़ी दया की भीख माँग रही है। क्या उसे द्वार से ठुकरा दीजिएगा?

आपकी अपराधिनी,

—कुसुम

यह पत्र पढ़कर मुझे रोमांच हो आया। वह बात मेरे लिए असह्य थी कि कोई स्त्री अपने पति की इतनी खुशामद करने पर मजबूर हो जाये। पुरुष अगर स्त्री से उदासीन रह सकता है, तो स्त्री उसे क्यों नहीं ठुकरा सकती? वह दुष्ट समझता है कि विवाह ने एक स्त्री को उसका गुलाम बना दिया। वह उस अबला पर जितना अत्याचार चाहे करे, कोई उसका हाथ नहीं पकड़ सकता, कोई चूँ भी नहीं कर सकता। पुरुष अपनी दूसरी, तीसरी, चौथी शादी कर सकता है, स्त्री से कोई सम्बन्ध न रखकर भी उस पर उसी कठोरता से शासन कर सकता है। वह जानता है कि स्त्री कुल-मर्यादा के बन्धनों में जकड़ी हुई है, उसे रो-रोकर मर जाने के सिवा और कोई उपाय नहीं है। अगर उसे भय होता कि औरत भी उसकी ईंट का जवाब

पत्थर से नहीं, ईंट से भी नहीं; केवल थप्पड़ से दे सकती है, तो उसे कभी इस बदमिज़ाजी का साहस न होता। बेचारी स्त्री कितनी विवश है। शायद मैं कुसुम की जगह होता, तो इस निष्ठुरता का जवाब इसकी दसगुनी कठोरता से देता। उसकी छाती पर मूँग दलता? संसार के हँसने की ज़रा भी चिन्ता न करता। समाज अबलाओं पर इतना जुल्म देख सकता है और चूँ तक नहीं करता, उसके रोने या हँसने की मुझे जरा भी परवाह न होती। अरे अभागे युवक! तुझे खबर नहीं, तू अपने भविष्य की गर्दन पर कितनी बेदर्दी से छुरी फेर रहा है? यह वह समय है, जब पुरुष को अपने प्रणय-भण्डार से स्त्री के माता-पिता, भाई-बहन, सखियाँ-सहेलियाँ, सभी के प्रेम की पूर्ति करनी पड़ती है। अगर पुरुष में यह सामर्थ्य नहीं है तो स्त्री की क्षुधित आत्मा को कैसे सन्तुष्ट रख सकेगा? परिणाम वही होगा, जो बहुधा होता है। अबला कुढ-कुढ़कर मर जाती है। यही वह समय है, जिसकी स्मृति जीवन में सदैव के लिए मिठास पैदा कर देती है। स्त्री की प्रेमसुधा इतनी तीव्र होती है कि वह पति का स्नेह पाकर अपना जीवन सफल समझती है और इस प्रेम के आधार पर जीवन के सारे कष्टों को हँस-खेलकर सह लेती है। यही वह समय है, जब हृदय में प्रेम का बसन्त आता है और उसमें नयी-नयी आशा-कोपलें निकलने लगती हैं। ऐसा कौन निर्दयी है, जो इस ऋतु में उस वृक्ष पर कुल्हाड़ी चलायेगा! यही वह समय है, जब शिकारी किसी पक्षी को उसके बसेरे से लाकर पिंजरे में बन्द कर देता है। क्या वह उसकी गर्दन पर छुरी चलाकर उसका मधुर गान सुनने की आशा रखता है?

मैंने दूसरा पत्र पढ़ना शुरू किया।

मेरे जीवन-धन! दो सप्ताह जवाब की प्रतीक्षा करने के बाद आज फिर यही उलाहना देने बैठी हूँ। जब मैंने वह पत्र लिखा था, तो मेरा मन गवाही दे रहा था कि उसका उत्तर जरूर आयेगा। आशा के विरुद्ध आशा लगाये हुए थी। मेरा मन अब भी इसे स्वीकार नहीं करता कि जान-बूझकर उसका उत्तर नहीं दिया। कदाचित् आपको अवकाश नहीं मिला, या ईश्वर न करे, कहीं आप अस्वस्थ तो नहीं हो गये? किससे पूछूँ? इस विचार से ही मेरा हृदय काँप रहा है। मेरी ईश्वर से यही प्रार्थना है कि आप प्रसन्न और स्वस्थ हों। पत्र मुझे न लिखें, न सही, रोकर चुप ही तो हो जाऊँगी। आपको ईश्वर का वास्ता है; अगर आपको किसी प्रकार का कष्ट हो,

तो मुझे तुरन्त पत्र लिखिए, मैं किसी को साथ लेकर आ जाऊँगी। मर्यादा और परिपाटी के बन्धनों से मेरा जी घबराता है, ऐसी दशा में भी यदि आप मुझे अपनी सेवा से वंचित रखते हैं, तो आप मुझसे मेरा वह अधिकार छीन रहे हैं, जो मेरे जीवन की सबसे मूल्यवान वस्तु है। मैं आपसे और कुछ नहीं माँगती, आप मुझे मोटे-से-मोटा खिलाइए, मोटे-से-मोटा पहनाइए, मुझे ज़रा भी शिकायत न होगी। मैं आपके साथ घोर-से-घोर विपत्ति में भी प्रसन्न रहूँगी। मुझे आभूषणों की लालसा नहीं, महल में रहने की लालसा नहीं, सैर-तमाशे की लालसा नहीं, धन बटोरने की लालसा नहीं। मेरे जीवन का उद्देश्य केवल आपकी सेवा करना है। यही उसका ध्येय है। मेरे लिए दुनिया में कोई देवता नहीं, कोई गुरु नहीं, कोई हाकिम नहीं। मेरे देवता आप हैं, मेरे राजा आप हैं, मुझे अपने चरणों से न हटाइए, मुझे ठुकराइए नहीं। मैं सेवा और प्रेम के फूल लिए, कर्तव्य और व्रत की भेंट अंचल में सजाये आपकी सेवा में आयी हूँ। मुझे इस भेंट को, इन फूलों को अपने चरणों पर रखने दीजिए। उपासक का काम तो पूजा करना है। देवता उसकी पूजा स्वीकार करता है या नहीं, यह सोचना उसका धर्म नहीं।

मेरे सिरताज! शायद आपको पता नहीं, आजकल मेरी क्या दशा है। यदि मालूम होता, तो आप इस निष्ठुरता का व्यवहार न करते। आप पुरुष हैं, आपके हृदय में दया है, सहानुभूति है, उदारता है, मैं विश्वास नहीं कर सकती कि आप मुझ जैसी नाचीज़ पर क्रोध कर सकते हैं। मैं आपकी दया के योग्य हूँ—कितनी दुर्बल, कितनी अपंग, कितनी बेज़बान! आप सूर्य हैं, मैं अणु हूँ; आप अग्नि हैं, मैं तृण हूँ; आप राजा हैं, मैं भिखारिन हूँ। क्रोध तो बराबर वालों पर करना चाहिए, मैं भला आपके क्रोध का आघात कैसे सह सकती हूँ? अगर आप समझते हैं कि मैं आपकी सेवा के योग्य नहीं हूँ, तो मुझे अपने हाथों से विष का प्याला दे दीजिए। मैं उसे सुधा समझकर सिर और आँखों से लगाऊँगी और आँखें बन्द करके पी जाऊँगी। जब जीवन आपकी भेंट हो गया, तो आप मारें या जिलायें, यह आपकी इच्छा है। मुझे यही सन्तोष काफ़ी है कि मेरी मृत्यु से आप निश्चिन्त हो गये। मैं तो इतना ही जानती हूँ कि मैं आपकी हूँ और सदैव आपकी रहूँगी; इस जीवन में ही नहीं, बल्कि अनन्त तक।

अभागिनी,

—कुसुम

यह पत्र पढ़ कर मुझे कुसुम पर भी झुँझलाहट आने लगी और उस लौंडे से तो घृणा हो गयी। माना, तुम स्त्री हो, आजकल के प्रथानुसार पुरुष को तुम्हारे ऊपर हर तरह का अधिकार है, लेकिन नम्रता की भी तो कोई सीमा होती है? तो उसे भी चाहिए कि उसकी बात न पूछे। स्त्रियों को धर्म और त्याग का पाठ पढ़ा-पढ़ाकर हमने उनके आत्मसम्मान और आत्मविश्वास दोनों ही का अन्त कर दिया। अगर पुरुष स्त्री का मुहताज नहीं, तो स्त्री भी पुरुष की मुहताज क्यों है? ईश्वर ने पुरुष को हाथ दिये हैं, तो क्या स्त्री को उससे वंचित रखा है? पुरुष के पास बुद्धि है, तो क्या स्त्री अबोध है? इसी नम्रता ने तो मरदों का मिजाज आसमान पर पहुँचा दिया। पुरुष रूठ गया, तो स्त्री के लिये मानो प्रलय आ गया। मैं तो समझता हूँ, कुसुम नहीं, उसका अभागा पति ही दया के योग्य है, जो कुसुम-जैसी स्त्री की कद्र नहीं कर सकता। मुझे ऐसा सन्देह होने लगा कि इस लौंडे ने कोई दूसरा रोग पाल रखा है। किसी शिकारी के रंगीन जाल में फँसा हुआ है।

खैर, मैंने तीसरा पत्र खोला—

प्रियतम! अब मुझे मालूम हो गया कि मेरी जिन्दगी निरुद्देश्य है। जिस फूल को देखनेवाला, चुननेवाला कोई नहीं, वह खिले तो क्यों? क्या इसीलिए कि मुरझाकर जमीन पर गिर पड़े और पैरों से कुचल दिया जाये? मैं आपके घर में एक महीना रहकर दोबारा आयी हूँ। ससुरजी ही ने मुझे बुलाया, ससुरजी ही ने मुझे बिदा कर दिया। इतने दिनों में आपने एक बार भी मुझे दर्शन न दिये। आप दिन में बीसों ही बार घर में आते थे, अपने भाई-बहनों से हँसते-बोलते थे, या मित्रों के साथ सैर-तमाशे देखते थे; लेकिन मेरे पास आने की आपने कसम खा ली थी। मैंने कितनी बार आपके पास संदेश भेजे, कितना अनुनय-विनय किया, कितनी बार बेशर्मी करके आपके कमरे में गयी; लेकिन आपने कभी मुझे आँख उठाकर भी न देखा। मैं तो कल्पना ही नहीं कर सकती कि कोई प्राणी इतना हृदयहीन हो सकता है। प्रेम के योग्य नहीं, विश्वास के योग्य नहीं, सेवा करने के भी योग्य नहीं, तो क्या दया के भी योग्य नहीं? मैंने उस दिन कितनी मेहनत और प्रेम से आपके लिए रसगुल्ले बनाये थे। आपने उन्हें हाथ से छुआ भी नहीं। जब आप मुझसे इतने विरक्त हैं, तो मेरी समझ में नहीं आता कि जी कर क्या करूँ? न-जाने यह कौन-सी आशा है, जो मुझे जीवित रखे हुए है। क्या अन्धेर है कि आप सजा तो देते हैं; पर अपराध नहीं बतलाते।

यह कौन-सी नीति है? आपको ज्ञात है, इस एक मास में मैंने मुश्किल से दस दिन आपके घर में भोजन किया होगा। मैं इतनी कमजोर हो गयी हूँ कि चलती हूँ तो आँखों के सामने अँधेरा छा जाता है। आँखों में जैसे ज्योति ही नहीं रही! हृदय में मानो रक्त का संचालन ही नहीं रहा। खैर, सता लीजिए, जितना जी चाहे। इस अनीति का अन्त भी एक दिन हो ही जायेगा। अब तो मृत्यु ही पर सारी आशाएँ टिकी हुई हैं। अब मुझे प्रतीत हो रहा है कि मेरे मरने की खबर पाकर आप उछलेंगे और हल्की साँस लेंगे, आपकी आँखों से आँसू की एक बूँद भी न गिरेगी; पर यह आपका दोष नहीं मेरा दुर्भाग्य है। उस जन्म में मैंने कोई बहुत बड़ा पाप किया था। मैं चाहती हूँ मैं भी आपकी परवाह न करूँ, आप ही की भाँति आपसे आँखें फेर लूँ, मुँह फेर लूँ, दिल फेर लूँ; लेकिन न-जाने क्यों मुझमें वह शक्ति नहीं है। क्या लता वृक्ष की भाँति खड़ी रह सकती है? वृक्ष के लिए किसी सहारे की जरूरत नहीं। लता वह शक्ति कहाँ से लाये? वह तो वृक्ष से लिपटने के लिए पैदा की गयी है। उसे वृक्ष से अलग कर दो और वह सूख जायेगी। मैं आपसे पृथक अपने अस्तित्व की कल्पना ही नहीं कर सकती। मेरे जीवन की हर एक गति, प्रत्येक विचार, प्रत्येक कामना में आप मौजूद होते हैं। मेरा जीवन वह वृत्त है, जिसके केन्द्र आप हैं। मैं वह हार हूँ, जिसके प्रत्येक फूल में आप धागे की भाँति घुसे हैं। उस धागे के बगैर हार के फूल बिखर जायेंगे और धूल में मिल जायेंगे।

मेरी एक सहेली है, शन्नो। उसका इस साल पाणिग्रहण हो गया है। उसका पति जब ससुराल आता है, शन्नो के पाँव जमीन पर नहीं पड़ते। दिन-भर में न जाने कितने रूप बदलती है। मुख-कमल खिल जाता है। उल्लास सँभाले नहीं सँभलता। उसे बिखेरती, लुटाती चलती है—हम जैसे अभागों के लिए। जब आकर मेरे गले से लिपट जाती है, तो हर्ष और उन्माद की वर्षा से जैसे मैं लथपथ हो जाती हूँ। दोनों अनुराग से मतवाले हो रहे हैं। उनके पास धन नहीं है, जायदाद नहीं है। मगर अपनी दरिद्रता में ही मगन हैं। इस अखण्ड प्रेम का एक क्षण! उसकी तुलना में संसार की कौन-सी वस्तु रखी जा सकती है? मैं जानती हूँ, यह रँगरेलियाँ और बेफिक्रियाँ बहुत दिन न रहेंगी। जीवन की चिन्ताएँ और दुराशाएँ उन्हें भी परास्त कर देंगी, लेकिन ये मधुर स्मृतियाँ संचित धन की भाँति अन्त तक उन्हें सहारा देती रहेंगी। प्रेम में भीगी हुई सूखी रोटियाँ, प्रेम में रँगे हुए मोटे

कपड़े और प्रेम के प्रकाश से आलोकित छोटी-सी कोठरी, अपनी इस विपन्नता में भी वह स्वाद, वह शोभा और वह विश्राम रखती है, जो शायद देवताओं को स्वर्ग में भी नसीब नहीं। जब शन्नो का पति अपने घर चला जाता है, तो वह दुखिया किस तरह फूट-फूटकर रोती है कि मेरा हृदय गद्गद हो जाता है। उसके पत्र आ जाते हैं, तो मानो उसे कोई विभूति मिल जाती है। उसके रोने में भी, उसकी विफलताओं में भी, उसके उपालम्भों में भी एक स्वाद है, एक रस है। उसके आँसू व्यग्रता और विह्वलता के हैं, मेरे आँसू निराशा और दुःख के। उसकी व्याकुलता में प्रतीक्षा और उल्लास है, मेरी व्याकुलता में दैन्य और परवशता। उसके उपालम्भ में अधिकार और ममता है, मेरे उपालम्भ में भग्नता और रुदन!

पत्र लम्बा हुआ जाता है और दिल का बोझ हल्का नहीं होता। भयंकर गरमी पड़ रही है। दादा मुझे मसूरी ले जाने का विचार कर रहे हैं। मेरी दुर्बलता से उन्हें 'टी० बी०' का सन्देह हो रहा है। वह नहीं जानते कि मेरे लिए मसूरी नहीं, स्वर्ग भी काल-कोठरी है।

अभागिन।

—कुसुम

मेरे पत्थर के देवता! कल मसूरी से लौट आयी। लोग कहते हैं, बड़ा स्वास्थ्यवर्द्धक और रमणीक स्थान है, होगा। मैं तो एक दिन भी कमरे से नहीं निकली। भग्न-हृदयों के लिए संसार सूना है।

मैंने रात एक बड़े मजे का सपना देखा। बतलाऊँ; पर क्या फायदा? न जाने क्यों मैं अब भी मौत से डरती हूँ। आशा का कच्चा धागा मुझे अब भी जीवन से बाँधे हुए है। जीवन-उद्यान के द्वार पर जाकर बिना सैर किये लौट आना कितना हसरतनाक है। अन्दर क्या सुषमा है, क्या आनन्द है। मेरे लिए वह द्वार ही बन्द है। कितनी अभिलाषाओं से विहार का आनन्द उठाने चली थी—कितनी तैयारियों से—पर मेरे पहुँचते ही द्वार बन्द हो गया है।

अच्छा बतलाओ, मैं मर जाऊँगी तो मेरी लाश पर आँसू की दो बूँदे गिराओगे? जिसकी जिन्दगी-भर की जिम्मेदारी ली थी, जिसकी सदैव के लिए बाँह पकड़ी थी, क्या उसके साथ इतनी भी उदारता न करोगे? मरनेवालों के अपराध सभी क्षमा कर दिया करते हैं। तुम भी क्षमा कर

देना। आकर मेरे शव को अपने हाथों से नहलाना, अपने हाथ से सोहाग के सिन्दूर लगाना, अपने हाथ से सोहाग की चूड़ियाँ पहनाना, अपने हाथ से मेरे मुँह में गंगाजल डालना, दो-चार पग कन्धा दे देना, बस, मेरी आत्मा सन्तुष्ट हो जायेगी और तुम्हें आशीर्वाद देगी। मैं बचन देती हूँ कि मालिक के दरबार में तुम्हारा यश गाऊँगी। क्या यह भी महँगा सौदा है? इतने से शिष्टाचार से तुम अपनी सारी जिम्मेदारियों से मुक्त हुए जाते हो। आह! मुझे विश्वास होता कि तुम इतना शिष्टाचार करोगे, तो मैं कितनी खुशी से मौत का स्वागत करती। लेकिन मैं तुम्हारे साथ अन्याय न करूँगी। तुम कितने ही निष्ठुर हो, इतने निर्दयी नहीं हो सकते। मैं जानती हूँ; तुम यह समाचार पाते ही आओगे और शायद एक क्षण के लिये मेरी शोक-मृत्यु पर तुम्हारी आँखें रो पड़ें। कहीं मैं अपने जीवन में वह शुभ अवसर देख सकती!

अच्छा, क्या मैं एक प्रश्न पूछ सकती हूँ? नाराज न होना। क्या मेरी जगह किसी और सौभाग्यवती ने ले ली है? अगर ऐसा है, तो बधाई! जरा उसका चित्र मेरे पास भेज देना। मैं उसकी पूजा करूँगी, उसके चरणों पर शीश नवाऊँगी। मैं जिस देवता को प्रसन्न न कर सकी, उसी देवता से उसने वरदान प्राप्त कर लिया। ऐसी सौभागिनी के तो चरण धो-धो पीना चाहिए। मेरी हार्दिक इच्छा है कि तुम उसके साथ सुखी रहो। यदि मैं उस देवी की कुछ सेवा कर सकती, अपरोक्ष न सही, परोक्ष रूप से ही तुम्हारे कुछ काम आ सकती। अब मुझे केवल उसका शुभ नाम और स्थान बता दो, मैं सिर के बल दौड़ी हुई उसके पास जाऊँगी और कहूँगी—देवी, तुम्हारी लौंडी हूँ, इसलिए कि तुम मेरे स्वामी की प्रेमिका हो। मुझे अपने चरणों में शरण दो। मैं तुम्हारे लिए फूलों की सेज बिछाऊँगी, तुम्हारी माँग मोतियों से भरूँगी, तुम्हारी एड़ियों में महावर रचाऊँगी—यह मेरी जीवन की साधना होगी! यह न समझना कि मैं जलूँगी या कुढ़ूँगी। जलन तब होती है, जब कोई मुझसे मेरी वस्तु छीन रहा हो। जिस वस्तु को अपना समझने का मुझे कभी सौभाग्य न हुआ, उसके लिए मुझे जलन क्यों हो।

अभी बहुत कुछ लिखना था; लेकिन डाक्टर साहब आ गये हैं। बेचारा हृदयदाह को टी० बी० समझ रहा है।

दु:ख की सतायी हुई,

—कुसुम

इन दोनों पत्रों ने धैर्य का प्याला भर दिया! मैं बहुत ही आवेशहीन आदमी हूँ। भावुकता मुझे छू भी नहीं गयी। अधिकांश कलाविदों की भाँति मैं भी शब्दों से आन्दोलित नहीं होता। क्या वस्तु दिल से निकलती है, क्या वस्तु केवल मर्म को स्पर्श करने के लिए लिखी गई है, यह भेद बहुधा मेरे साहित्यिक आनन्द में बाधक हो जाता है, लेकिन इन पत्रों ने मुझे आप से बाहर कर दिया। एक स्थान पर तो सचमुच मेरी आँखें भर आयीं। यह भावना कितनी वेदनापूर्ण थी कि वही बालिका, जिस पर माता-पिता प्राण छिड़कते रहते थे, विवाह होते ही इतनी विपदग्रस्त हो जाये! विवाह क्या हुआ, मानो उसकी चिता बनी, या उसकी मौत का परवाना लिखा गया। इसमें सन्देह नहीं कि ऐसी वैवाहिक दुर्घटनाएँ कम होती हैं; लेकिन समाज की वर्तमान दशा में उनकी सम्भावना बनी रहती है। जब तक स्त्री-पुरुष के अधिकार समान न होंगे, ऐसे आघात नित्य होते रहेंगे। दुर्बल को सताना कदाचित् प्राणियों का स्वभाव है। काटनेवाले कुत्तों से लोग दूर भागते हैं, सीधे कुत्ते पर बालवृन्द विनोद के लिए पत्थर फेंकते हैं। तुम्हारे दो नौकर एक ही श्रेणी के हों, उनमें कभी झगड़ा न होगा; लेकिन आज उनमें से एक को अफसर और दूसरे को उसका मातहत बना दो, फिर देखो, अफसर साहब अपने मातहत पर कितना रोब जमाते हैं। सुखमय दाम्पत्य की नींव अधिकार-साम्य ही पर रखी जा सकती है। इस वैषम्य में प्रेम का निवास हो सकता है, मुझे तो इसमें सन्देह है। हम आज जिसे स्त्री-पुरुषों में प्रेम कहते हैं, वह वही प्रेम है, जो स्वामी को अपने पशु से होता है। पशु सिर झुकाये काम किये चला जाये, स्वामी उसे भूसा और खली भी देगा, उसकी देह भी सहलायेगा, उसे आभूषण भी पहनायेगा; लेकिन जानवर ने जरा चाल धीमी की, जरा गर्दन टेढ़ी की कि मालिक का चाबुक पीठ पर पड़ा। इसे प्रेम नहीं कहते।

खैर, मैंने पाँचवाँ पत्र खोला—

जैसा मुझे विश्वास था, आपने मेरे पिछले पत्र का भी उत्तर न दिया। इसका खुला हुआ अर्थ है कि आपने मुझे परित्याग करने का संकल्प कर लिया है। जैसी आपकी इच्छा! पुरुष के लिए स्त्री पाँव की जूती है, स्त्री के लिए तो पुरुष देव तुल्य है, बल्कि देवता से भी बढ़कर। विवेक का उदय होते ही वह पति की कल्पना करने लगती है। मैंने भी वही किया। जिस समय मैं गुड़िया खेलती थी, उसी समय आपने गुड्डे के रूप में मेरे

मनोदेश में प्रवेश किया। मैंने आपके चरणों को पखारा, माला-फूल और नैवेद्य से आपका सत्कार किया। कुछ दिनों के बाद कहानियाँ सुनने और पढ़ने की चाट पड़ी, तब आप कथाओं के नायक के रूप में मेरे घर आये। मैंने आपको हृदय में स्थान दिया। बाल्यकाल ही से आप किसी-न-किसी रूप में मेरे जीवन में घुसे हुए थे। वे भावनाएँ मेरे अन्त:स्तल की गहराइयों तक पहुँच गयी हैं। मेरे अस्तित्व का एक-एक अणु उन भावनाओं से गुँथा हुआ है। उन्हें दिल से निकाल डालना सहज नहीं है। उसके साथ मेरे जीवन के परमाणु भी बिखर जायेंगे, लेकिन आपकी यही इच्छा है तो यही सही। मैं आपकी सेवा में सब कुछ करने को तैयार थी। अभाव और विपन्नता का तो कहना ही क्या मैं तो अपने को मिटा देने को भी राजी थी। आपकी सेवा में मिट जाना ही मेरे जीवन का उद्देश्य था। मैंने लज्जा और संकोच का परित्याग किया, आत्मसम्मान को पैरों से कुचला, लेकिन आप मुझे स्वीकार नहीं करना चाहते। मजबूर हूँ। आपका कोई दोष नहीं। अवश्य मुझसे कोई ऐसी बात हो गयी है, जिसने आपको इतना कठोर बना दिया है। आप उसे जबान पर लाना भी उचित नहीं समझते। मैं इस निष्ठुरता के सिवा और हर एक सजा झेलने को तैयार थी। आपके हाथ से जहर का प्याला लेकर पी जाने में मुझे विलम्ब न होता, किन्तु विधि की गति निराली है! मुझे पहले इस सत्य को स्वीकार करने में बाधा थी कि स्त्री पुरुष की दासी है। मैं उसे पुरुष की सहचरी, अर्द्धांगिनी समझती थी, पर अब मेरी आँखें खुल गयीं। मैंने कई दिन हुए एक पुस्तक में पढ़ा था कि आदिकाल में स्त्री पुरुष की उसी तरह सम्पत्ति थी, जैसा गाय-बैल या खेतबारी। पुरुष को अधिकार था स्त्री को बेचे, गिरो रखे या मार डाले। विवाह की प्रथा उस समय केवल यह थी कि वर-पक्ष अपने शूर सामन्तों को लेकर सशस्त्र आता था कन्या को उड़ा ले जाता था। कन्या के साथ कन्या के घर में रुपया-पैसा, अनाज या पशु जो कुछ उसके हाथ लग जाता था, उसे भी उठा ले जाता था। वह स्त्री को अपने घर ले जाकर, उसके गैरों में बेड़ियाँ डालकर घर के अन्दर बन्द कर देता था। उसके आत्मसम्मान के भावों को मिटाने के लिए यह उपदेश दिया जाता था कि पुरुष ही उसका देवता है, सोहाग स्त्री की सबसे बड़ी विभूति है। आज कई हजार वर्षों के बीतने पर पुरुष के उस मनोभाव में कोई परिवर्तन नहीं हुआ। पुरानी सभी प्रथाएँ कुछ विकृत या संस्कृत रूप में मौजूद हैं। आज

मुझे मालूम हुआ कि उस लेखक ने स्त्री-समाज की दशा का कितना सुन्दर निरूपण किया था।

अब आपसे मेरा सविनय अनुरोध है और यही अन्तिम अनुरोध है कि आप मेरे पत्रों को लौटा दें। आपके दिये हुए गहने और कपड़े अब मेरे किसी काम के नहीं। इन्हें अपने पास रखने का मुझे कोई अधिकार नहीं। आप जिस समय चाहें, वापस मँगवा लें। मैंने उन्हें एक पेटारी में बन्द करके अलग रख दिया है। उसकी सूची भी वहीं रखी हुई है, मिला लीजिएगा। आज से आप मेरी जबान या कलम से कोई शिकायत न सुनेंगे। इस भ्रम को भूलकर भी दिल में स्थान न दीजिएगा कि मैं आपसे बेवफाई या विश्वासघात करूँगी। मैं इसी घर में कुढ़-कुढ़कर मर जाऊँगी, पर आपकी ओर से मेरा मन कभी मैला न होगा। मैं जिस जलवायु में पली हूँ, उसका मूल तत्व है पति में श्रद्धा। ईर्ष्या या जलन भी उस भावना को मेरे दिल से नहीं निकाल सकती। मैं आपकी कुल-मर्यादा की रक्षिका हूँ। उस अमानत में जीते-जी खयानत न करूँगी। अगर मेरे बस में होता, तो मैं उसे भी वापस कर देती, लेकिन यहाँ मैं भी मजबूर हूँ और आप भी मजबूर हैं। मेरी ईश्वर से यही विनती है कि आप जहाँ रहें, कुशल से रहें। जीवन में मुझे सबसे कटु अनुभव जो हुआ, वह यही है कि नारी-जीवन अधम है—अपने लिए, अपने माता-पिता के लिए, अपने पति के लिए। उसकी कदर न माता के घर में है, न पति के घर में। मेरा घर शोकागार बना हुआ है। अम्माँ रो रही हैं, दादा रो रहे हैं, कुटुम्ब के लोग रो रहे हैं, एक मेरी ज़ात से लोगों को कितनी मानसिक वेदना हो रही है, कदाचित् वे सोचते होंगे, यह कन्या कुल में न आती तो अच्छा होता। मगर सारी दुनिया एक तरफ हो जाये, आपके ऊपर विजय नहीं पा सकती। आप मेरे प्रभु हैं। आपका फैसला अटल है। उसकी कहीं अपील नहीं, कहीं फरियाद नहीं। खैर, आज से यह काण्ड समाप्त हुआ। अब मैं हूँ और मेरा दलित, भग्न हृदय। हसरत यही है कि आपकी कुछ सेवा न कर सकी!

अभागिनी,

—कुसुम

2

मालूम नहीं, मैं कितनी देर तक मूक वेदना की दशा में बैठा रहा कि महाशय नवीन बोले—'आपने इन पत्रों को पढ़कर क्या निश्चय किया?'

मैंने रोते हुए हृदय से कहा—'अगर इन पत्रों ने उस नर-पिशाच के दिल पर कोई असर न किया, तो मेरा पत्र भला क्या असर करेगा। इससे अधिक करुणा और वेदना मेरी शक्ति के बाहर है। ऐसा कौन-सा मार्मिक भाव है, जिसे इन पत्रों में स्पर्श न किया गया हो। दया, लज्जा, तिरस्कार, न्याय, मेरे विचार में तो कुसुम ने कोई पहलू नहीं छोड़ा। मेरे लिए अब यही अन्तिम उपाय है कि उस शैतान के सिर पर सवार हो जाऊँ और उससे मुँह-दर-मुँह बातें करके इस समस्या की तह तक पहुँचने की चेष्टा करूँ। अगर उसने मुझे कोई सन्तोषप्रद उत्तर न दिया, तो मैं उसका और अपना खून एक कर दूँगा। या तो मुझी को फाँसी होगी, या वही कालेपानी जायेगा। कुसुम ने जिस धैर्य और साहस से काम लिया है, वह सराहनीय है। आप उसे सान्त्वना दीजिएगा। मैं आज रात की गाड़ी से मुरादाबाद जाऊँगा और परसों तक जैसी कुछ परिस्थिति होगी; उसकी आपको सूचना दूँगा! मुझे तो यह कोई चरित्रहीन और बुद्धिहीन युवक मालूम होता है।'

मैं उस बहक में जाने क्या-क्या बकता रहा। इसके बाद हम दोनों भोजन करके स्टेशन चले। वह आगरे गये, मैंने मुरादाबाद का रास्ता लिया। उनके प्राण अब भी सूखे जाते थे कि क्रोध के आवेश में कोई पागलपन न कर बैठूँ। मेरे बहुत समझाने पर उनका चित्त शान्त हुआ।

मैं प्रात:काल मुरादाबाद पहुँचा और जाँच शुरू कर दी। इस युवक के चरित्र के विषय में मुझे जो सन्देह था, वह गलत निकला। मुहल्ले में, कालेज में; उसके इष्ट-मित्रों में, सभी उसके प्रशंसक थे। अँधेरा और गहरा होता हुआ जान पड़ा। सन्ध्या-समय मैं उसके घर जा पहुँचा। जिस निष्कपट भाव से वह दौड़कर मेरे पैरों पर झुका है, वह मैं नहीं भूल सकता। ऐसा वाक्चतुर, ऐसा सुशील और विनीत युवक मैंने नहीं देखा। बाहर और भीतर में इतना आकाश-पाताल का अन्तर मैंने कभी न देखा था। मैंने कुशल-क्षेम और शिष्टाचार के दो-चार वाक्यों के बाद पूछा—'तुमसे मिलकर चित्त प्रसन्न हुआ; लेकिन आखिर कुसुम ने क्या अपराध

किया है, जिसका तुम उसे इतना कठोर दण्ड दे रहे हो? उसने तुम्हारे पास कई पत्र लिखे, तुमने एक का भी उत्तर न दिया। वह दो-तीन बार यहाँ भी आयी, पर तुम उससे बोले तक नहीं। क्या उस निर्दोष बालिका के साथ तुम्हारा यह अन्याय नहीं है।'

युवक ने लज्जित भाव से कहा—'बहुत अच्छा होता कि आपने इस प्रश्न को न उठाया होता। उसका जवाब देना मेरे लिए बहुत मुश्किल है। मैंने तो इसे आप लोगों के अनुमान पर छोड़ दिया था; लेकिन इस गलतफ़हमी को दूर करने के लिए मुझे विवश होकर कहना पड़ेगा।'

यह कहते-कहते वह चुप हो गया। बिजली की बत्ती पर भाँति-भाँति के कीट-पतंगे जमा हो गये। कई झींगुर उछल-उछलकर मुँह पर आ जाते थे; और जैसे मनुष्य पर अपनी विजय का परिचय देकर उड़ जाते थे। एक बड़ा-सा अँखफोड़ भी मेज पर बैठा था और शायद जस्त मारने के लिए अपनी देह तौल रहा था। युवक ने एक पंखा ला कर मेज पर रख दिया, जिसने विजयी कीट-पतंगों को दिखा दिया कि मनुष्य इतना निर्बल नहीं है, जितना वे समझ रहे थे। एक क्षण में मैदान साफ हो गया और हमारी बातों में दखल देनेवाला कोई न रहा।

युवक ने सकुचाते हुए कहा—'सम्भव है, आप मुझे अत्यन्त लोभी, कमीना और स्वार्थी समझें; लेकिन यथार्थ यह है कि इस विवाह से मेरी वह अभिलाषा न पूरी हुई, जो मुझे प्राणों से भी प्रिय थी। मैं विवाह पर रजामन्द न था, अपने पैरों में बेड़ियाँ न डालना चाहता था; किन्तु जब महाशय नवीन बहुत पीछे पड़ गये और उनकी बातों से मुझे यह आशा हुई कि वह सब प्रकार से मेरी सहायता करने को तैयार हैं, तब मैं राजी हो गया; पर विवाह होने के बाद उन्होंने मेरी बात भी न पूछी। मुझे एक पत्र भी न लिखा कि कब तक वह मुझे विलायत भेजने का प्रबन्ध कर सकेंगे। हालांकि मैंने अपनी इच्छा उन पर पहले ही प्रकट कर दी थी; पर उन्होंने मुझे निराश करना ही उचित समझा। उनकी इस अकृपा ने मेरे सारे मनसूबे धूल में मिला दिये। मेरे लिए अब इसके सिवा और क्या रह गया है कि एल-एल० बी० पास कर लूँ और कचहरी में जूती फटफटाता फिरूँ।'

मैंने पूछा—'तो आखिर तुम नवीनजी से क्या चाहते हो? लेन-देन में तो उन्होंने शिकायत का कोई अवसर नहीं दिया। तुम्हें विलायत भेजने

का खर्च तो शायद उनके काबू से बाहर हो।'

युवक ने सिर झुकाकर कहा—'तो यह उन्हें पहले ही मुझसे कह देना चाहिए था। फिर मैं विवाह ही क्यों करता? उन्होंने चाहे कितना ही खर्च कर डाला हो; पर इससे मेरा क्या उपकार हुआ? दोनों तरफ से दस-बारह हजार रुपये खाक में मिल गये और उनके साथ मेरी अभिलाषाएँ खाक में मिल गयीं। पिताजी पर तो कई हजार का ऋण हो गया है। वह अब मुझे इंग्लैण्ड नहीं भेज सकते। क्या पूज्य नवीनजी चाहते तो मुझे इंग्लैण्ड नहीं भेज देते? उनके लिए दस-पाँच हजार की कोई हक़ीकत नहीं।'

मैं सन्नाटे में आ गया। मेरे मुँह से अनायास निकल गया—'छि:! वाह री दुनिया! और वाह रे हिन्दू-समाज!' तेरे यहाँ ऐसे-ऐसे स्वार्थ के दास पड़े हुए हैं, जो एक अबला का जीवन संकट में डालकर उसके पिता पर ऐसे अत्याचार पूर्ण दबाव डालकर ऊँचा पद प्राप्त करना चाहते हैं। विद्यार्जन के लिए विदेश जाना बुरा नहीं। ईश्वर सामर्थ्य दे तो शौक से जाओ; किन्तु पत्नी का परित्याग करके ससुर पर इसका भार रखना निर्लज्जता की पराकाष्ठा है। तारीफ की बात तो तब थी कि तुम अपने पुरुषार्थ से जाते। इस तरह किसी की गर्दन पर सवार होकर, अपना आत्मसम्मान बेचकर गये तो क्या गये। इस पामर की दृष्टि में कुसुम का कोई मूल्य ही नहीं। वह केवल उसकी स्वार्थ-सिद्धि का साधनमात्र है। ऐसे नीच प्रकृति के आदमी से कुछ तर्क करना व्यर्थ था। परिस्थिति ने हमारी चुटिया उसके हाथ में रखी थी और हमें उसके चरणों पर सिर झुकाने के सिवाय और कोई उपाय न था।

दूसरी गाड़ी से मैं आगरे जा पहुँचा और नवीनजी से यह वृत्तांत कहा। उन बेचारे को क्या मालूम था कि यहाँ सारी जिम्मेदारी उन्हीं के सिर डाल दी गयी है। यद्यपि इस मन्दी ने उनकी वकालत भी ठण्डी कर रखी है और वह दस-पाँच हजार का खर्च सुगमता से नहीं उठा सकते लेकिन इस युवक ने उनसे इसका संकेत भी किया होता, तो वह अवश्य कोई-न-कोई उपाय करते। कुसुम के सिवा दूसरा उनका कौन बैठा हुआ है? उन बेचारे को तो इस बात का ज्ञान ही न था। अतएव मैंने योंही उनसे यह समाचार कहा, तो वह बोल उठे—'छि:! इस जरा-सी बात को इस भले आदमी ने इतना तूल दे दिया। आप आज ही उसे लिख दें कि वह

जिस वक्त जहाँ पढ़ने के लिए जाना चाहे, शौक से जा सकता है। मैं उसका सारा भार स्वीकार करता हूँ। साल-भर तक निर्दयी ने कुसुम को रुला-रुलाकर मार डाला।'

घर में इसकी चर्चा हुई। कुसुम ने भी माँ से सुना। मालूम हुआ, एक हजार का चेक उसके पति के नाम भेजा जा रहा है; पर इस तरह, जैसे किसी संकट का मोचन करने के लिए अनुष्ठान किया जा रहा हो।

कुसुम ने भृकुटी सिकोड़कर कहा—'अम्माँ, दादा से कह दो, कहीं रुपये भेजने की जरूरत नहीं।'

माता ने विस्मित होकर बालिका की ओर देखा—'कैसे रुपये? अच्छा! वह! क्यों इसमें क्या हर्ज है? लड़के का मन है, तो विलायत जाकर पढ़े। हम क्यों रोकने लगे? यों भी उसी का है, वो भी उसी का नाम है। हमें कौन छाती पर लादकर ले जाना है?'

'नहीं आप दादा से कह दीजिए, एक पाई न भेजें।'

'आखिर इसमें क्या बुराई है?'

'इसीलिए कि यह उसी तरह की डाकाजनी है, जैसा बदमाश लोग किया करते हैं। किसी आदमी को पकड़कर ले गये और उसके घरवालों से उसके मुक्तिधन के तौर पर अच्छी रकम ऐंठ ली।'

माता ने तिरस्कार की आँखों से देखा।

'कैसी बातें करती हो बेटी? इतने दिनों के बाद तो जाके देवता सीधे हुए हैं और तुम उन्हें फिर चिढ़ाये देती हो।'

कुसुम ने झल्लाकर कहा—'ऐसे देवता का रूठे रहना ही अच्छा। जो आदमी इतना स्वार्थी, इतना दम्भी, इतना नीच है, उसके साथ मेरा निर्वाह न होगा। मैं कहे देती हूँ, वहाँ रुपये गये; तो मैं जहर खा लूँगी। इसे दिल्लगी न समझना। मैं ऐसे आदमी का मुँह भी नहीं देखना चाहती। दादा से कह देना और अगर तुम्हें डर लगता हो तो मैं खुद कह दूँ! मैंने स्वतन्त्र रहने का निश्चय कर लिया है।'

माँ ने देखा, लड़की का मुखमण्डल आरक्त हो उठा है। मानो इस प्रश्न पर वह न कुछ कहना चाहती है, न सुनना।

दूसरे दिन नवीनजी ने यह हाल मुझसे कहा, तो मैं एक आत्म-

विस्मृत की दशा में दौड़ा हुआ गया और कुसुम को गले लगा लिया। मैं नारियों में ऐसा ही आत्माभिमान देखना चाहता हूँ। कुसुम ने वह कर दिखाया, जो मेरे मन में था और जिसे प्रकट करने का साहस मुझमें न था।

साल-भर हो गया है, कुसुम ने पति के पास एक पत्र भी नहीं लिखा और न उसका जिक्र ही करती है। नवीनजी ने कई बार जमाई को मना लाने की इच्छा प्रकट की; पर कुसुम उसका नाम भी सुनना नहीं चाहती। उसमें स्वावलम्बन की ऐसी दृढ़ता आ गयी है कि आश्चर्य होता है। उसके मुख पर निराशा और वेदना के पीलेपन और तेज हीनता की जगह स्वाभिमान और स्वतन्त्रता की लाली और तेजस्विता भासित हो गयी है।

खुदाई फौजदार

सेठ नानकचन्द को आज फिर वही लिफाफा मिला और वही लिखावट सामने आयी तो उनका चेहरा पीला पड़ गया। लिफाफा खोलते हुए हाथ और हृदय दोनों काँपने लगे। खत में क्या है, यह उन्हें खूब मालूम था। इसी तरह के दो खत पहले पा चुके थे। इस तीसरे खत में भी वही धमकियाँ हैं, इसमें उन्हें सन्देह न था। पत्र हाथ में लिए हुए आकाश की ओर ताकने लगे। वह दिल के मजबूत आदमी थे, धमकियों से डरना उन्होंने न सीखा था, मुर्दों से भी अपनी रकम वसूल कर लेते थे। दया या उपकार जैसी मानवीय दुर्बलताएँ उन्हें छू भी न गयी थीं, नहीं तो महाजन ही कैसे बनते! उस पर धर्मनिष्ठ भी थे। हर पूर्णमासी को सत्यनारायण की कथा सुनते थे। हर मंगल को महाबीर जी को लड्डू चढ़ाते थे, नित्य-प्रति जमुना में स्नान करते थे और हर एकादशी को व्रत रखते और ब्राह्मणों को भोजन कराते थे और इधर जबसे घी में करारा नफा होने लगा था, एक धर्मशाला बनवाने की फिक्र में थे। जमीन ठीक कर ली थी। उनके असामियों में सैकड़ों ही थवई और बेलदार थे, जो केवल सूद में काम को तैयार थे। इन्तजार यही था कि कोई ईंट और चूने वाला फँस जाये और दस-बीस हजार का दस्तावेज लिखा ले, तो सूद में ईंट और चूना भी मिल जाये। इस धर्मनिष्ठा ने उनकी आत्मा को और भी शक्ति प्रदान कर दी थी। देवताओं के आशीर्वाद और प्रताप से उन्हें कभी किसी सौदे में घाटा नहीं हुआ और भीषण परिस्थितियों में भी वह स्थिरचित्त रहने के आदी थे; किन्तु जबसे यह धमकियों से भरे हुए पत्र मिलने लगे थे, उन्हें बरबस

तरह-तरह की शंकाएँ व्यथित करने लगी थीं। कहीं सचमुच डाकुओं ने छापा मारा, तो कौन उनकी सहायता करेगा? दैवी बाधाओं में तो देवताओं की सहायता पर वह तकिया कर सकते थे, पर सिर पर लटकती हुई इस तलवार के सामने वह श्रद्धा कुछ काम न देती थी। रात को उनके द्वार पर केवल एक चौकीदार रहता है। अगर दस-बीस हथियारबन्द आदमी आ जायें, तो वह अकेला क्या कर सकता है? शायद उनकी आहट पाते ही भाग खड़ा हो। पड़ोसियों में ऐसा कोई नज़र न आता था, जो इस संकट में काम आवे। यद्यपि सभी उनके असामी थे या रह चुके थे। लेकिन यह एहसान-फरामोशों का सम्प्रदाय है, जिस पत्तल में खाता है, उसी में छेद करता है; जिसके द्वार पर अवसर पड़ने पर नाक रगड़ता है, उसी का दुश्मन हो जाता है। इनसे कोई आशा नहीं। हाँ, किवाड़े सुदृढ़ हैं; उन्हें तोड़ना आसान नहीं, फिर अन्दर का दरवाजा भी तो है। सौ आदमी लग जायें तो हिलाये न हिले। और किसी ओर से हमले का खटका नहीं। इतनी ऊँची सपाट दीवार पर कोई क्या खा के चढ़ेगा? फिर उनके पास रायफलें भी तो हैं। एक रायफल से वह दर्जनों आदमियों को भूनकर रख देंगे। मगर इतने प्रतिबन्धों के होते हुए भी उनके मन में एक हूक-सी समायी रहती थी। कौन जाने चौकीदार भी उन्हीं में मिल गया हो, खिदमतगार भी आस्तीन के साँप हो गये हों! इसलिये वह अब बहुधा अन्दर ही रहते थे। और जब तक मिलने वालों का पता-ठिकाना न पूछ लें, उनसे मिलते न थे। फिर भी दो-चार घंटे तो चौपाल में बैठने ही पड़ते थे; नहीं तो सारा कारोबार मिट्टी में न मिल जाता! जितनी देर बाहर रहते थे, उनके प्राण जैसे सूली पर टँगे रहते थे। उधर उनके मिजाज में बड़ी तब्दीली हो गयी थी। इतने विनम्र और मिष्टभाषी वह कभी न थे। गालियाँ तो क्या, किसी से तू-तकार भी न करते। सूद की दर भी कुछ घटा दी थी; लेकिन फिर भी चित्त को शान्ति न मिलती थी। आखिर कई मिनट तक दिल को मजबूत करने के बाद उन्होंने पत्र खोला, और जैसे गोली लग गयी। सिर में चक्कर आ गया और सारी चीजें नाचती हुई मालूम हुई। साँस फूलने लगी, आँखें फैल गयी। लिखा था, तुमने हमारे दोनों पत्रों पर कुछ भी ध्यान न दिया। शायद तुम समझते होगे कि पुलिस तुम्हारी रक्षा करेगी; लेकिन यह तुम्हारा भ्रम है। पुलिस उस वक्त आयेगी, जब हम अपना काम करके सौ कोस निकल गये होंगे। तुम्हारी अक्ल पर पत्थर पड़ गया है। इसमें हमारा कोई

दोष नहीं। हम तुमसे सिर्फ 25 हजार रुपये माँगते हैं। इतने रुपये दे देना तुम्हारे लिये कुछ भी मुश्किल नहीं। हमें पता है कि तुम्हारे पास एक लाख की मोहरें रखी हुई हैं; लेकिन विनाशकाले विपरीत बुद्धि; अब हम तुम्हें और ज्यादा न समझायेंगे। तुमको समझाने की चेष्टा करना ही व्यर्थ है। आज शाम तक अगर रुपये न आ गये, तो रात को तुम्हारे ऊपर धावा होगा। अपनी हिफाजत के लिए जिसे बुलाना चाहो, बुला लो, जितने आदमी और हथियार जमा करना चाहो, जमा कर लो। हम ललकार कर आयेंगे और दिनदहाड़े आयेंगे। हम चोर नहीं हैं, हम वीर हैं और हमारा विश्वास बाहुबल में है। हम जानते हैं कि लक्ष्मी उसी के गले में जयमाल डालती है, जो धनुष तोड़ सकता है, मछली को वेध सकता है। यदि...

सेठजी ने तुरन्त बही-खाते बन्द कर दिये और रोकड़ सँभालकर तिजोरी में रख दिया और सामने का द्वार भीतर से बन्द करके मरे हुए से केसर के पास आकर बोले—'आज फिर वही खत आया, केसर! अब आज ही आ रहे हैं।'

केसर दोहरे बदन की स्त्री थी, यौवन बीत जाने पर भी युवती, शौक-सिंगार में लिप्त रहने वाली, उस फलहीन वृक्ष की तरह, जो पतझड़ में भी हरी-भरी पत्तियों से लदा रहता है। सन्तान की विफल कामना में जीवन का बड़ा भाग बिता चुकने के बाद, अब उसे अपनी संचित माया को भोगने की धुन सवार रहती थी। मालूम नहीं, कब आँखें बन्द हो जायें, फिर यह थाती किसके हाथ लगेगी, कौन जाने? इसलिये उसे सबसे अधिक भय बीमारी का था, जिसे वह मौत का पैगाम समझती थी और नित्य ही कोई-न-कोई दवा खाती रहती थी। काया के इस वस्त्र को उस समय तक उतारना न चाहती थी, जब तक उसमें एक तार भी बाकी न रहे। बाल-बच्चे होते तो वह मृत्यु का स्वागत करती, लेकिन अब तो उसके जीवन ही के साथ अन्त था, फिर क्यों न वह अधिक-से-अधिक समय तक जिये। हाँ, वह जीवन निरानन्द अवश्य था, उस मधुर ग्रास की भाँति, जिसे हम इसलिये खा जाते हैं कि रखे-रखे सड़ जायेगा।

उसने घबड़ाकर कहा—'मैं तुमसे कब से कह रही हूँ कि दो-चार महीनों के लिये यहाँ से कहीं भाग चलो, लेकिन तुम सुनते ही नहीं। आखिर क्या करने पर तुले हुए हो?'

सेठजी सशंक तो थे और यह स्वाभाविक था—ऐसी दशा में कौन शान्त रह सकता था—लेकिन वह कायर नहीं थे। उन्हें अब भी विश्वास था कि अगर कोई संकट आ पड़े, तो वह पीछे कदम न हटायेंगे। जो कुछ कमजोरी आ गयी थी, वह संकट को सिर पर मँडराते देखकर भाग गयी थी। हिरन भी तो भागने की राह न पाकर शिकारी पर चोट कर बैठता है। कभी-कभी नहीं, अक्सर संकट पड़ने पर ही आदमी के जौहर खुलते हैं। इतनी देर में सेठजी ने एक तरह से भावी विपत्ति का सामना करने का पक्का इरादा कर लिया था। डर क्यों, जो कुछ होना है, वह होकर रहेगा। अपनी रक्षा करना हमारा कर्तव्य है, मरना-जीना विधि के हाथ में है। सेठानीजी को दिलासा देते हुए बोले—'तुम नाहक इतना डरती हो केसर, आखिर वे सब भी तो आदमी हैं, अपनी जान का मोह उन्हें भी है, नहीं तो यह कुकर्म ही क्यों करते? मैं खिड़की की आड़ से दस-बीस आदमियों को गिरा सकता हूँ। पुलिस को इत्तला देने भी जा रहा हूँ। पुलिस का कर्तव्य है कि हमारी रक्षा करे। हम दस हजार सालाना टैक्स देते हैं, किसलिए? मैं अभी दरोगा जी के पास जाता हूँ। जब सरकार हमसे टैक्स लेती है, तो हमारी मदद करना उसका धर्म हो जाता है।'

राजनीति का यह तत्व उसकी समझ में नहीं आया। वह तो किसी तरह उस भय से मुक्त होना चाहती थी, जो उसके दिल में साँप की भाँति बैठा फुफकार रहा था। पुलिस का उसे जो अनुभव था, उससे चित्त को सन्तोष न होता था। बोली—'पुलिसवालों को बहुत देख चुकी। वारदात के समय तो उनकी सूरत नहीं दिखाई देती। जब वारदात हो चुकती है, तब अलबत्ता शान के साथ आकर रोब जमाने लगते हैं।'

'पुलिस तो सरकार का राज चला रही है। तुम क्या जानो?'

'मैं तो कहती हूँ, यों अगर कल वारदात होने वाली होगी, तो पुलिस को खबर देने से आज ही हो जायेगी। लूट के माल में इनका भी साझा होता है।'

'जानता हूँ, देख चुका हूँ और रोज देखता हूँ; लेकिन मैं सरकार को दस हजार का सालाना टैक्स देता हूँ। पुलिसवालों का आदर-सत्कार भी करता रहता हूँ। अभी जाड़ों में सुपरिंटेंडेंट साहब आये थे, तो मैंने कितनी रसद पहुँचायी थी। एक पूरा कनस्तर घी और एक शक्कर की

पूरी बोरी भेज दी थी। यह सब खिलाना-पिलाना किस दिन काम आयेगा। हाँ, आदमी को सोलहों आने दूसरों के भरोसे न बैठना चाहिए; इसलिए मैंने सोचा है, तुम्हें भी बन्दूक चलाना सिखा दूँ? हम दोनों बन्दूकें छोड़ना शुरू करेंगे, तो डाकुओं की क्या मजाल है कि अन्दर कदम रख सकें?'

प्रस्ताव हास्यजनक था। केसर ने मुसकराकर कहा—'हाँ और क्या, अब आज मैं बन्दूक चलाना सीखूँगी। तुमको जब देखो, हँसी ही सूझती है।'

'इसमें हँसी की क्या बात है? आजकल तो औरतों की फौजें बन रही हैं। सिपाहियों की तरह औरतें भी कवायद करती हैं, बन्दूक चलाती हैं, मैदानों में खेलती हैं। औरतों के घर में बैठने का जमाना अब नहीं है।'

'विलायत की औरतें बन्दूक चलाती होंगी, यहाँ की औरतें क्या चलायेंगी। हाँ, हाथ भर की जबान चाहे चला लें।'

'यहाँ की औरतों ने बहादुरी के जो-जो काम किये हैं, उनसे इतिहास के पन्ने भरे पड़े हैं। आज दुनिया उन वृतान्तों को पढ़कर चकित हो जाती है।'

'पुराने जमाने की बातें छोड़ो। तब औरतें बहादुर रही होंगी। आज कौन बहादुरी कर रही हैं?'

'वाह! अभी हजारों औरतें घर-बार छोड़कर हँसते-हँसते जेल चली गयी। यह बहादुरी नहीं थी? अभी पंजाब में हरनाद कुँवर ने अकेले चार सशक्त डाकुओं को गिरफ्तार किया और लाट साहब तक ने उसकी प्रशंसा की।'

'क्या जाने वे कैसी औरतें है। मैं तो डाकुओं को देखते ही चक्कर खाकर गिर पड़ूँगी।'

उसी वक्त नौकर ने आकर कहा—'सरकार, थाने से चार कानिस्टिबिल आये हैं। आपको बुला रहे हैं।'

सेठजी प्रसन्न होकर बोले—'थानेदार भी हैं?'

'नहीं सरकार, अकेले कानिस्टिबिल हैं।'

'थानेदार क्यों नहीं आया?'—यह कहते हुए सेठजी ने पान खाया और बाहर निकले।

2

सेठजी को देखते ही चारों कानिस्टिबिलों ने झुककर सलाम किया, बिलकुल अंगरेजी कायदे से, मानो अपने किसी अफ़सर को सैल्यूट कर रहे हों। सेठजी ने उन्हें बेंचों पर बैठाया और बोले—'दरोगाजी का मिजाज तो अच्छा है? मैं तो उनके पास आनेवाला था।'

चारों में जो सबसे प्रौढ़ था, जिसकी आस्तीन पर कई बिल्ले लगे हुए थे, बोला—'आप क्यों तकलीफ करते हैं, वह तो खुद ही आ रहे थे; पर एक बड़ी जरूरी तहकीकात आ गयी, इससे रुक गये। कल आपसे मिलेंगे। जबसे यहाँ डाकुओं की खबरें आयी हैं, बेचारे बहुत घबराये हुए हैं। आपकी तरफ हमेशा उनका ध्यान रहता है। कई बार कह चुके हैं कि मुझे सबसे ज्यादा फिकर सेठजी की है। गुमनाम खत तो आपके पास भी आये होंगे?'

सेठजी ने लापरवाही दिखाकर कहा—'अजी, ऐसी चिट्ठियाँ आती ही रहती हैं, इनकी कौन परवाह करता है। मेरे पास तो तीन खत आ चुके हैं, मैंने किसी से जिक्र भी नहीं किया।'

कानिस्टिबिल हँसा—'दरोगाजी को खबर मिली थी।'

'सच!'

'हाँ, साहब? रत्ती-रत्ती खबर मिलती रहती हैं। यहाँ तक मालूम हुआ है कि कल आपके मकान पर उनका धावा होनेवाला है। जभी तो आज दरोगा जी ने मुझे आपकी खिदमत में भेजा।'

'मगर वहाँ कैसे खबर पहुँची? मैंने तो किसी से कहा ही नहीं।'

कानिस्टिबिल ने रहस्यमय भाव से कहा—'हुजूर, यह न पूछें। इलाके के सबसे बड़े सेठ के पास ऐसे खत आयें और पुलिस को खबर न हो! भला, कोई बात है। फिर ऊपर से बराबर ताकीद आती रहती है कि सेठजी को शिकायत का कोई मौका न दिया जाये। सुपरिण्टेण्डेण्ट साहब की खास ताकीद है आपके लिए। और हुजूर, सरकार भी तो आप ही के बूते पर चलती है। सेठ-साहूकारों के जान-माल की हिफाजत न करें, तो रहे कहाँ? हमारे होते मजाल है कि कोई आपकी तरफ तिर्छी आँखों से देख सके; मगर यह कम्बख्त डाकू इतने दिलेर और तादाद में इतने

ज्यादा हैं कि थाने के बाहर उनसे मुकाबिला करना मुश्किल है। दरोगाजी गारद मँगाने की बात सोच रहे थे; मगर ये हत्यारे कहीं एक जगह तो रहते नहीं, आज यहाँ हैं, तो कल यहाँ से दो सौ कोस पर। गारद मँगाकर ही क्या किया जाये? इलाके की रिआया की तो हमें ज्यादा फिक्र नहीं, हुजूर मालिक हैं, आपसे क्या छिपायें, किसके पास रखा है इतना माल-असबाब! और अगर किसी के पास दो-चार सौ की पूँजी निकल ही आयी तो उसके लिए पुलिस डाकुओं के पीछे अपनी जान हथेली पर लिये न फिरेगा। उन्हें क्या, वह तो छूटते ही गोली चलाते हैं और अक्सर छिपकर। हमारे लिए तो हजार बन्दिशें हैं। कोई बात बिगड़ जाये तो उलटे अपनी ही जान आफत में फँस जाये। हमें तो ऐसे रास्ते चलना है कि साँप मरे और लाठी न टूटे, इसलिए दरोगाजी ने आपसे यह अर्ज करने को कहा है कि आपके पास जोखिम की जो चीजें हों, उन्हें लाकर सरकारी खजाने में जमा कर दीजिये। आपको उसकी रसीद दे दी जायेगी। ताला और मुहर आप ही की रहेगी। जब यह हंगामा ठण्डा हो जाये तो मँगवा लीजिएगा। इससे आपको भी बेफिक्री हो जायेगी और हम भी जिम्मेदारी से बच जायेंगे। नहीं खुदा न करे, कोई वारदात हो जाये, तो हुजूर को तो जो नुकसान हो वह तो हो ही हमारे ऊपर भी जवाबदेही आ जाये। और यह जालिम सिर्फ माल-असबाब लेकर ही तो जान नहीं छोड़ते—खून करते हैं, घर में आग लगा देते हैं, यहाँ तक कि औरतों की बेइज्जती भी करते हैं। हुजूर तो जानते हैं, होता है वही जो तकदीर में लिखा है। आप इकबालवाले आदमी हैं, डाकू आपका कुछ नहीं बिगाड़ सकते। सारा कस्बा आपके लिए जान देने को तैयार है। आपका पूजा-पाठ, धर्म-कर्म खुदा खुद देख रहा है। यह उसी की बरकत है कि आप मिट्टी भी छू लें, तो सोना हो जाये; लेकिन आदमी भरसक अपनी हिफाजत करता है। हुजूर के पास मोटर है ही, जो कुछ रखना हो, उस पर रख दीजिए। हम चार आदमी आपके साथ हैं, कोई खटका नहीं। वहाँ एक मिनट में आपको फुरसत हो जायेगी। पता चला है कि इस गोल में बीस जवान हैं। दो तो बैरागी बने हुए हैं, दो पंजाबियों के भेस में धुस्से और अलवान बेचते फिरते हैं। इन दोनों के साथ दो बहँगीवाले भी हैं। दो आदमी बलूचियों के भेस में छूरियाँ और ताले बेचते हैं। कहाँ तक गिनाऊँ, हुजूर! हमारे थाने में तो हर एक का हुलिया रखा हुआ है।'

खतरे में आदमी का दिल कमजोर हो जाता है और वह ऐसी बातों पर विश्वास कर लेता है, जिन पर शायद होश-हवास में न करता। जब किसी दवा से रोगी को लाभ नहीं होता, तो हम दुआ, तावीज, ओझों और सयानों की शरण लेते हैं और वहाँ तो सन्देह करने का कोई कारण ही न था। सम्भव है, दरोगाजी का कुछ स्वार्थ हो, मगर सेठजी इसके लिए तैयार थे। अगर दो-चार सौ बल खाने पड़े, तो कोई बड़ी बात नहीं। ऐसे अवसर तो जीवन में आते ही रहते हैं और इस परिस्थिति में इससे अच्छा दूसरा क्या इन्तजाम हो सकता था; बल्कि इसे तो ईश्वरीय प्रेरणा समझना चाहिए। माना, उनके पास दो-दो बन्दूकें हैं, कुछ लोग मदद करने के लिए निकल ही आयेंगे, लेकिन है जान जोखिम में। उन्होंने निश्चय किया, दरोगाजी की इस कृपा से लाभ उठाना चाहिए। इन्हीं आदमियों को कुछ दे-दिलाकर सारी चीजें निकलवा लेंगे। दूसरों का क्या भरोसा? कहीं कोई चीज उड़ा दें तो बस?

उन्होंने इस भाव से कहा, मानो दरोगाजी ने उस पर कोई विशेष कृपा नहीं की है; वह तो उनका कर्तव्य ही था—'मैंने यहाँ ऐसा प्रबन्ध किया था कि यहाँ वह सब आते तो उनके दाँत खट्टे कर दिये जाते। सारा कस्बा मदद के लिए तैयार था। सभी से तो अपना मित्र-भाव है, लेकिन दरोगाजी की तजवीज मुझे पसन्द है। इससे वह भी अपनी जिम्मेदारी से बरी हो जाते हैं और मेरे सिर से भी फिक्र का बोझ उतर जाता है, लेकिन भीतर से चीजें बाहर निकाल-निकालकर लाना मेरे बूते की बात नहीं। आप लोगों की दुआ से नौकर चाकरों की तो कमी नहीं है, मगर किसकी नीयत कैसी है, कौन जान सकता है? आप लोग कुछ मदद करें तो काम आसान हो जाये।'

हेड कानिस्टिबिल ने बड़ी खुशी से यह सेवा स्वीकार कर ली और बोला—'हम सब हुजूर के ताबेदार हैं, इसमें मदद की कौन-सी बात है? तलब सरकार से पाते हैं, यह ठीक है; मगर देनेवाले तो आप ही हैं। आप केवल सामान हमें दिखाये जायें, हम बात-की-बात में सारी चीजें निकाल लायेंगे। हुजूर की खिदमत करेंगे तो कुछ ईनाम-इकराम मिलेगा ही। तनख्वाह में गुजर नहीं होती सेठजी, आप लोगों की रहम की निगाह न हो, तो एक दिन भी निबाह न हो। बाल-बच्चे भूखों मर जायें। पन्द्रह-बीस रुपये में क्या होता है हुजूर, इतना तो हमारे लिए ही पूरा नहीं पड़ता।'

सेठजी ने अन्दर जाकर केसर से यह समाचार कहा तो उसे जैसे आँखें मिल गयीं। बोली—'भगवान ने सहायता की, नहीं मेरे प्राण संकट में पड़े हुए थे।' सेठजी ने सर्वज्ञता के भाव से फरमाया—'इसी को कहते हैं सरकार का इंतजाम! इसी मुस्तैदी के बल पर सरकार का राज थमा हुआ है। कैसी सुव्यवस्था है कि जरा-सी कोई बात हो, वहाँ तक खबर पहुँच जाती है और तुरन्त उसके रोकथाम का हुक्म हो जाता है। और यहाँ वाले ऐसे बुद्धू हैं कि स्वराज्य-स्वराज्य चिल्ला रहे हैं। इनके हाथ में अख्तियार आ जाये तो दिन-दोपहर लूट मच जाये, कोई किसी की न सुने। ऊपर से ताकीद आयी है। हाकिमों का आदर-सत्कार कभी निष्फल नहीं जाता। मैं तो सोचता हूँ, कोई बहुमूल्य वस्तु घर में न छोड़ूँ। साले आयें तो अपना-सा मुँह लेकर रह जायें।'

केसर ने मन-ही-मन प्रसन्न होकर कहा—'कुंजी उनके सामने फेंक देना कि जो चीज चाहो निकाल ले जाओ।'

'साले झेंप जायेंगे।'

'मुँह में कालिख लग जायेगी।'

'घमण्ड तो देखो कि तिथि तक बता दी। यह नहीं समझे कि अंग्रेजी सरकार का राज है। तुम डाल-डाल चलो, हम पात-पात चलते हैं।'

'समझे होंगे कि धमकी में आ जायेंगे।'

तीन कानिस्टिबिलों ने आकर सन्दूकचे और सेफ निकालने शुरू किये। एक बाहर सामान को मोटर पर लाद रहा था और हरेक चीज को नोटबुक पर टाँकता जाता था। आभूषण, मुहरें, नोट, रुपये, कीमती कपड़े, साड़ियाँ; लहँगे, शाल-दुशाले, सब कार में रख दिये। मामूली बरतन, लोहे-लकड़ी के सामान, फर्श आदि के सिवा घर में और कुछ न बचा। और डाकुओं के लिए ये चीज कौड़ी की भी नहीं। केसर का सिंगारदान खुद सेठजी आये और हेड के हाथ में देकर बोले—'इसे बड़ी हिफाजत से रखना, भाई!'

हेड ने सिंगारदान लेकर कहा—'मेरे लिए एक-एक तिनका इतना ही कीमती है।'

सेठजी के मन में एक सन्देह उठा। पूछा—'खजाने की कुंजी तो मेरे ही पास रहेगी?'

'और क्या, यह तो मैं पहले ही अर्ज कर चुका; मगर यह सवाल आपके दिल से क्यों पैदा हुआ?'

'योंही, पूछा था'—सेठजी लज्जित हो गये।

'नहीं, अगर आपके दिल में कुछ शुबहा हो, तो हम लोग यहाँ भी आप की खिदमत के लिए हाजिर हैं। हाँ, हम जिम्मेदार न होंगे।'

'अजी नहीं हेड साहब, मैंने योंही पूछ लिया था। यह फिहरिस्त तो मुझे दे दोगे न?'

'फिहरिस्त आपको थाने में दारोगाजी के दस्तखत से मिलेगी। इसका क्या एतबार?'

कार पर सारा सामान रख दिया गया। कस्बे के सैकड़ों आदमी तमाशा देख रहे थे। कार बड़ी थी, पर ठसाठस भरी हुई थी। बड़ी मुश्किल से सेठजी के लिए जगह निकली। चारों कानिस्टिबिल आगे की सीट पर सिमटकर बैठे।

कार चली। केसर द्वार पर इस तरह खड़ी थी, मानो उसकी बेटी बिदा हो रही हो। बेटी ससुराल जा रही है, जहाँ वह मालकिन बनेगी; लेकिन उसका घर सूना किये जा रही है।

3

थाना यहाँ से पाँच मील पर था। कस्बे से बाहर निकलते ही पहाड़ों का पथरीला सन्नाटा था, जिसके दामन में हरा-भरा मैदान था और इसी मैदान के बीच में लाल मोरम की सड़क चक्कर खाती हुई लाल साँप-जैसी निकल गयी थी।

हेड ने सेठजी ने पूछा—'यह कहाँ तक सही है सेठजी, कि आज से पचीस साल पहले आपके बाप केवल लोटा-डोर लेकर यहाँ खाली हाथ आये थे?'

सेठजी ने गर्व करते हुए कहा—'बिलकुल सही है। मेरे पास कुल तीन रुपये थे। उसी से आटे-दाल की दूकान खोली थी। तकदीर का खेल है, भगवान की दया चाहिए, आदमी के बनते-बिगड़ते देर नहीं लगती। लेकिन मैंने कभी पैसे को दाँतों से नहीं पकड़ा। यथाशक्ति धर्म का पालन

करता गया। धन की शोभा धर्म ही से है, नहीं तो धन से कोई फायदा नहीं।'

'आप बिलकुल ठीक कहते हैं सेठजी। आपकी मूरत बनाकर पूजना चाहिए। तीन रुपये से लाख कमा लेना मामूली काम नहीं है!'

'आधी रात तक सिर उठाने की फुरसत नहीं मिलती, खाँ साहब!'

'आपको तो यह सब कारोबार जंजाल-सा लगता होगा।'

'जंजाल तो है ही, मगर भगवान की ऐसी माया है कि आदमी सब कुछ समझकर भी इसमें फँस जाता है और सारी उम्र फँसा रहता है। मौत आ जाती है, तभी छुट्टी मिलती है बस, यही अभिलाषा है कि कुछ यादगार छोड़ जाऊँ।'

'आपके कोई औलाद हुई ही नहीं?'

'भाग्य में न थी खाँ साहब, और क्या कहूँ! जिनके घर में भूनी भाँग नहीं है, उनके यहाँ घास-फूस की तरह बच्चे-ही-बच्चे देख लो, जिन्हें भगवान ने खाने को दिया है, वे सन्तान का मुँह देखने को तरसते हैं।'

'आप बिलकुल ठीक कहते हैं, सेठजी! जिन्दगी का मजा सन्तान से है। जिसके आगे अँधेरा है, उसके लिए धन-दौलत किस काम का?'

'ईश्वर की यही इच्छा है तो आदमी क्या करे। मेरा बस चलता, तो मायाजाल से निकल भागता खाँ साहब, एक क्षण-भर यहाँ न रहता, कहीं तीर्थस्थान में बैठकर भगवान का भजन करता। मगर करूँ क्या? मायाजाल तोड़े नहीं टूटता।'

'एक बार दिल मजबूत करके तोड़ क्यों नहीं देते? सब उठाकर गरीबों को बाँट दीजिए। साधु-सन्तों को नहीं, न मोटे ब्राह्मणों को बल्कि उनको, जिनके लिए यह जिन्दगी बोझ हो रही है, जिसकी यही एक आरजू है कि मौत आकर उनकी विपत्ति का अन्त कर दे।'

'इस मायाजाल को तोड़ना आदमी का काम नहीं है, खाँ साहब! भगवान की इच्छा होती है, तभी मन में वैराग्य आता है।'

'आज भगवान ने आपके ऊपर दया की है। हम इस मायाजाल को मकड़ी के जाले की तरह तोड़कर आपको आजाद करने के लिए भेजे गये हैं। भगवान आपकी भक्ति से प्रसन्न हो गये हैं और आपको इस बन्धन में नहीं रखना चाहते, जीवन-मुक्त कर देना चाहते हैं।'

'ऐसी भगवान की दया हो जाती, तो क्या पूछना खाँ साहब!'

'भगवान की ऐसी ही दया है सेठजी, विश्वास मानिए। हमें इसीलिए उन्होंने मृत्युलोक में तैनात किया है। हम कितने ही मायाजाल के कैदियों की बेड़ियाँ काट चुके हैं। आज आपकी बारी है।'

सेठजी की नाड़ियों में जैसे रक्त का प्रवाह बन्द हो गया। सहमी हुई आँखों से सिपाहियों को देखा। फिर बोले—'आप बड़े हँसोड़ हो, खाँ साहब?'

'हमारे जीवन का सिद्धान्त है कि किसी को कष्ट मत दो; लेकिन ये रुपये वाले कुछ ऐसी औंधी खोंपड़ी के लोग हैं जो उनका उद्धार करने आता है, उसी के दुश्मन हो जाते हैं। हम आपकी बेड़ियाँ काटने आये हैं; लेकिन अगर आपसे कहें कि यह सब जमा-जथा और लता-पता छोड़कर घर की राह लीजिए, तो आप चीखना-चिल्लाना शुरू कर देंगे। हम लोग वही खुदाई फौजदार हैं, जिनके इत्तलाई खत आपके पास पहुँच चुके हैं।'

सेठजी मानो आकाश से पाताल में गिर पड़े। सारी ज्ञानेन्द्रियों ने जवाब दे दिया और इसी मूर्च्छा की दशा में वह मोटरकार से नीचे ढकेल दिये गये और गाड़ी चल पड़ी।

सेठजी की चेष्टा जाग पड़ी। बदहवास गाड़ी के पीछे दौड़े—'हुजूर, सरकार, तबाह हो जायेंगे, दया कीजिए, घर में एक कौड़ी भी नहीं है...'

हेड साहब ने खिड़की से बाहर हाथ निकाला और तीन रुपये जमीन पर फेंक दिये। मोटर की चाल तेज हो गयी।

सेठजी सिर पकड़कर बैठ गये और विक्षिप्त नेत्रों से मोटरकार को देखा, जैसे कोई शव स्वर्गारोही प्राण को देखे। उनके जीवन का स्वप्न उड़ा चला जा रहा था।

चमत्कार

बी० ए० पास करने के बाद चन्द्रप्रकाश को एक ट्यूशन करने के सिवा और कुछ न सूझा। उनकी माता पहले ही मर चुकी थी, इसी साल पिता का भी देहान्त हो गया और प्रकाश जीवन के जो मधुर स्वप्न देखा करता था, वे सब धूल में मिल गये। पिता ऊँचे ओहदे पर थे, उनकी कोशिश से चन्द्रप्रकाश को कोई अच्छी जगह मिलने की पूरी आशा थी; पर वे सब मनसूबे धरे रह गये और अब गुजर-बसर के लिए वही 30/- महीने की ट्यूशन रह गई। पिता ने कुछ सम्पत्ति भी न छोड़ी, उलटे वधू का बोझ और सिर पर लाद दिया और स्त्री भी मिली, तो पढ़ी-लिखी, शौकीन, जबान की तेज जिसे मोटा खाने और मोटा पहनने से मर जाना कबूल था। चन्द्रप्रकाश को 30/- की नौकरी करते शर्म तो आयी; लेकिन ठाकुर साहब ने रहने का स्थान देकर उसके आँसू पोंछ दिये। यह मकान ठाकुर साहब के मकान से बिलकुल मिला हुआ था—पक्का, हवादार, साफ-सुथरा और जरूरी सामान से लैस। ऐसा मकान 20/- से कम पर न मिलता, काम केवल दो घंटे का। लड़का था तो लगभग उन्हीं की उम्र का; पर बड़ा कुन्दजेहन, कामचोर। अभी नवें दरजे में पढ़ता था। सबसे बड़ी बात यह कि ठाकुर और ठाकुराइन दोनों प्रकाश का बहुत आदर करते थे, बल्कि उसे लड़का ही समझते थे। वह नौकर नहीं, घर का आदमी था और घर के हर एक मामले में उसकी सलाह ली जाती थी। ठाकुर साहब अंगरेज़ी नहीं जानते थे। उनकी समझ में अंगरेजीदां लौंडा भी उनसे ज्यादा बुद्धिमान, चतुर और तजरबेकार था।

2

सन्ध्या का समय था। प्रकाश ने अपने शिष्य वीरेन्द्र को पढ़ा कर छड़ी उठायी, तो ठाकुराइन ने आ कर कहा—'अभी न जाओ बेटा, जरा मेरे साथ आओ, तुमसे कुछ सलाह करनी है।'

प्रकाश ने मन में सोचा—*आज कैसी सलाह है, वीरेन्द्र के सामने क्यों नहीं कहा?* उसे भीतर ले जाकर रमा देवी ने कहा—'तुम्हारी क्या सलाह है, बीरू को ब्याह दूँ? एक बहुत अच्छे घर से सन्देशा आया है।'

प्रकाश ने मुस्करा कर कहा—'यह तो बीरू ही से पूछिए।'

'नहीं, मैं तुमसे पूछती हूँ।'

प्रकाश ने असमंजस में पड़कर कहा—'मैं इस विषय में क्या सलाह दे सकता हूँ। उनका बीसवाँ साल तो है; लेकिन यह समझ लीजिए कि पढ़ना हो चुका।'

'तो अभी न करूँ, यही सलाह है?'

'जैसा आप उचित समझें। मैंने तो दोनों बातें कह दीं।'

'तो कर डालूँ? मुझे डर लगता है कि लड़का कहीं बहक न जाये।'

'मेरे रहते इसकी तो आप चिन्ता न करें। हाँ, इच्छा हो, तो कर डालिए। कोई हरज भी नहीं है।'

'सब तैयारियाँ तुम्हीं को करनी पड़ेंगी, यह समझ लो।'

'तो मैं इनकार कब करता हूँ।'

रोटी की खैर मनानेवाले शिक्षित युवकों में एक प्रकार की दुविधा होती है, जो उन्हें अप्रिय सत्य कहने से रोकती है। प्रकाश में भी यही कमजोरी थी।

बात पक्की हो गयी और विवाह का सामान होने लगा। ठाकुर साहब उन मनुष्यों में थे, जिन्हें अपने ऊपर विश्वास नहीं होता। उनकी निगाह में प्रकाश की डिग्री, उनके साठ साल के अनुभव से कहीं मूल्यवान थी। विवाह का सारा आयोजन प्रकाश के हाथों में था। दस-बारह हजार रुपये खर्च करने का अधिकार कुछ कम गौरव की बात न थी। देखते-देखते एक फटेहाल युवक जिम्मेदार मैनेजर बन बैठा। कहीं कपड़ेवाला उसे

सलाम करने आया है, कहीं मुहल्ले का बनिया घेरे हुए है; कहीं गैस और शामियानेवाला खुशामद कर रहा है। वह चाहता, तो दो-चार सौ रुपये बड़ी आसानी से बना लेता, लेकिन इतना नीच न था। फिर उसके साथ क्या दगा करता, जिसने सब कुछ उसी पर छोड़ दिया था। पर जिस दिन उसने पाँच हजार के जेवर खरीदे, उस दिन उसका मन चंचल हो उठा।

घर आकर चम्पा से बोला—'हम तो यहाँ रोटियों के मुहताज हैं और दुनिया में ऐसे आदमी पड़े हुए हैं जो हजारों-लाखों रुपये के जेवर बनवा डालते हैं। ठाकुर साहब ने आज बहू के चढ़ावे के लिए पाँच हजार के जेवर खरीदे। ऐसी-ऐसी चीजें कि देख कर आँखें ठण्डी हो जायें। सच कहता हूँ, बाज चीजों पर तो आँख नहीं ठहरती थी।'

चम्पा ईर्ष्या-जनित विराग से बोली—'ऊँह, हमें क्या करना है? जिन्हें ईश्वर ने दिया है, वे पहनें। यहाँ तो रोकर मरने ही के लिए पैदा हुए हैं।'

चन्द्रप्रकाश—'इन्हीं लोगों को मौज़ है। न कमाना, न धमाना। बाप दादा छोड़ गये हैं, मजे से खाते और चैन करते हैं। इसी से कहता हूँ, ईश्वर बड़ा अन्यायी है।'

चम्पा—'अपना-अपना पुरुषार्थ है, ईश्वर का क्या दोष? तुम्हारे बाप-दादा छोड़ गये होते, तो तुम मौज करते। यहाँ तो रोटियाँ चलनी मुश्किल हैं, गहने-कपड़े को कौन रोये। और न इस जिन्दगी में कोई ऐसी आशा ही है। कोई गत की साड़ी भी नहीं रही कि किसी भले आदमी के घर जाऊँ, तो पहन लूँ। मैं तो इसी सोच में हूँ कि ठकुराइन के यहाँ ब्याह में कैसे जाऊँगी। सोचती हूँ, बीमार पड़ जाती तो जान बचती।'

यह कहते-कहते उसकी आँखें भर आयीं।

प्रकाश ने तसल्ली दी—'साड़ी तुम्हारे लिए लाऊँ। अब क्या इतना भी न कर सकूँगा? मुसीबत के ये दिन क्या सदा बने रहेंगे? जिन्दा रहा, तो एक दिन तुम सिर से पाँव तक जेवरों से लदी रहोगी।'

चम्पा मुसकराकर बोली—'चलो, ऐसी मन की मिठाई मैं नहीं खाती। निबाह होता जाये, यही बहुत है। गहनों की साध नहीं है।'

प्रकाश ने चम्पा की बातें सुनकर लज्जा और दुःख से सिर झुका लिया। चम्पा उसे इतना पुरुषार्थहीन समझती है।

3

रात को दोनों भोजन करके लेटे, तो प्रकाश ने फिर गहनों की बात छेड़ी। गहने उसकी आँखों में बसे हुए थे—'इस शहर में ऐसे बढ़िया गहने बनते हैं, मुझे इसकी आशा न थी।'

चम्पा ने कहा—'कोई और बात करो। गहनों की बात सुनकर जी जलता है।'

'वैसी चीजे तुम पहनो, तो रानी मालूम होने लगो।'

'गहनों से क्या सुन्दरता बढ़ जाती है? मैंने तो ऐसी बहुत-सी औरतें देखी हैं, जो गहनें पहनकर भद्दी दीखने लगती हैं।'

'ठाकुर साहब भी मतलब के यार हैं। यह न हुआ कि कहते, इसमें से कोई चीज चम्पा के लिए भी लेते जाओ।'

'तुम भी कैसी बच्चों की-सी बातें करते हो?'

'इसमें बचपन की क्या बात है? कोई उदार आदमी कभी इतनी कृपणता न करता।'

'मैंने तो कोई ऐसा उदार आदमी नहीं देखा, जो अपनी बहू के गहने किसी गैर को दे दे।'

'मैं गैर नहीं हूँ। हम दोनों एक ही मकान में रहते हैं। मैं उनके लड़के को पढ़ाता हूँ और शादी का सारा इन्तजाम कर रहा हूँ। अगर सौ-दो-सौ की कोई चीज दे देते, तो वह निष्फल न जाती। मगर धनवानों का हृदय धन के भार से दबकर सिकुड़ जाता है। उनमें उदारता के लिए स्थान ही नहीं रहता।'

रात के बारह बज गये हैं, फिर भी प्रकाश को नींद नहीं आती। बार-बार वही चमकीले गहने आँखों के सामने आ जाते हैं। कुछ बादल हो आये हैं और बार-बार बिजली चमक उठती है।

सहसा प्रकाश चारपाई से उठ खड़ा हुआ। उसे चम्पा का आभूषणहीन अंग देखकर दया आयी। यही तो खाने-पहनने की उम्र है और इसी उम्र में इस बेचारी को हर एक चीज के लिए तरसना पड़ रहा है। वह दबे पाँव कमरे से बाहर निकलकर छत पर आया। ठाकुर साहब की छत इस छत से मिली हुई थी। बीच में एक पाँच फीट ऊँची दीवार

थी। वह दीवार पर चढ़कर ठाकुर साहब की छत पर आहिस्ता से उतर गया। घर में बिलकुल सन्नाटा था।

उसने सोचा—*पहले जीने से उतरकर ठाकुर साहब के कमरे में चलूँ। अगर वह जाग गये, तो जोर से हँसूँगा और कहूँगा—कैसा चरका दिया, या कह दूँगा, मेरे घर की छत से कोई आदमी इधर आता दिखायी दिया, इसलिए मैं भी उसके पीछे-पीछे आया कि देखूँ, यह क्या करता है। अगर सन्दूक की कुँजी मिल गयी तो फिर फतह है। किसी को मुझ पर सन्देह ही न होगा। सब लोग नौकरों पर सन्देह करेंगे—साहब! नौकरों की हरकत है, इन्हें छोड़कर और कौन ले जा सकता है? मैं बेदाग बच जाऊँगा! शादी के बाद कोई दूसरा घर लूँगा। फिर धीरे-धीरे एक-एक चीज चम्पा को दूँगा, जिसमें उसे कोई सन्देह न हो।*

फिर भी वह जीने से उतरने लगा तो उसकी छाती धड़क रही थी।

4

धूप निकल आयी थी। प्रकाश अभी सो रहा था कि चम्पा ने उसे जगा कर कहा—'बड़ा गजब हो गया। रात को ठाकुर साहब के घर में चोरी हो गयी। चोर गहने की सन्दूकची उठा ले गया।'

प्रकाश ने पड़े-पड़े पूछा—'किसी ने पकड़ा नहीं चोर को?'

'किसी को खबर भी हो! वह सन्दूकची ले गया, जिसमें ब्याह के गहने रखे थे। न-जाने कैसे कुंजी उड़ा ली और न-जाने कैसे उसे मालूम हुआ कि इस सन्दूक में सन्दूकची रखी है!'

'नौकरों की कार्रवाई होगी। बाहरी चोर का यह काम नहीं है।'

'नौकर तो उसके तीनों पुराने हैं।'

'नीयत बदलते क्या देर लगती है! आज मौका देखा, उठा ले गये!'

'तुम जाकर जरा उन लोगों को तसल्ली तो दो। ठाकुराइन बेचारी रो रही थीं। तुम्हारा नाम ले-लेकर कहती थीं कि बेचारा महीनों इन गहनों के लिए दौड़ा, एक-एक चीज अपने सामने जँचवायी और चोर दाढ़ीजारों ने उसकी सारी मेहनत पर पानी फेर दिया।'

प्रकाश चटपट उठ बैठा और घबड़ाता हुआ-सा जाकर ठाकुराइन

से बोला—'यह तो बड़ा अनर्थ हो गया माताजी, मुझसे तो अभी-अभी चम्पा ने कहा।'

ठाकुर साहब सिर पर हाथ रखे बैठे हुए थे। बोले—'कहीं सेंध नहीं, कोई ताला नहीं टूटा, किसी दरवाजे की चूल नहीं उतरी। समझ में नहीं आता, चोर आया किधर से!'

ठाकुराइन ने रोकर कहा—'मैं तो लुट गयी भैया, ब्याह सिर पर खड़ा है, कैसे क्या होगा, भगवान! तुमने दौड़-धूप की थी, तब कहीं जाके चीजें आयी थीं। न-जाने किस मनहूस सायत से लग्न आयी थी।'

प्रकाश ने ठाकुर साहब के कान में कहा—'मुझे तो किसी नौकर की शरारत मालूम होती है।'

ठाकुराइन ने विरोध किया—'अरे नहीं भैया, नौकरों में ऐसा कोई नहीं। दस-दस हजार रुपये यों ही ऊपर रखे रहते थे, कभी एक पाई भी नहीं गयी।

ठाकुर साहब ने नाक सिकोड़कर कहा—'तुम क्या जानो, आदमी का मन कितना जल्द बदल जाया करता है। जिसने अब तक चोरी नहीं की, वह कभी चोरी न करेगा, यह कोई नहीं कह सकता। मैं पुलिस में रिपोर्ट करूँगा और एक-एक नौकर की तलाशी कराऊँगा। कहीं माल उड़ा दिया होगा। जब पुलिस के जूते पड़ेंगे, तो आप ही कबूलेंगे।'

प्रकाश ने पुलिस का घर में आना खतरनाक समझा। कहीं उन्हीं के घर में तलाशी ले, तो अनर्थ ही हो जाये। बोले—'पुलिस में रिपोर्ट करना और तहकीकात कराना व्यर्थ है। पुलिस माल तो न बरामद कर सकेगी। हाँ, नौकरों को मार-पीट भले ही लेगी। कुछ नजर भी उसे चाहिये, नहीं तो कोई दूसरा स्वाँग खड़ा कर देगी। मेरी तो सलाह है कि एक-एक नौकर को एकान्त में बुलाकर पूछा जाये।'

ठाकुर साहब ने मुँह बनाकर कहा—'तुम भी क्या बच्चों की-सी बात करते हो, प्रकाश बाबू! भला, चोरी करने वाला अपने आप कबूलेगा। तुम मारपीट भी तो नहीं करते, हाँ, पुलिस में रिपोर्ट करना मुझे भी फजूल मालूम होता है। माल बरामद होने से रहा, उलटे महीनों की परेशानी हो जायेगी।'

प्रकाश—'लेकिन कुछ-न-कुछ तो करना ही पड़ेगा।'

ठाकुर—'कोई लाभ नहीं। हाँ, अगर कोई खुफिया पुलिस हो, जो चुपके-चुपके पता लगावे, तो अलबत्ता माल निकल आये; लेकिन यहाँ ऐसी पुलिस कहाँ? तकदीर ठोंक कर बैठ रहो और क्या।'

प्रकाश—'आप बैठ रहिए; लेकिन मैं बैठने वाला नहीं। मैं इन्हीं नौकरों के सामने चोर का नाम निकलवाऊँगा?'

ठाकुराइन—'नौकरों पर मुझे पूरा विश्वास है। किसी का नाम निकल भी आये, तो मुझे सन्देह ही रहेगा। किसी बाहर के आदमी का काम है। चाहे जिधर से आया हो; पर चोर आया। बाहर से। तुम्हारे कोठे से भी तो आ सकता है।'

ठाकुर—'हाँ, जरा अपने कोठे पर देखो, शायद कुछ निशान मिले। कल दरवाजा तो खुला नहीं रह गया?'

प्रकाश का दिल धड़कने लगा। बोला—'मैं तो दस बजे द्वार बन्द कर लेता हूँ। हाँ, कोई पहले से मौका पाकर कोठे पर चला गया हो और वहाँ छिपा बैठा रहा हो, तो बात दूसरी है।'

तीनों आदमी छत पर गये, तो बीच की मुँडेर पर किसी के पाँव की रगड़ के निशान दिखाई दिये। जहाँ पर प्रकाश का पाँव पड़ा था, वहाँ का चूना लग जाने के कारण छत पर पाँव का निशान पड़ गया था। प्रकाश की छत पर जाकर मुंडेर की दूसरी तरफ देखा, तो वैसे ही निशान वहाँ भी दिखाई दिये। ठाकुर साहब सिर झुकाये खड़े थे, संकोच के मारे कुछ कह न सकते थे। प्रकाश ने उनके मन की बात खोल दी—'इससे तो स्पष्ट होता है कि चोर मेरे ही घर में से आया। अब तो कोई सन्देह ही नहीं रहा।'

ठाकुर साहब ने कहा—'हाँ, मैं भी यही समझता हूँ; लेकिन इतना पता लग जाने से ही क्या हुआ। माल तो जाना था, सो गया। अब चलो, आराम से बैठें! आज रुपये की कोई फिक्र करनी होगी।'

प्रकाश—'मैं आज ही वह घर छोड़ दूँगा।'

ठाकुर—'क्यों, इसमें तुम्हारा कोई दोष नहीं।'

प्रकाश—'आप कहें; लेकिन मैं समझता हूँ मेरे सिर बड़ा भारी अपराध लग गया। मेरा दरवाजा नौ-दस बजे तक खुला ही रहता है। चोर ने रास्ता देख लिया। संभव है, दो-चार दिन में फिर आ घुसे। घर में अकेली एक औरत सारे घर की निगरानी नहीं कर सकती। इधर तो रसोई

में बैठी है, उधर कोई आदमी चुपके से ऊपर चढ़ जाये, तो जरा भी आहट नहीं मिल सकती। मैं घूम-घामकर कभी नौ बजे आया, कभी दस बजे। और शादी के दिनों में तो देर होती ही रहेगी। उधर का रास्ता बन्द हो जाना चाहिए। मैं तो समझता हूँ, इस चोरी की सारी जिम्मेदारी मेरे सिर है।'

ठाकुराइन डरीं—'तुम चले जाओगे भैया, तब तो घर और फाड़ खायगा।'

प्रकाश—'कुछ भी हो माताजी, मुझे बहुत जल्द घर छोड़ना ही पड़ेगा। मेरी गफलत से चोरी हुई, उसका मुझे प्रायश्चित करना ही पड़ेगा।'

प्रकाश चला गया, तो ठाकुर ने स्त्री से कहा—'बड़ा लायक आदमी है।'

ठाकुराइन—'क्या बात है। चोर उधर से आया, यही बात उसे लग गयी।'

'कहीं यह चोर को पकड़ पावे, तो कच्चा खा जाये।'

'मार ही डाले!'

'देख लेना, कभी-न-कभी माल बरामद करेगा।'

'अब इस घर में कदापि न रहेगा, कितना ही समझाओ।'

'किराये के 20/- और दे दूँगा।'

'हम किराया क्यों दें? वह आप घर ही छोड़ रहे हैं। हम तो कुछ कहते नहीं।'

'किराया तो देना ही पड़ेगा। ऐसे आदमी के साथ कुछ बल भी खाना पड़े, तो बुरा नहीं लगता।'

'मैं तो समझती हूँ, वह किराया लेंगे ही नहीं।'

'तीस रुपये में गुजर भी तो न होता होगा।'

5

प्रकाश ने उसी दिन वह घर छोड़ दिया। उस घर में रहने से जोखिम था। लेकिन जब तक शादी की धूमधाम रही, प्राय: सारे दिन यहीं रहते थे। चम्पा ने कहा—'एक सेठजी के यहाँ 50/- महीने का काम और

मिल गया है; मगर वह रुपये मैं उन्हीं के पास जमा करता जाऊँगा। वह आमदनी केवल जेवरों में खर्च होगी। उसमें से एक पाई भी घर के खर्च में न आने दूँगा।' चम्पा फड़क उठी। पति-प्रेम का यह परिचय पाकर उसने अपने भाग्य को सराहा, देवताओं में उसकी श्रद्धा और भी बढ़ गयी।

अब तक प्रकाश और चम्पा के बीच में कोई परदा न था। प्रकाश के पास जो कुछ था, वह चम्मा का था। चम्पा ही के पास उसके बक्से, संदूक, आलमारी की कुंजियाँ रहती थीं; मगर अब प्रकाश का एक संदूक हमेशा बन्द रहता। उसकी कुंजी कहाँ है, इसका चम्पा को पता नहीं। वह पूछती है, इस सन्दूक में क्या है, तो वह कह देते हैं—'कुछ नहीं, पुरानी किताबें मारी-मारी फिरती थीं, उठा के सन्दूक में बन्द कर दी हैं।' चम्पा को सन्देह का कोई कारण न था।

एक दिन चम्पा पति को पान देने गयी तो देखा, वह सन्दूक को खोले हुए देख रहे हैं। उसे देखते ही उन्होंने सन्दूक जल्दी से बन्द कर दिया। उनका चेहरा जैसे फक हो गया। सन्देह का अंकुर जमा; मगर पानी न पाकर सूख गया। चम्पा किसी ऐसे कारण की कल्पना ही न कर सकी, जिससे सन्देह को आश्रय मिलता।

लेकिन पाँच हजार की सम्पत्ति को इस तरह छोड़ देना कि उसका ध्यान ही न आवे, प्रकाश के लिए असम्भव था। वह कहीं बाहर से आता तो एक बार सन्दूक अवश्य खोलता।

एक दिन पड़ोस में चोरी हो गयी। उस दिन से प्रकाश अपने कमरे ही में सोने लगा। असाढ़ के दिन थे। उमस के मारे दम घुटता था। ऊपर एक साथ-सुथरा बरामदा था, जो बरसात में सोने के लिए ही शायद बनाया गया था। चम्पा ने कई बार ऊपर सोने के लिए कहा, पर प्रकाश ने न माना। अकेला घर कैसे छोड़ दे?

चम्पा ने कहा—'चोरी ऐसों के यहाँ नहीं होती। चोर घर में कुछ देख कर ही जान खतरे में डालता है। यहाँ क्या रखा है?'

प्रकाश ने क्रुद्ध होकर कहा—'कुछ नहीं है, बरतन-भाँड़े तो हैं हीं। गरीब के लिए अपनी हाँडी ही बहुत है।'

एक दिन चम्पा ने कमरे में झाड़ू लगायी तो, सन्दूक को खिसकाकर दूसरी तरफ रख दिया। प्रकाश ने सन्दूक का स्थान बदला हुआ पाया, तो सशंक होकर बोला—'सन्दूक तुमने हटाया?'

यह पूछने की कोई बात न थी। झाड़ू लगाते वक्त प्राय: चीजें इधर-उधर खिसक ही जाती हैं। बोली—'मैं क्यों हटाने लगी?'

'फिर किसने हटाया?'

'मैं नहीं जानती।'

'घर में तुम रहती हो, जानेगा कौन?'

'अच्छा, अगर मैंने ही हटा दिया, तो इसमें पूछने की क्या बात है?'

'कुछ नहीं, यों ही पूछता था।'

मगर जब तक सन्दूक खोलकर सब चीजें देख न ले, प्रकाश को चैन कहाँ? चम्पा ज्यों ही भोजन पकाने लगी, उसने सन्दूक खोला और आभूषणों को देखने लगा। आज चम्पा ने पकौड़ियाँ बनायी थीं। पकौड़ियाँ गरम-गरम ही मजा देती हैं। प्रकाश को पकौड़ियाँ पसन्द भी थीं। उसने थोड़ी-सी पकौड़ियाँ एक तश्तरी में रखीं और प्रकाश को देने गयी। प्रकाश ने उसको देखते ही सन्दूक धमाके से बन्द कर दिया और ताला लगाकर उसे बहलाने के इरादे से बोला—'तश्तरी में क्या लायीं? अच्छा, पकौड़ियाँ हैं?'

आज चम्पा को सन्देह हो गया। सन्दूक में क्या है, यह देखने की उत्सुकता हुई। प्रकाश उसकी कुंजी कहीं छिपाकर रखता था। चम्पा किसी तरह वह कुंजी उड़ा लेने की चाल सोचने लगी। एक दिन एक बिसाती कुंजियों का गुच्छा बेचने आ निकला। चम्पा ने उस ताले की कुंजी ले ली और सन्दूक खोल डाला। अरे ये तो आभूषण हैं। उसने एक-एक आभूषण को निकाल कर देखा। ये गहने कहाँ से आये! मुझसे कभी इनकी चर्चा नहीं की। सहसा उसके मन में भाव उठा—*कहीं ये ठाकुर साहब के गहने तो नहीं हैं। चीजें वही थीं, जिनका वह बखान करते रहते थे।* उसे अब कोई सन्देह न रहा; लेकिन इतना घोर पतन! लज्जा और खेद से उसका सिर झुक गया।

उसने तुरन्त सन्दूक बन्द कर दिया और चारपाई पर लेटकर सोचने लगी। *इनकी हिम्मत पड़ी कैसे? यह दुर्भावना इनके मन में आयी ही क्यों? मैंने तो कभी आभूषणों के लिये आग्रह नहीं किया। अगर आग्रह भी करती, तो क्या उसका आशय यह होता कि वह चोरी करके लावें? चोरी—आभूषणों के लिए! इनका मन क्यों इतना दुर्बल हो गया?*

उसके जी में आया, इन गहनों को उठा ले और ठाकुराइन के चरणों

पर डाल दे। उनसे कहे—*यह मत पूछिए, ये गहने मेरे पास कैसे आये। आपकी चीज आपके पास आ गयी, इसी से सन्तोष कर लीजिए।*

लेकिन परिणाम कितना भयंकर होगा!

6

उस दिन से चम्पा कुछ उदास रहने लगी। प्रकाश से उसे वह प्रेम न रहा, न वह सम्मान भाव। बात-बात पर तकरार होती। अभाव में जो परस्पर सद्‌भाव था, वह गायब हो गया। तब एक दूसरे से दिल की बात कहता था, भविष्य के मनसूबे बाँधे जाते थे, आपस में सहानुभूति थी। अब दोनों ही दिलगीर रहते। कई-कई दिनों तक आपस में एक बात भी न होती।

कई महीने गुजर गये। शहर के एक बैंक में असिस्टेण्ट मैनेजर की जगह खाली हुई। प्रकाश ने अर्थशास्त्र पढ़ा था; लेकिन शर्त यह थी कि नकद दस हजार की जमानत दाखिल की जाये। इतनी बड़ी रकम कहाँ से आवे। प्रकाश तड़प-तड़पकर रह जाता था।

एक दिन ठाकुर साहब से इस विषय में बात चल पड़ी।

ठाकुर साहब ने कहा—'तुम क्यों नहीं दरख्वास्त भेजते?'

प्रकाश ने सिर झुकाकर कहा—'दस हजार की नकद जमानत माँगते हैं। मेरे पास रुपये कहाँ रखे हैं!'

'अजी तुम दरख्वास्त तो दो। अगर सारी बातें तय हो जायें, तो जमानत भी दे दी जायेगी। इसकी चिन्ता न करो।'

प्रकाश ने स्तम्भित होकर कहा—'आप जमानत दे देंगे?'

'हाँ-हाँ, यह कौन-सी बड़ी बात है।'

प्रकाश घर चला तो बहुत रंजीदा था! उसको यह जगह अब अवश्य मिलेगी; लेकिन फिर भी वह प्रसन्न नहीं है। ठाकुर साहब की सरलता, उनका उस पर इतना अटल विश्वास, उसे आहत कर रहा है। उनकी शराफत उसके कमीनेपन को कुचले डालती है।

उसने घर आकर चम्पा को यह खुशखबरी सुनायी। चम्पा ने सुनकर मुँह फेर लिया। एक क्षण के बाद बोली—'ठाकुर साहब से तुमने क्यों जमानत दिलवायी?'

प्रकाश ने चिढ़कर कहा—'फिर और किससे दिलवाता?'

'यही न होता कि जगह न मिलती। रोटियाँ तो मिल ही जातीं। रुपये-पैसे की बात है। कहीं भूल-चूक हो जाये, तो तुम्हारे साथ उनके रुपये भी जायें?'

'यह तुम कैसे समझती हो कि भूल-चूक होगी? क्या मैं अनाड़ी हूँ?'

चम्पा ने विरक्त मन से कहा—'आदमी की नीयत भी तो हमेशा एक-सी नहीं रहती!'

प्रकाश ठसक-से रह गया। उसने चम्पा को चुभती हुई आँखों से देखा; पर चम्पा ने मुँह फेर लिया था। वह उसके भावों के विषय में कुछ निश्चय न कर सका, लेकिन ऐसी खुशखबरी सुनकर भी चम्पा का उदासीन रहना उसे विकल करने लगा। उसके मन में प्रश्न उठा—*इस वाक्य में कहीं आक्षेप तो नहीं छिपा हुआ है। चम्पा ने सन्दूक खोलकर देख तो नहीं लिया?* इस प्रश्न का उत्तर पाने के लिए इस समय वह अपनी एक आँख भी भेंट कर सकता था।

भोजन करते समय प्रकाश ने चम्पा से पूछा—'तुमने क्या सोचकर कहा था कि आदमी की नीयत तो हमेशा एक-सी नहीं रहती?' जैसे यह उसके जीवन या मृत्यु का प्रश्न हो।

चम्पा ने संकट में पड़कर कहा—'कुछ नहीं, मैंने दुनिया की बात कही थी।' प्रकाश को संतोष न हुआ।

'क्या जितने आदमी बैंकों में नौकर हैं, उनकी नीयत बदलती रहती है?' वह बोला।

चम्पा ने गला छुड़ाना चाहा—'तुम जबान पकड़ते हो। ठाकुर साहब के यहाँ इस शादी ही में तुम अपनी नीयत ठीक नहीं रख सके। सौ-दो-सौ रुपये की चीजें घर रख ही लीं।'

प्रकाश के दिल से बोझ उतर गया। मुस्कराकर बोला—'अच्छा, तुम्हारा संकेत उस तरफ था, लेकिन मैंने कमीशन के सिवा उनकी एक पाई भी नहीं छुई। और कमीशन लेना तो कोई पाप नहीं? बड़े-बड़े हुक्काम खुले-खजाने कमीशन लिया करते हैं।'

चम्पा ने तिरस्कार के भाव से कहा—'जो आदमी अपने ऊपर इतना विश्वास रखे, उसकी आँख बचाकर एक पाई भी लेना मैं पाप समझती हूँ। तुम्हारी सज्जनता तो मैं जब जानती कि तुम कमीशन के रुपये

ले जाकर उनके हवाले कर देते। इन छः महीनों में उन्होंने तुम्हारे साथ क्या-क्या सलूक किये, कुछ याद है? मकान तुमने खुद छोड़ा; लेकिन वह 20/- महीने देते जाते हैं? इलाके से कोई सौगात आती है, तो तुम्हारे यहाँ जरूर भेजते हैं। तुम्हारे पास घड़ी न थी, अपनी घड़ी तुम्हें दे दी। तुम्हारी महरी जब नागा करती है, खबर पाते ही अपना नौकर भेज देते हैं। मेरी बीमारी ही में डाक्टर साहब की फीस उन्होंने दी, और दिन में दो बार हाल-चाल भी पूछने आया करते थे। यह जमानत ही क्या छोटी बात है? अपने सम्बन्धियों तक की जमानत तो जल्दी कोई करता ही नहीं, तुम्हारी जमानत के लिए दस हजार रुपये नकद निकाल कर दे दिये। इसे तुम छोटी बात समझते हो? आज तुमसे कोई भूल-चूक हो जाये, तो उनके रुपये तो जब्त हो ही जायेंगे! जो आदमी अपने ऊपर इतनी दया रखे, उसके लिए हमें भी प्राण देने को तैयार रहना चाहिए।'

प्रकाश भोजन करके लेटा, तो उसकी आत्मा उसे धिक्कार रही थी। दुखते हुए फोड़े में कितना मवाद भरा हुआ है, यह उस वक्त मालूम होता है, जब नश्तर लगाया जाता है। मन का विकार उस वक्त मालूम होता है, जब कोई उसे हमारे सामने खोलकर रख देता है। किसी सामाजिक या राजनीतिक अन्याय का व्यंग्य-चित्र देखकर क्यों हमारे मन को चोट लगती है? इसीलिए कि वह चित्र हमारी पशुता को खोलकर हमारे सामने रख देता है। वह, जो मनो-सागर में बिखरा हुआ पड़ा था, जैसे केन्द्रीभूत होकर वृहदाकार हो जाता है। तब हमारे मुँह से निकल पड़ता है—*उफ्फोह!* चम्पा के इन तिरस्कार-भरे शब्दों ने प्रकाश के मन में ग्लानि उत्पन्न कर दी। वह सन्दूक कई गुना भारी होकर शिला की भाँति उसे दबाने लगा। मन में फैला हुआ विकार एक बिन्दु पर एकत्र होकर टीसने लगा।

7

कई दिन बीत गये। प्रकाश को बैंक में जगह मिल गयी। इसी उत्सव में उसके यहाँ मेहमानों की दावत है। ठाकुर साहब, उनकी स्त्री, बीरू और उसकी नवेली बहू—सभी आये हुए हैं। चम्पा सेवा-सत्कार में लगी हुई है। बाहर दो-चार मित्र गा-बजा रहे हैं। भोजन करने के बाद ठाकुर साहब चलने को तैयार हुए।

प्रकाश ने कहा—'आज आपको यहीं रहना होगा, दादा! मैं इस वक्त न जाने दूँगा।'

चम्पा को उसका यह आग्रह बुरा लगा। चारपाइयाँ नहीं हैं, बिछावन नहीं है और न काफी जगह ही है। रात-भर उन्हें तकलीफ देने और आप तकलीफ उठाने की कोई जरूरत उसकी समझ में न आयी; लेकिन प्रकाश आग्रह करता ही रहा, यहाँ तक कि ठाकुर साहब राजी हो गये।

बारह बज गये थे। ठाकुर साहब ऊपर सो रहे थे। बीरू और प्रकाश बाहर बरामदे में थे। तीन स्त्रियाँ अन्दर कमरे में थीं, प्रकाश जाग रहा था। बीरू के सिरहाने उसकी कुंजियों का गुच्छा पड़ा हुआ था। प्रकाश ने गुच्छा उठा लिया। फिर कमरा खोलकर उसमें से गहनों की सन्दूकची निकालीं और ठाकुर साहब के घर की तरफ चला। कई महीने पहले वह इसी भाँति कंपित हृदय के साथ ठाकुर साहब के घर में घुसा था। उसके पाँव तब भी इसी तरह थरथरा रहे थे; लेकिन तब काँटा चुभने की वेदना थी, आज काँटा निकलने की। तब ज्वर का चढ़ाव था—उन्माद, ताप और विकलता से भरा हुआ; अब ज्वर का उतार था—शान्त और शीतल। तब कदम पीछे हटता था, आज आगे बढ़ रहा था।

ठाकुर साहब के घर पहुँचकर उसने धीरे से बीरू का कमरा खोला और अन्दर जाकर ठाकुर साहब की खाट के नीचे संदूकची रख दिया फिर तुरन्त बाहर आकर धीरे से द्वार बन्द किया और घर लौट पड़ा। हनुमान संजीवनी बूटीवाला धवलागिर उठाये जिस गर्वीले आनन्द का अनुभव कर रहे थे, कुछ वैसा ही आनन्द प्रकाश को भी हो रहा था। गहनों को अपने घर ले जाते समय उनके प्राण सूखे हुए थे, मानो किसी गहरी अथाह खाईं में गिरा जा रहा हो। आज सन्दूकचे को लौटाकर उसे मालूम हो रहा था, जैसे वह किसी विमान पर बैठा हुआ आकाश की ओर उड़ा जा रहा है—ऊपर, ऊपर और ऊपर!

वह घर पहुँचा, तो बीरू सोया हुआ था। कुंजी उसने सिरहाने रख दी।

8

ठाकुर साहब प्रात:काल चले गये।

प्रकाश सन्ध्या-समय पढ़ाने जाया करता था। आज वह अधीर होकर तीसरे ही पहर जा पहुँचा। देखना चाहता था, वहाँ आज क्या गुल खिल रहे हैं।

वीरेन्द्र ने उसे देखते ही खुश होकर कहा—'बापूजी, कल आपके यहाँ की दावत बड़ी मुबारक थी। जो गहने चोरी गये थे, सब मिल गये।'

ठाकुर साहब भी आ गये और बोले—'बड़ी मुबारक दावत थी तुम्हारी! पूरा सन्दूक-का-सन्दूक मिल गया। एक चीज भी नहीं छुई। जैसे केवल रखने ही के लिए ले गया हो।'

प्रकाश को इन बातों पर कैसे विश्वास आये, जब तक वह अपनी आँखों से सन्दूक देख न ले। कहीं ऐसा भी हो सकता है कि चोरी गया हुआ माल छ: महीने के बाद मिल जाये और ज्यों-का-त्यों!

सन्दूक को देखकर उसने गम्भीर भाव से कहा—'बड़े आश्चर्य की बात है। मेरी बुद्धि तो कुछ काम नहीं करती।'

ठाकुर—'किसी की बुद्धि कुछ काम नहीं करती भई, तुम्हारी ही क्यों। बीरू की माँ कहती है; कोई दैवी घटना है। आज मुझे भी देवताओं में श्रद्धा हो गयी।'

प्रकाश—'अगर आँखों-देखी बात न होती, तो मुझे तो कभी विश्वास ही न आता।'

ठाकुर—'आज इसी खुशी में हमारे यहाँ दावत होगी।'

प्रकाश—'आपने कोई अनुष्ठान तो नहीं कराया था?'

ठाकुर—'अनुष्ठान तो बीसों ही कराये।'

प्रकाश—'बस, तो यह अनुष्ठान ही की करामात है।'

घर लौट कर प्रकाश ने चम्पा को यह खबर सुनायी; तो वह दौड़कर उनके गले से चिपट गई और न-जाने क्यों रोने लगी, जैसे उसका बिछुड़ा हुआ पति बहुत दिनों के बाद घर आ गया हो।

प्रकाश ने कहा—'आज उनके यहाँ हमारी दावत है।'

'मैं कल एक हजार कँगालों को भोजन कराऊँगी।'

'तुम तो सैकड़ों का खर्च बतला रही हो।'

'मुझे इतना आनन्द हो रहा है कि लाखों खर्च करने पर भी अरमान पूरा न होगा।'

प्रकाश की आँखों से भी आँसू निकल आये।

कैदी

चौदह साल तक निरन्तर मानसिक वेदना और शारीरिक यातना भोगने के बाद आइवन ओखोटस्क जेल से निकला; पर उस पक्षी की भाँति नहीं, जो शिकारी के पिंजरे से पंखहीन होकर निकला हो बल्कि उस सिंह की भाँति, जिसे कटघरे की दीवारों ने और भी भयंकर तथा और भी रक्त-लोलुप बना दिया हो। उसके अन्तस्तल में एक द्रव ज्वाला उमड़ रही थी, जिसने अपने ताप से उसके बलिष्ट शरीर, सुडौल अंग-प्रत्यंग और लहराती हुई अभिलाषाओं को झुलस डाला था और आज उसके अस्तित्व का एक-एक अणु एक-एक चिनगारी बना हुआ था—क्षुधित, चंचल और विद्रोहमय।

जेलर ने उसे तौला। प्रवेश के समय दो मन तीस सेर था, आज केवल एक मन पाँच सेर।

जेलर ने सहानुभूति दिखाकर कहा—'तुम बहुत दुर्बल हो गये हो, आइवन। अगर जरा भी कुपथ्य हुआ, तो बुरा होगा।'

आइवन ने अपने हड्डियों के ढाँचे को विजय-भाव से देखा और अपने अन्दर एक अग्निमय प्रवाह का अनुभव करता हुआ बोला—'कौन कहता है कि मैं दुर्बल हो गया हूँ?'

'तुम खुद देख रहे होगे।'

'दिल की आग जब तक नहीं बुझेगी, आइवन नहीं मरेगा, मि० जेलर, सौ वर्ष तक नहीं, विश्वास रखिए।'

आइवन इसी प्रकार बहकी-बहकी बातें किया करता था, इसलिए जेलर ने ज्यादा परवाह न की। सब उसे अर्द्ध-विक्षिप्त समझते थे। कुछ लिखा-पढ़ी हो जाने के बाद उसके कपड़े और पुस्तकें मँगवायी गयीं; पर वे सारे सूट अब उसे उतारे हुए-से लगते थे। कोटों की जेबों में कई नोट निकले, कई नगद रुबेल। उसने सब कुछ वहीं जेल के वार्डरों और निम्न कर्मचारियों को दे दिया मानो उसे कोई राज्य मिल गया हो।

जेलर ने कहा—'यह नहीं हो सकता, आइवन! तुम सरकारी आदमियों को रिश्वत नहीं दे सकते।'

आइवन साधु-भाव से हँसा—'यह रिश्वत नहीं है, मि० जेलर! इन्हें रिश्वत देकर अब मुझे इनसे क्या लेना-देना है? अब ये अप्रसन्न होकर मेरा क्या बिगाड़ लेंगे और प्रसन्न होकर मुझे क्या देंगे? यह उन कृपाओं का धन्यवाद है जिनके बिना चौदह साल तो क्या, मेरा यहाँ चौदह घंटे रहना असह्य हो जाता।' जब वह जेल के फाटक से निकला, तो जेलर और सारे अन्य कर्मचारी उसके पीछे उसे मोटर तक पहुँचाने चले।

2

पन्द्रह साल पहले आइवन मास्को के सम्पन्न और सम्भ्रान्त कुल का दीपक था।

उसने विद्यालय में ऊँची शिक्षा पायी थी, खेल में अभ्यस्त था, निर्भीक था, उदार और सहृदय था। दिल आईने की भाँति निर्मल, शील का पुतला, दुर्बलों की रक्षा के लिए जान पर खेलनेवाला, जिसकी हिम्मत संकट के सामने नंगी तलवार हो जाती थी। उसके साथ हेलेन नाम की एक युवती पढ़ती थी, जिस पर विद्यालय के सारे युवक प्राण देते थे। वह जितनी ही रूपवती थी, उतनी ही तेज थी, बड़ी कल्पनाशील; पर अपने मनोभावों को ताले में बन्द रखनेवाली। आइवन में क्या देखकर वह उसकी ओर आकर्षित हो गयी, यह कहना कठिन है। दोनों में लेशमात्र भी सामंजस्य न था। आइवन सैर और शराब का प्रेमी था, हेलेन कविता एवं संगीत और नृत्य पर जान देती थी। आइवन की निगाह में रुपये केवल इसलिए थे कि दोनों हाथों से उड़ाये जायें, हेलेन अत्यन्त कृपण। आइवन को लेक्चर-हॉल कारागार-सा लगता था; हेलेन इस सागर की

मछली थी। पर कदाचित् वह विभिन्नता ही उनमें स्वाभाविक आकर्षण बन गयी, जिसने अन्त में विकल प्रेम का रूप लिया। आइवन ने उससे विवाह का प्रस्ताव किया और उसने स्वीकार कर लिया। और दोनों किसी शुभ मुहूर्त में पाणिग्रहण करके सोहागरात बिताने के लिए किसी पहाड़ी जगह में जाने के मनसूबे बाँध रहे थे कि सहसा राजनैतिक संग्राम ने उन्हें अपनी ओर खींच लिया। हेलेन पहले से ही राष्ट्रवादियों की ओर झुकी हुई थी। आइवन भी उसी रंग में रँग उठा। खानदान का रईस था, उसके लिए प्रजा-पक्ष लेना एक महान तपस्या थी; इसलिए जब कभी वह इस संग्राम में हताश हो जाता, तो हेलेन उसकी हिम्मत बँधाती और आइवन उसके साहस और अनुराग से प्रभावित होकर अपनी दुर्बलता पर लज्जित हो जाता।

इन्हीं दिनों उक्रायेन प्रान्त की सूबेदारी पर रोमनाफ नाम का एक गवर्नर नियुक्त होकर आया—बड़ा ही कट्टर, राष्ट्रवादियों का जानी दुश्मन, दिन में दो-चार विद्रोहियों को जब तक जेल न भेज लेता, उसे चैन न आता। आते-ही-आते उसने कई सम्पादकों पर राजद्रोह का अभियोग चलाकर उन्हें साइबेरिया भेजवा दिया, कृषकों की सभाएँ तोड़ दीं, नगर की म्युनिसिपैलिटी तोड़ दी और जब जनता ने अपना रोष प्रकट करने के लिये जलसे किये, तो पुलिस से भीड़ पर गोलियाँ चलवायीं, जिससे कई बेगुनाहों की जानें गयीं। मार्शल लॉ जारी कर दिया। सारे नगर में हाहाकार मच गया। लोग मारे डर के घरों से न निकलते थे; क्योंकि पुलिस हर एक की तलाशी लेती थी और उसे पीटती थी।

हेलेन ने कठोर मुद्रा से कहा—'यह अन्धेर तो अब नहीं देखा जाता, आइवन। इसका कुछ उपाय होना चाहिए।'

आइवन ने प्रश्न की आँखों से देखा—'उपाय! हम क्या कर सकते हैं?'

हेलेन ने उसकी जड़ता पर खिन्न होकर कहा—'तुम कहते हो, हम क्या कर सकते हैं? मैं कहती हूँ, हम सब कुछ कर सकते हैं। मैं इन्हीं हाथों से उनका अन्त कर दूँगी।'

आइवन ने विस्मय से उसकी ओर देखा—'तुम समझती हो, उसे कत्ल करना आसान है? वह कभी खुली गाड़ी में नहीं निकलता। उसके

आगे-पीछे सशस्त्र सवारों का एक दल हमेशा रहता है। रेलगाड़ी में भी वह रिजर्व डब्बों में सफर करता है! मुझे तो असम्भव सा लगता है, हेलेन—बिल्कुल असंभव।'

हेलेन कई मिनट तक चाय बनाती रही। फिर दो प्याले मेज पर रखकर उसने प्याला मुँह से लगाया और धीरे-धीरे पीने लगी। किसी विचार में तन्मय हो रही थी। सहसा उसने प्याला मेज पर रख दिया और बड़ी-बड़ी आँखों में तेज भरकर बोली—'यह सब कुछ होते हुए भी मैं उसे कत्ल कर सकती हूँ, आइवन! आदमी एक बार अपनी जान पर खेलकर सब कुछ कर सकता है। जानते हो, मैं क्या करूँगी? मैं उससे राहो-रस्म पैदा करूँगी, उसका विश्वास प्राप्त करूँगी, उसे इस भ्रान्ति में डालूँगी कि मुझे उससे प्रेम है। मनुष्य कितना ही हृदय-हीन हो, उसके हृदय के किसी-न-किसी कोने में पराग की भाँति रस छिपा ही रहता है। मैं तो समझती हूँ कि रोमनाफ की यह दमन-नीति उसकी अवरुद्ध अभिलाषा की गाँठ है और कुछ नहीं। किसी मायावनी के प्रेम में असफल होकर उसके हृदय का रस-स्रोत सूख गया है। वहाँ रस का संचार करना होगा और किसी युवती का एक मधुर शब्द, एक सरल मुसकान भी जादू का काम करेगी! ऐसों को तो वह चुटकियों में अपने पैरों पर गिरा सकती है। तुम-जैसे सैलानियों को रिझाना इससे कहीं कठिन है। अगर तुम यह स्वीकार करते हो कि मैं रूपहीन नहीं हूँ, तो मैं तुम्हें विश्वास दिलाती हूँ कि मेरा कार्य सफल होगा। बतलाओ मैं रूपवती हूँ या नहीं?'

उसने तिर्छी आँखों से आइवन को देखा। आइवन इस भाव-विलास पर मुग्ध होकर बोला—'तुम यह मुझसे पूछती हो, हेलेन? मैं तो तुम्हें संसार की...'

हेलेन ने उसकी बात काट कर कहा—'अगर तुम ऐसा समझते हो, तो तुम मूर्ख हो, आइवन! इसी नगर में, नहीं, हमारे विद्यालय में ही, मुझसे कहीं रूपवती बालिकाएँ मौजूद हैं। हाँ, तुम इतना ही कह सकते हो कि तुम कुरूपा नहीं हो। क्या तुम समझते हो, मैं तुम्हें संसार का सबसे रूपवान युवक समझती हूँ? कभी नहीं। मैं ऐसे एक नहीं सौ नाम गिना सकती हूँ, जो चेहरे-मोहरे में तुमसे कहीं बढ़कर हैं, मगर तुममें कोई ऐसी वस्तु है, जो तुम्हीं में है और वह मुझे और कहीं नजर नहीं आती। तो मेरा कार्यक्रम सुनो। एक महीने तो मुझे उससे मेल करते लगेगा। फिर

वह मेरे साथ सैर करने निकलेगा। और तब एक दिन हम और वह दोनों रात को पार्क में जायेंगे और तालाब के किनारे बेंच पर बैठेंगे। तुम उसी वक्त रिवाल्वर लिये आ जाओगे और वहीं पृथ्वी उसके बोझ से हलकी हो जायेगी।'

जैसा हम पहले कह चुके हैं आइवन एक रईस का लड़का था और क्रांतिमय राजनीति से उसका हार्दिक प्रेम न था। हेलेन के प्रभाव से कुछ मानसिक सहानुभूति अवश्य पैदा हो गयी थी और मानसिक सहानुभूति प्राणी को संकट में नहीं डालती। उसने प्रकट रूप से तो कोई आपत्ति नहीं की लेकिन कुछ संदिग्ध भाव से बोला—'यह तो सोचो हेलेन, इस तरह की हत्या कोई मानुषीय कृति है।'

हेलेन ने तीखेपन से कहा—'जो दूसरों के साथ मानुषीय व्यवहार नहीं करता, उसके साथ हम क्यों मानुषीय व्यवहार करें? क्या यह सूर्य की भाँति प्रकट नहीं है कि आज सैकड़ों परिवार इस राक्षस के हाथों तबाह हो रहे हैं? कौन जानता है, इसके हाथ कितने बेगुनाहों के खून से रँगे हुए हैं? ऐसे व्यक्ति के साथ किसी तरह रिआयत करना असंगत है। तुम न-जाने क्यों इतने ठण्ढे हो। मैं तो उसके दुष्टाचरण को देखती हूँ तो मेरा रक्त खौलने लगता है। मैं सच कहती हूँ, जिस वक्त उसकी सवारी निकलती है, मेरी बोटी-बोटी हिंसा के आवेग से काँपने लगती है। अगर मेरे सामने कोई उसकी खाल भी खींच ले, तो मुझे दया न आये। अगर तुममें इतना साहस नहीं है, तो कोई हरज नहीं। मैं खुद सब कुछ कर लूँगी। हाँ, देख लेना, मैं कैसे उस कुत्ते को जहन्नुम पहुँचाती हूँ।'

हेलेन का मुखमंडल हिंसा के आवेग से लाल हो गया। आइवन ने लज्जित होकर कहा—'नहीं-नहीं, यह बात नहीं है, हेलेन! मेरा यह आशय न था कि मैं इस काम में तुम्हें सहयोग न दूँगा। मुझे आज मालूम हुआ कि तुम्हारी आत्मा देश की दुर्दशा से कितनी विकल है; लेकिन मैं फिर यही कहूँगा कि यह काम इतना आसान नहीं है और हमें बड़ी सावधानी से काम लेना पड़ेगा।'

हेलेन ने उसके कंधे पर हाथ रखकर कहा—'तुम इसकी कुछ चिन्ता न करो, आइवन! संसार में मेरे लिए जो वस्तु सबसे प्यारी है, उसे दाँव पर रखते हुए क्या मैं सावधानी से काम न लूँगी? लेकिन तुमसे एक

याचना करती हूँ। अगर इस बीच में कोई ऐसा काम करूँ, जो तुम्हें बुरा मालूम हो तो तुम मुझे क्षमा करोगे न?'

आइवन ने विस्मय-भरी आँखों से हेलेन के मुख की ओर देखा। उसका आशय उसकी समझ में न आया।

हेलेन डरी, आइवन कोई नयी आपत्ति तो नहीं खड़ी करना चाहता। आश्वासन के लिए अपने मुख को उसके आतुर अक्षरों के समीप ले जाकर बोली—'प्रेम का अभिनय करने में मुझे वह सब कुछ करना पड़ेगा, जिस पर एकमात्र तुम्हारा ही अधिकार है। मैं डरती हूँ, कहीं तुम मुझ पर सन्देह न करने लगो।'

आइवन ने उसे कर-पाश में लेकर कहा—'यह असम्भव है हेलेन, विश्वास प्रेम की पहली सीढ़ी है।'

अन्तिम शब्द कहते-कहते उसकी आँखें झुक गयीं। इन शब्दों में उदारता का जो आदर्श था, वह उस पर पूरा उतरेगा या नहीं, वह यही सोचने लगा।

इसके तीन दिन पीछे नाटक का सूत्रपात हुआ। हेलेन अपने ऊपर पुलिस के निराधार संदेह की फरियाद लेकर रोमनाफ से मिली और उसे विश्वास दिलाया कि पुलिस के अधिकारी उससे केवल इसलिए असंतुष्ट हैं कि वह उनके कलुषित प्रस्तावों को ठुकरा रही है। यह सत्य है कि विद्यालय में उसकी संगति कुछ उग्र युवकों से हो गयी थी; पर विद्यालय से निकलने के बाद उसका उनसे कोई सम्बन्ध नहीं है। रोमनाफ जितना चतुर था, उससे कहीं चतुर अपने को समझता था। अपने दस साल के अधिकारी जीवन में उसे किसी ऐसी रमणी से साबिका न पड़ा था, जिसने उसके ऊपर इतना विश्वास करके अपने को उसकी दया पर छोड़ दिया हो। किसी धन-लोलुप की भाँति सहसा यह धनराशि देखकर उसकी आँखों पर परदा पड़ गया। अपनी समझ में तो वह हेलेन से उग्र युवकों के विषय में ऐसी बहुत-सी बातों का पता लगाकर फूला न समाया, जो खुफिया पुलिसवालों को बहुत सिर-मारने पर भी ज्ञात न हो सकी थीं; पर इन बातों में मिथ्या का कितना मिश्रण है, वह न भाँप सका। इस आध घंटे में एक युवती ने एक अनुभवी अफसर को अपने रूप की मदिरा से उन्मत्त कर दिया था।

जब हेलेन चलने लगी, तो रोमनाफ ने कुर्सी से खड़े होकर कहा—'मुझे आशा है, यह हमारी आखिरी मुलाकात न होगी।'

हेलेन ने हाथ बढ़ाकर कहा—'हुजूर ने जिस सौजन्य से मेरी विपत्ति-कथा सुनी है, उसके लिए मैं आपको धन्यवाद देती हूँ।'

'कल आप तीसरे पहर यहीं चाय पियें।'

रब्त-जब्त बढ़ने लगा। हेलेन आकर रोज की बातें आइवन से कह सुनाती। रोमनाफ वास्तव में जितना बदनाम है, उतना बुरा नहीं। नहीं, वह बड़ा रसिक, संगीत और कला का प्रेमी और शील तथा विनय की मूर्ति है। इन थोड़े ही दिनों में हेलेन से उसकी घनिष्ठता हो गयी है और किसी अज्ञात रीति से नगर में पुलिस का अत्याचार कम होने लगा है।

अन्त में वह निश्चित तिथि आयी। आइवन और हेलेन दिन-भर बैठे-बैठे इसी प्रश्न पर विचार करते रहे। आइवन का मन आज बहुत चंचल हो रहा था। कभी अकारण ही हँसने लगता, कभी अनायास ही रो पड़ता। शंका, प्रतीक्षा और किसी अज्ञात चिंता ने उसके मनोसागर को इतना अशान्त कर दिया था कि उसमें भावों की नौकाएँ डगमगा रही थीं—न मार्ग का पता था न दिशा का। हेलेन भी आज बहुत चिन्तित और गम्भीर थी। आज के लिए उसने पहले ही से सजीले वस्त्र बनवा रखे थे। रूप को अलंकृत करने के न-जाने किन-किन विधानों का प्रयोग कर रही थी; पर इसमें किसी योद्धा का उत्साह नहीं, कायर का कम्पन था।

सहसा आइवन ने आँखों में आँसू भरकर कहा—'तुम आज इतनी मायाविनी हो गयी हो हेलेन, कि मुझे न-जाने क्यों तुमसे भय हो रहा है!'

हेलेन मुसकायी। उस मुसकान में करुणा भरी हुई थी—'मनुष्य को कभी-कभी कितने ही अप्रिय कर्तव्यों का पालन करना पड़ता है आइवन, आज मैं सुधा से विष का काम लेने जा रही हूँ। अलंकार का ऐसा दुरुपयोग तुमने कहीं और देखा है?'

आइवन उड़े हुए मन से बोला—'इसी को राष्ट्र-जीवन कहते हैं।'

'यह राष्ट्र-जीवन है—यह नरक है।'

'मगर संसार में अभी कुछ दिन और इसकी जरूरत रहेगी।'

'यह अवस्था जितनी जल्द बदल जाये, उतना ही अच्छा।'

पाँसा पलट चुका था, आइवन ने गर्म होकर कहा—'अत्याचारियों को संसार में फलने-फूलने दिया जाये, जिसमें एक दिन इनके काँटों के मारे पृथ्वी पर कहीं पाँव रखने की जगह न रहे।'

हेलेन ने कोई जवाब न दिया; पर उसके मन में जो अवसाद उत्पन्न हो गया था, वह उसके मुख पर झलक रहा था। राष्ट्र उसकी दृष्टि में सर्वोपरि था, उसके सामने व्यक्ति का कोई मूल्य न था। अगर इस समय उसका मन किसी कारण से दुर्बल भी हो रहा था, तो उसे खोल देने का उसमें साहस न था।

दोनों गले मिलकर विदा हुए। कौन जाने, यह अन्तिम दर्शन हो?

दोनों के दिल भारी थे और आँखें सजल।

आइवन ने उत्साह के साथ कहा—'मैं ठीक समय पर आऊँगा।'

हेलेन ने कोई जवाब न दिया।

आइवन ने फिर सानुरोध कहा—'खुदा से मेरे लिए दुआ करना, हेलेन!'

हेलेन ने जैसे रोते हुए गले से कहा—'मुझे खुदा पर भरोसा नहीं है।'

'मुझे तो है!'

'कब से?'

'जब से मौत मेरी आँखों के सामने खड़ी हो गयी।'

वह वेग के साथ चला गया। सन्ध्या हो गयी थी और दो घन्टे के बाद ही उस कठिन परीक्षा का समय आ जायेगा, जिससे उसके प्राण काँप रहे थे। वह कहीं एकान्त में बैठकर सोचना चाहता था। आज उसे ज्ञात हो रहा था कि वह स्वाधीन नहीं है। बड़ी मोटी जंजीर उसके एक-एक अंग को जकड़े हुए थी। इन्हें वह कैसे तोड़े?

दस बज गये थे। हेलेन और रोमनाफ पार्क के एक कुंज में बेंच पर बैठे हुए थे। तेज बर्फीली हवा चल रही थी। चाँद किसी क्षीण आशा की भाँति बादलों में छिपा हुआ था।

हेलेन ने इधर-उधर सशंक नेत्रों से देखकर कहा—'अब तो देर हो गयी, यहाँ से चलना चाहिए।'

रोमनाफ ने बेंच पर पाँव फैलाते हुए कहा—'अभी तो ऐसी देर नहीं

हुई है, हेलेन! कह नहीं सकता, जीवन के यह क्षण स्वप्न है या सत्य; लेकिन सत्य भी हैं तो स्वप्न से अधिक मधुर और स्वप्न भी हैं तो सत्य से अधिक उज्ज्वल।'

हेलेन बेचैन होकर उठी और रोमनाफ का हाथ पकड़कर बोली—'मेरा जी आज कुछ चंचल हो रहा है। सिर में चक्कर-सा आ रहा है। चलो मुझे मेरे घर पहुँचा दो।'

रोमनाफ ने उसका हाथ पकड़कर अपनी बगल में बैठाते हुए कहा—'लेकिन मैंने मोटर तो ग्यारह बजे बुलायी है!'

हेलेन के मुँह से चीख निकल गयी—'ग्यारह बजे!'

'हाँ, अब ग्यारह बजा चाहते हैं। आओ तब तक और कुछ बातें हों। रात तो काली बला-सी मालूम होती है। जितनी ही देर उसे दूर रख सकूँ उतना ही अच्छा। मैं तो समझता हूँ, उस दिन तुम मेरे सौभाग्य की देवी बनकर आयीं थी हेलेन, नहीं तो अब तक मैंने न जाने क्या-क्या अत्याचार किये होते। उस उदार नीति ने वातावरण में जो शुभ परिवर्तन कर दिया, उस पर मुझे स्वयं आश्चर्य हो रहा है। महीनों के दमन में जो कुछ न कर पाया था, वह दिनों के आश्वासन ने पूरा कर दिखाया। और इसके लिए मैं तुम्हारा ऋणी हूँ, हेलेन, केवल तुम्हारा। पर खेद यही है कि हमारी सरकार दवा करना नहीं जानती, केवल मारना जानती है। जार के मंत्रियों में अभी से मेरे विषय में सन्देह होने लगा है, और मुझे यहाँ से हटाने का प्रस्ताव हो रहा है।

सहसा टार्च का चकाचौंध पैदा करनेवाला प्रकाश बिजली की भाँति उठा और रिवाल्वर छूटने की आवाज आयी। उसी वक्त रोमनाफ ने उछलकर आइवन को पकड़ लिया और चिल्लाया—पकड़ो, पकड़ो! खून, हेलेन, तुम यहाँ से भागो।

पार्क में कई संतरी थे। चारों ओर से दौड़ पड़े। आइवन घिर गया। एक क्षण में न-जाने कहाँ से टाउन-पुलिस, सशस्त्र पुलिस, गुप्त पुलिस और सवार पुलिस के जत्थे-के-जत्थे आ पहुँचे। आइवन गिरफ्तार हो गया।

रोमनाफ ने हेलेन से हाथ मिलाकर सन्देह के स्वर में कहा—'यह आइवन तो वही युवक है, जो तुम्हारे साथ विद्यालय में था।'

हेलेन ने क्षुब्ध होकर कहा—'हाँ, है। लेकिन मुझे इसका जरा भी अनुमान न था कि वह क्रान्तिकारी हो गया है।'

'गोली मेरे सिर पर से सन्-सन् करती हुई निकल गयी।'

'या ईश्वर!'

'मैंने दूसरा फ़ायर करने का अवसर ही न दिया। मुझे इस युवक की दशा पर दु:ख हो रहा है, हेलेन! ये अभागे समझते हैं कि इन हत्याओं से वे देश का उद्धार कर लेंगे। अगर मैं मर ही जाता तो क्या मेरी जगह, कोई मुझसे भी ज्यादा कठोर मनुष्य न आ जाता? लेकिन मुझे जरा भी क्रोध, दु:ख या भय नहीं है हेलेन, तुम बिल्कुल चिन्ता न करना। चलो, मैं तुम्हें पहुँचा दूँ।'

रास्ते-भर रोमनाफ इस आघात में बच जाने पर अपने को बधाई और ईश्वर को घन्यवाद देता रहा और हेलेन विचारों में मग्न बैठी रही।

दूसरे दिन मजिस्ट्रेट के इजलास में अभियोग चला और हेलेन सरकारी गवाह थी। आइवन को मालूम हुआ कि दुनिया अँधेरी हो गयी है और वह उसकी अथाह गहराई से धँसता चला जा रहा है।

3

चौदाह साल के बाद।

आइवन रेलगाड़ी से उतरकर हेलेन के पास जा रहा है। उसे घरवालों की सुध नहीं है। माता और पिता उसके वियोग में मरणासन्न हो रहे हैं, इसकी उसे परवाह नहीं है। वह अपने चौदह साल के पाले हुए हिंसा-भाव से उन्मत्त, हेलेन के पास जा रहा है; पर उसकी हिंसा में रक्त की प्यास नहीं है, केवल गहरी दाहक दुर्भावना है। इस चौदह सालों में उसने जो यातनाएँ झेली हैं, उनके दो-चार वाक्यों में मानो सत्त निकालकर, विष के समान हेलेन की धमनियों में भरकर, उसे तड़पते हुए देखकर, वह अपनी आँखों को तृप्त करना चाहता है। और वह वाक्य क्या है?—*हेलेन, तुमने मेरे साथ जो दगा की है, वह शायद त्रिया-चरित्र के इतिहास में भी अद्वितीय है। मैंने अपना सर्वस्व तुम्हारे चरणों पर अर्पण कर दिया। मैं केवल तुम्हारे इशारों का गुलाम था। तुमने ही मुझे रोमनाफ*

की हत्या के लिए प्रेरित किया और तुमने ही मेरे विरुद्ध साक्षी दी; केवल अपनी कुटिल काम-लिप्सा को पूरा करने के लिए! मेरे विरुद्ध कोई दूसरा प्रमाण न था। रोमनाफ और उसकी सादी पुलिस भी झूठी शहादतों से मुझे परास्त न कर सकती थी; मगर तुमने केवल अपनी वासना को तृप्त करने के लिए, केवल रोमनाफ के विषाक्त आलिंगन का आनन्द उठाने के लिए मेरे साथ यह विश्वासघात किया। पर आँखें खोलकर देखो कि वहीं आइवन, जिसे तुमने पैर के नीचे कुचला था, आज तुम्हारी उन सारी मक्कारियों का पर्दा खोलने के लिए तुम्हारे सामने खड़ा है। तुमने राष्ट्र की सेवा का बीड़ा उठाया था। तुम अपने को राष्ट्र की वेदी पर होम कर देना चाहती थीं; किन्तु कुत्सित कामनाओं के पहले ही प्रलोभन में तुम अपने सारे बहुरूप को तिलांजलि देकर भोग-लालसा की गुलामी करने पर उतर गयीं। अधिकार और समृद्धि के पहले ही टुकड़े पर तुम दुम हिलाती हुई टूट पड़ीं, धिक्कार है तुम्हारी इस भोग-लिप्सा को, तुम्हारे इस कुत्सित जीवन को?

4

सन्ध्या-काल था। पश्चिम के क्षितिज पर दिन की चिता जलकर ठंढी हो रही थी और रोमनाफ के विशाल भवन में हेलेन की अर्थी को ले चलने की तैयारियाँ हो रही थीं। नगर के नेता जमा थे और रोमनाफ अपने शोक-कंपित हाथों से अर्थी को पुष्पहारों से सजा रहा था एवं उन्हें अपने आत्म-जल से शीतल कर रहा था। उसी वक्त आइवन उन्मत्त वेश में, दुर्बल, झुका हुआ, सिर के बाल बढ़ाये, कंकाल-सा आकर खड़ा हो गया। किसी ने उसकी ओर ध्यान न दिया! समझे, कोई भिक्षुक होगा, जो ऐसे अवसरों पर दान के लोभ से आ जाया करते हैं!

जब नगर के विशप ने अन्तिम संस्कार समाप्त किया और मरियम की बेटियाँ नये जीवन के स्वागत का गीत गा चुकीं, तो आइवन ने अर्थी के पास जाकर आवेश से काँपते हुए स्वर में कहा—'यह वह दुष्टा है, जिसे सारी दुनिया के पवित्र आत्माओं की शुभ कामनाएँ भी नरक की यातना से नहीं बचा सकतीं। वह इस योग्य थी कि उसकी लाश...'

कई आदमियों ने दौड़कर उसे पकड़ लिया और धक्के देते हुए

फाटक की ओर ले चले। उसी वक्त रोमनाफ ने आकर उसके कन्धे पर हाथ रख दिया और उसे अलग ले जाकर पूछा—'दोस्त, क्या तुम्हारा नाम क्लॉडियस आइवनाफ है? हाँ, तुम वही हो, मुझे तुम्हारी सूरत याद आ गयी। मुझे सब कुछ मालूम है, रत्ती-रत्ती मालूम है। हेलेन ने मुझसे कोई बात नहीं छिपायी। अब वह इस संसार में नहीं है, मैं झूठ बोलकर उसकी कोई सेवा नहीं कर सकता। तुम उस पर कठोर शब्दों का प्रहार करो या कठोर आघातों का, वह समान रूप से शान्त रहेगी; लेकिन अन्त समय तक वह तुम्हारी याद करती रही। उस प्रसंग की स्मृति उसे सदैव रुलाती रहती थी। उसके जीवन की यह सबसे बड़ी कामना थी कि तुम्हारे सामने घुटने टेककर क्षमा की याचना करे, मरते-मरते उसने यह वसीयत की, कि जिस तरह भी हो सके उसकी यह विनय तुम तक पहुँचाऊँ कि वह तुम्हारी अपराधिनी है और तुमसे क्षमा चाहती है। क्या तुम समझते हो, जब वह तुम्हारे सामने आँखों में आँसू भरे आती, तो तुम्हारे हृदय पत्थर होने पर भी न पिघल जाता? क्या इस समय भी तुम्हें दीन याचना की प्रतिमा-सी खड़ी नहीं दीखती? चलकर उसका मुसकराता हुआ चेहरा देखो। मोशियो आइवन, तुम्हारा मन अब भी उसका चुम्बन लेने के लिये विकल हो जायेगा। मुझे जरा भी ईर्ष्या न होगी। उस फूलों की सेज पर लेटी हुई वह ऐसी लग रही है, मानो फूलों की रानी हो। जीवन में उसकी एक ही अभिलाषा अपूर्ण रह गयी आइवन, वह तुम्हारी क्षमा है। प्रेमी हृदय बड़ा उदार होता है आइवन, वह क्षमा और दया का सागर होता है। ईर्ष्या और दम्भ के गन्दे नाले उसमें मिलकर उतने ही विशाल और पवित्र हो जाते हैं। जिसे एक बार तुमने प्यार किया, उसकी अन्तिम अभिलाषा की तुम उपेक्षा नहीं कर सकते।'

उसने आइवन का हाथ पकड़ा और सैकड़ों कुतूहल-पूर्ण नेत्रों के सामने उसे लिये हुए अर्थी के पास आया और ताबूत का ऊपरी तख्ता हटाकर हेलेन का शान्त मुख-मण्डल उसे दिखा दिया। उस निस्पन्द, निश्चेष्ट, निर्विकार छवि को मृत्यु ने एक दैवी गरिमा-सी प्रदान कर दी थी, मानो स्वर्ग की सारी विभूतियाँ उसका स्वागत कर रही हैं। आइवन की कुटिल आँखों में एक दिव्य ज्योति-सी चमक उठी और वह दृश्य सामने खिंच गया, जब उसने हेलेन को प्रेम से आलिंगित किया था और अपने हृदय के सारे अनुराग और उल्लास को पुष्पों में गूँथ कर उसके

गले में डाला था। उसे जान पड़ा, यह सब कुछ जो उसके सामने हो रहा है, स्वप्न है और एकाएक उसकी आँखें खुल गयी हैं और वह उसी भाँति हेलेन को अपनी छाती से लगाये हुए है। उस आत्मानन्द के एक क्षण के लिए क्या वह फिर चौदह साल का कारावास झेलने के लिए तैयार हो जायेगा? क्या अब भी उसके जीवन की सबसे सुखद घड़ियाँ वही न थीं, जो हेलेन के साथ गुजरी थीं और क्या उन घड़ियों के अनुपम आनन्द को वह इन चौदह सालों में भी भूल सका था? उसने ताबूत के पास बैठकर श्रद्धा से काँपते हुए कंठ से प्रार्थना की—'ईश्वर, तू मेरे प्राणों से प्रिय हेलेन को अपनी क्षमा के दामन में ले!' और जब वह ताबूत को कन्धे पर लिये चला, तो उसकी आत्मा लज्जित थी अपनी संकीर्णता पर, अपनी उद्धिग्नता पर, अपनी नीचता पर और जब ताबूत कब्र में रख दिया, तो वह वहाँ बैठकर न-जाने कब तक रोता रहा। दूसरे दिन रोमनाफ जब फातिहा पढ़ने आया तो देखा, आइवन सिजदे में सिर झुकाये हुए है और उसकी आत्मा स्वर्ग को प्रयाण कर चुकी है।

गुल्ली-डण्डा

हमारे अंग्रेजीदाँ दोस्त मानें या न मानें मैं तो यही कहूँगा कि गुल्ली-डण्डा सब खेलों का राजा है। अब भी कभी लड़कों को गुल्ली-डण्डा खेलते देखता हूँ, तो जी लोट-पोट हो जाता है कि इनके साथ जाकर खेलने लगूँ। न लॉन की जरूरत, न कोर्ट की, न नेट की, न थापी की। मजे से किसी पेड़ की एक टहनी काट ली, गुल्ली बना ली, और दो आदमी भी आ गये; तो खेल शुरू हो गया। विलायती खेलों में सबसे बड़ा ऐब है कि उनके सामान महँगे होते हैं। जब तक कम-से-कम एक सैकड़ा न खर्च कीजिए, खिलाड़ियों में शुमार ही नहीं हो सकता। यह गुल्ली-डण्डा है कि बिना हर्र-फिटकरी के चोखा रंग देता है; पर हम अंग्रेजी चीजों के पीछे ऐसे दीवाने हो रहे हैं कि अपनी सभी चीजों से अरुचि हो गयी है। हमारे स्कूलों में हरेक लड़के से तीन-चार रुपये सालाना केवल खेलने की फीस ली जाती है। किसी को यह नहीं सूझता कि भारतीय खेल खेलायें; जो बिना दाम-कौड़ी के खेले जाते हैं। अंग्रेजी खेल उनके लिए है, जिनके पास धन है। गरीब लड़कों के सिर क्यों यह व्यसन मढ़ते हो। ठीक है, गुल्ली से आँख फूट जाने का भय रहता है। तो क्या क्रिकेट से सिर फूट जाने, तिल्ली फट जाने, टाँग टूट जाने का भय नहीं रहता? अगर हमारे माथे में गुल्ली का दाग आज तक बना हुआ है, तो हमारे कई दोस्त ऐसे भी हैं, जो थापी को बैसाखी से बदल बैठे। खैर, यह अपनी-अपनी रुचि है। मुझे गुल्ली ही सब खेलों से अच्छी लगती है और बचपन की मीठी स्मृतियों में गुल्ली ही सबसे मीठी है। वह प्रात:काल घर से निकल जाना, वह पेड़

पर चढ़कर टहनियाँ काटना और गुल्ली-डण्डे बनाना, वह उत्साह, वह लगन, वह खिलाड़ियों के जमघटे, वह पदना और पदाना; वह लड़ाई-झगड़े, वह सरल स्वभाव, जिसमें छूत-अछूत, अमीर-गरीब का बिल्कुल भेद न रहता था, जिसमें अमीराना चोचलों की, प्रदर्शन की, अभिमान की गुंजाइश ही न थी, यह उसी वक्त भूलेगा जब ... घरवाले बिगड़ रहे हैं, पिता जी चौके पर बैठे वेग से रोटियों पर अपना क्रोध उतार रहे हैं, अम्माँ की दौड़ केवल द्वार तक है, लेकिन उनकी विचारधारा में मेरा अँधकारमय भविष्य टूटी हुई नौका की तरह डगमगा रहा है, और मैं हूँ कि पदाने में मस्त हूँ, न नहाने की सुधि है, न खाने की। गुल्ली है तो जरा-सी; पर उसमें दुनिया भर की मिठाइयों की मिठास और तमाशों का आनन्द भरा हुआ है।

मेरे हमजोलियों में एक लड़का गया नाम का था। मुझसे दो-तीन साल बड़ा होगा। दुबला, लम्बा, बन्दरों की-सी लम्बी-लम्बी पतली-पतली उंगलियाँ, बन्दरों की-सी ही चपलता, वही झल्लाहट। गुल्ली कैसी हो, उस पर इस तरह लपकता था; जैसे छिपकली कीड़ों पर लपकती है। मालूम नहीं उसके माँ-बाप थे या नहीं, कहाँ रहता था, क्या खाता था; पर था हमारे गुल्ली-क्लब का चैम्पियन। जिसकी तरफ वह आ जाये, उसकी जीत निश्चित थी! हम सब उसे दूर से आते देख, उसका दौड़कर स्वागत करते थे और उसे अपना गोइयाँ बना लेते थे।

एक दिन हम और गया दो ही खेल रहे थे। वह पदा रहा था, मैं पद रहा था; मगर कुछ विचित्र बात है कि पदाने में हम दिन भर मस्त रह सकते हैं, पदना एक मिनट का भी अखरता है। मैंने गला छुड़ाने के लिए सब चालें चलीं, जो ऐसे अवसर पर शास्त्र-विहित न होने पर भी क्षम्य हैं, लेकिन गया अपना दाँव लिये बगैर मेरा पिण्ड न छोड़ता था।

अनुनय-विनय का कोई असर न हुआ। मैं घर की ओर भागा।

गया ने मुझे दौड़कर पकड़ लिया और डण्डा तानकर बोला—'मेरा दाँव देकर जाओ। पदाया तो बड़े बहादुर बनके, पदने की बेर क्यों भागे जाते हो?'

'तुम दिन भर पदाओ तो मैं दिन भर पदता रहूँ।'

'हाँ, तुम्हें दिन भर पदना पड़ेगा।'

'न खाने जाऊँ न पीने जाऊँ?'

'हाँ; मेरा दाँव दिये बिना कहीं नहीं जा सकते।'

'मैं तुम्हारा गुलाम हूँ?'

'हाँ, मेरे गुलाम हो।'

'मैं घर जाता हूँ, देखूँ मेरा क्या कर लेते हो?'

'घर कैसे जाओगे, कोई दिल्लगी है। दाँव दिया है, दाँव लेंगे।'

'अच्छा, कल मैंने तुम्हें अमरूद खिलाया था। वह लौटा दो।'

'वह तो पेट में चला गया।'

'निकालो पेट से। तुमने क्यों खाया मेरा अमरूद?'

'अमरूद तुमने दिया, तब मैंने खाया। तुमसे माँगने न गया था।'

'जब तक मेरा अमरूद न दोगे, मैं दाँव न दूँगा।'

मैं समझता था, न्याय मेरी ओर है। आखिर मैंने किसी स्वार्थ से ही उसे अमरूद खिलाया होगा। कौन नि:स्वार्थ किसी के साथ सलूक करता है। भिक्षा तक तो स्वार्थ के लिये ही देते हैं। जब गया ने अमरूद खाया, तो फिर उसे मुझसे दाँव लेने का क्या अधिकार है? रिश्वत देकर तो लोग खून पचा जाते हैं। यह मेरा अमरूद यों ही हजम कर जायेगा? अमरूद पैसे के पाँच वाले थे, जो गया के बाप को भी नसीब न होंगे। यह सरासर अन्याय था।

गया ने गुझे अपनी ओर खींचते हुए कहा—'मेरा दाँव देकर जाओ, अमरूद-समरूद मैं नहीं जानता।'

मुझे न्याय का बल था। वह अन्याय पर डटा हुआ था। मैं हाथ छुड़ाकर भागना चाहता था। वह मुझे जाने न देता था! मैंने गाली दी; उसने उससे कड़ी गाली दी, और गाली नहीं, दो-एक चाँटा जमा दिया। मैंने उसे दाँत काट लिया। उसने मेरी पीठ पर डण्डा जमा दिया। मैं रोने लगा। गया मेरे इस अस्त्र का मुकाबला न कर सका। भागा। मैंने तुरन्त आँसू पोंछ डाले, डंडे की चोट भूल गया और हँसता हुआ घर जा पहुँचा! मैं थानेदार का लड़का एक नीच जात के लौंडे के हाथों पिट गया, यह मुझे उस समय भी अपमानजनक मालूम हुआ; लेकिन घर में किसी से शिकायत न की।

2

उन्हीं दिनों पिता जी का वहाँ से तबादला हो गया। नई दुनिया देखने की खुशी में ऐसा फूला कि अपने हमजोलियों से बिछुड़ जाने का बिल्कुल दु:ख न हुआ। पिताजी दु:खी थे। यह बड़ी आमदनी की जगह थी। अम्माँ जी भी दु:खी थीं, यहाँ सब चीजें सस्ती थीं, और मुहल्ले की स्त्रियों से घराव-सा हो गया था, लेकिन मैं मारे खुशी के फूला न समाता था। लड़कों से जीट उड़ा रहा था, वहाँ ऐसे घर थोड़े ही होते हैं। ऐसे-ऐसे ऊँचे घर हैं कि आसमान से बातें करते हैं। वहाँ के अंग्रेजी स्कूल में कोई मास्टर लड़कों को पीटे, तो उसे जेहल हो जाये। मेरे मित्रों की फैली हुई आँखें और चकित-मुद्रा बतला रही थीं कि मैं उनकी निगाह में कितना ऊँचा उठ गया हूँ। बच्चों में मिथ्या को सत्य बना लेने की वह शक्ति है, जिसे हम, जो सत्य को मिथ्या बना लेते हैं, क्या समझेंगे। उन बेचारों को मुझसे कितनी स्पर्द्धा हो रही थी। मानो कह रहे थे—*तुम भाग्यवान हो भाई, जाओ हमें तो इस ऊजड़ ग्राम में जीना भी है और मरना भी।*

बीस साल गुजर गये। मैंने इंजीनियरी पास की और उसी जिले का दौरा करता हुआ, उसी कस्बे में पहुँचा और डाकबँगले में ठहरा। उस स्थान को देखते ही इतनी मधुर बाल-स्मृतियाँ हृदय में जाग उठीं कि मैंने छड़ी उठाई और कस्बे की सैर करने निकला। आँखें किसी प्यासे पथिक की भाँति बचपन के उन क्रीड़ा-स्थलों को देखने के लिए व्याकुल हो रही थीं; पर उस परिचित नाग के सिवा वहाँ और कुछ परिचित न था। जहाँ खंडहर था, वहाँ पक्के मकान खड़े थे। जहाँ बरगद का पुराना पेड़ था; वहाँ अब एक सुन्दर बगीचा था। स्थान की काया-पलट हो गयी थी। अगर उसके नाम और स्थिति का ज्ञान न होता, तो मैं इसे पहचान भी न सकता। बचपन की संचित और अमर स्मृतियाँ बाँहें खोले अपने उन पुराने मित्रों से गले मिलने को अधीर हो रही थीं; मगर वह दुनिया बदल गयी थी। ऐसा जी होता था कि उस धरती से लिपटकर रोऊँ और कहूँ, तुम मुझे भूल गयीं! मैं तो अब भी तुम्हारा वही रूप देखना चाहता हूँ।

सहसा एक खुली हुई जगह में मैंने दो-तीन लड़कों को गुल्ली-डण्डा खेलते देखा। एक क्षण के लिए मैं अपने को बिल्कुल भूल गया। भूल गया कि मैं एक ऊँचा अफसर हूँ, साहबी ठाठ में, रोब और अधिकार

के आवरण में।

जाकर एक लड़के से पूछा—'क्यों बेटे, यहाँ कोई गया नाम का आदमी रहता है?'

एक लड़के ने गुल्ली-डण्डा समेटकर सहमे हुए स्वर में कहा—'कौन गया? गया चमार?'

मैंने यों ही कहा—'हाँ-हाँ वही। गया नाम का कोई आदमी है तो। शायद वही हो।'

'हाँ, है तो।'

'जरा उसे बुला ला सकते हो?'

लड़का दौड़ा हुआ गया और एक क्षण में एक पाँच हाथ के काले देव को साथ लिये आता दिखाई दिया। मैं दूर ही से पहचान गया। उसकी ओर लपकना चाहता था कि उसके गले लिपट जाऊँ; पर कुछ सोचकर रह गया। बोला—'कहो गया, मुझे पहचानते हो?'

गया ने झुककर सलाम किया—'हाँ मालिक, भला पहचानूँगा क्यों नहीं? आप मजे में रहे?'

'बहुत मजे में। तुम अपनी कहो?'

'डिप्टी साहब का साईस हूँ।'

'मतई, मोहन, दुर्गा यह सब कहाँ हैं? कुछ खबर है?'

'मतई तो मर गया, दुर्गा और मोहन दोनों डाकिये हो गये हैं, आप?'

'मैं तो जिले का इन्जीनियर हूँ?'

'सरकार तो पहले ही बड़े जहीन थे।'

'अब कभी गुल्ली-डण्डा खेलते हो?'

गया ने मेरी ओर प्रश्न की आँखों से देखा—'अब गुल्ली-डण्डा क्या खेलूँगा सरकार, अब तो पेट के धंधे से छुट्टी नहीं मिलती।'

आओ, आज हम तुम खेलें। तुम पदाना, हम पदेंगे। तुम्हारा एक दाँव हमारे ऊपर है। वह आज ले लो।

गया बड़ी मुश्किल से राजी हुआ। वह ठहरा टके का मजदूर, मैं एक बड़ा अफसर। हमारा और उसका क्या जोड़? बेचारा झेंप रहा था; लेकिन मुझे भी कुछ कम झेंप न थी; इसलिए नहीं कि मैं गया के

साथ खेलने जा रहा था; बल्कि इसलिए कि लोग इस खेल को अजूबा समझकर इसका तमाशा बना लेंगे और अच्छी-खासी भीड़ लग जायेगी। उस भीड़ में वह आनन्द कहाँ रहेगा; पर खेले बगैर तो रहा नहीं जाता था। आखिर निश्चय हुआ कि दोनों जने बस्ती से दूर जाकर एकान्त में खेलें। वहाँ कौन कोई देखनेवाला बैठा होगा। मजे से खेलेंगे और बचपन की उस मिठाई का खूब रस ले-लेकर खायेंगे। मैं गया को लेकर डाक बँगले पर आया और मोटर में बैठकर दोनों मैदान की ओर चले। साथ में एक कुल्हाड़ी ले ली। मैं गंभीर भाव धारण किये हुए था, लेकिन गया इसे अभी तक मजाक ही समझ रहा था। फिर भी उसके मुख पर उत्सुकता या आनन्द का कोई चिह्न न था। शायद वह हम दोनों में जो अन्तर हो गया था, वह सोचने में मगन था।

मैंने पूछा—'तुम्हें कभी हमारी याद आयी थी गया? सच कहना।'

गया झेंपता हुआ बोला—'मैं आपको क्या याद करता हुजूर, किस लायक हूँ। भाग में आपके साथ कुछ दिन खेलना बदा था, नहीं मेरी क्या गिनती।'

मैंने कुछ उदास होकर कहा—'लेकिन मुझे तो बराबर तुम्हारी याद आती थी। तुम्हारा वह डण्डा, जो तुमने तानकर जमाया था, याद है न?'

गया ने पछताते हुए कहा—'वह लड़कपन था सरकार, उसकी याद न दिलाओ।'

'वाह! वह मेरे बाल-जीवन की सबसे रसीली याद है। तुम्हारे उस डंडे में जो रस था, वह तो अब न आदर-सम्मान में पाता हूँ, न धन में। कुछ ऐसी मिठास थी उसमें कि आज तक उससे मन मीठा होता रहता है।'

इतनी देर में हम बस्ती से कोई तीन मील निकल आये हैं। चारों तरफ सन्नाटा है। पश्चिम की ओर कोसों तक भीमताल फैला हुआ है, जहाँ आकर हम किसी समय कमल के पुष्प तोड़ ले जाते थे और उसके झुमके बनाकर कानों में डाल लेते थे। जेठ की संध्या केसर में डूबी चली आ रही है। मैं लपक कर एक पेड़ पर चढ़ गया और एक टहनी काट लाया। चटपट गुल्ली-डण्डा बन गया।

खेल शुरू हो गया। मैंने गुच्ची में गुल्ली रखकर उछाली। गुल्ली गया के सामने से निकल गयी। उसने हाथ लपकाया जैसे मछली पकड़ रहा हो।

गुल्ली उसके पीछे जाकर गिरी। यह वही गया है, जिसके हाथों में गुल्ली जैसे आप-ही-आप जाकर बैठ जाती थी। वह दाहिने-बायें कहीं हो, गुल्ली उसकी हथेलियों में ही पहुँचती थी। जैसे गुल्लियों पर वशीकरण डाल देता हो। नई गुल्ली, पुरानी गुल्ली, छोटी गुल्ली, बड़ी गुल्ली, नोकदार गुल्ली, सपाट गुल्ली, सभी उसे मिल जाती थी। जैसे उसके हाथों में कोई चुंबक हो, जो गुल्लियों को खींच लेता हो, लेकिन आज गुल्ली को उससे प्रेम नहीं रहा। फिर तो मैंने पदाना शुरू किया। मैं तरह-तरह की धाँधलियाँ कर रहा था। अभ्यास की कसर बेईमानी से पूरी कर रहा था। हुच जाने पर भी डण्डा खेले जाता था; हालाँकि शास्त्र के अनुसार गया की बारी आनी चाहिए थी। गुल्ली पर जब ओछी चोट पड़ती और वह जरा दूर पर गिर पड़ती, तो मैं झटपट उसे खुद उठा लेता और दोबार टाँड़ लगाता। गया यह सारी बे-कायदगियाँ देख रहा था, पर कुछ न बोलता था, जैसे उसे वह सब कायदे-कानून भूल गये। उसका निशाना कितना अचूक था। गुल्ली उसके हाथ से निकलकर टन-से डण्डे में आकर लगती थी। उसके हाथ से छूटकर उसका काम था डण्डे से टकरा जाना; लेकिन आज वह गुल्ली डण्डे में लगती ही नहीं। कभी दाहिने जाती है, कभी बायें, कभी आगे, कभी पीछे।

आधे घण्टे पदाने के बाद एक बार गुल्ली डण्डे में आ लगी। मैंने धाँधली की, गुल्ली डण्डे में नहीं लगी, बिल्कुल पास से गयी; लेकिन लगी नहीं।

गया ने किसी प्रकार का असन्तोष न प्रकट किया।

'न लगी होगी।'

'डण्डे में लगती तो क्या मैं बेईमानी करता?'

'नहीं भैया, तुम भला बेईमानी करोगे!'

बचपन में मजाल था, कि मैं ऐसा घपला करके जीता बचता। यही गया गरदन पर चढ़ बैठता; लेकिन आज मैं उसे कितनी आसानी से धोखा दिये चला जाता था। गधा है! सारी बातें भूल गया।

सहसा गुल्ली फिर डण्डे में लगी और इतने जोर से लगी जैसे बन्दूक छूटी हो। इस प्रमाण के सामने अब किसी तरह की धाँधली करने का साहस मुझे इस वक्त भी न हो सका; लेकिन क्यों न एक बार सच को

झूठ बनाने की चेष्टा करूँ? मेरा हरज ही क्या है। मान गया, तो वाह-वाह नहीं तो दो-चार हाथ पदना ही तो पड़ेगा। अँधेरे का बहाना करके जल्दी से गला छुड़ा लूँगा। फिर कौन दाँव देने आता है।

गया ने विजय के उल्लास में कहा—'लग गयी, लग गयी! टन से बोली।'

मैंने अनजान बनने की चेष्टा करके कहा—'तुमने लगते देखा? मैंने तो नहीं देखा।'

'टन से बोली है सरकार!'

'और जो किसी ईंट में लग गयी हो?'

मेरे मुख से यह वाक्य उस समय कैसे निकला, इसका मुझे खुद आश्चर्य है। इस सत्य को झुठलाना वैसे ही था जैसे दिन को रात बताना। हम दोनों ने गुल्ली को डण्डे में जोर से लगते देखा था; लेकिन गया ने मेरा कथन स्वीकार कर लिया।

'हाँ, किसी ईंट में ही लगी होगी। डण्डे में लगती, तो इतनी आवाज न आती।'

मैंने फिर पदाना शुरू कर दिया; लेकिन इतनी प्रत्यक्ष धाँधली कर लेने के बाद, गया की सरलता पर मुझे दया आने लगी, इसलिए जब तीसरी बार गुल्ली डण्डे में लगी, तो मैंने बड़ी उदारता से दाँव देना तय कर दिया।

गया ने कहा—'अब तो अँधेरा हो गया है भैया, कल पर रखो।'

मैंने सोचा, कल बहुत-सा समय होगा, यह न जाने कितनी देर पदाये, इसीलिए इसी वक्त मुआमला साफ कर लेना अच्छा होगा।

'नहीं, नहीं। अभी बहुत उजाला है। तुम अपना दाँव ले लो।'

'गुल्ली सूझेगी नहीं।'

'कुछ परवाह नहीं।'

गया ने पदाना शुरू किया, पर उसे अब बिल्कुल अभ्यास न था। उसने दो बार टाँड़ लगाने का इरादा किया; पर दोनों ही बार हुच गया। एक मिनट से कम में वह दाँव पूरा कर चुका। बेचारा घण्टा भर पदा; पर एक मिनट ही में अपना दाँव खो बैठा। मैंने अपने हृदय की विशालता का

परिचय दिया।

'एक दाँव और खेल लो। तुम पहले ही हाथ में हुच गये।'

'नहीं भैया, अब अँधेरा हो गया।'

'तुम्हारा अभ्यास छूट गया। क्या कभी खेलते नहीं?'

'खेलने का समय कहाँ मिलता है भैया!'

हम दोनों मोटर पर जा बैठे और चिराग जलते-जलते पड़ाव पर पहुँच गये। गया चलते-चलते बोला—'कल यहाँ गुल्ली-डण्डा होगा। सभी पुराने खिलाड़ी खेलेंगे। आप भी आओगे? जब आपको फुरसत हो, तभी खिलाड़ियों को बुलाऊँ।'

मैंने शाम का समय दिया और दूसरे दिन मैच देखने आया। कोई दस-दस आदमियों की मण्डली थी। कई मेरे लड़कपन के साथी निकले। अधिकांश युवक थे जिन्हें मैं पहचान न सका। खेल शुरू हुआ। मैं मोटर पर बैठा-बैठा तमाशा देखने लगा। आज गया का खेल, उसका वह नैपुण्य देखकर मैं चकित हो गया। टाँड़ लगाता, तो गुल्ली आसमान से बातें करती। कल की-सी वह झिझक, वह हिचकिचाहट, वह बेदिली आज न थी। लड़कपन में जो बात थी, आज उसने प्रौढ़ता प्राप्त कर ली थी। कहीं कल इसने मुझे इस तरह पदाया होता, तो मैं जरूर रोने लगता। उसके डण्डे की चोट खाकर गुल्ली दो सौ गज की खबर लाती थी।

पदनेवालों में एक युवक ने धाँधली की! उसने अपने विचार में गुल्ली लोक ली थी। गया का कहना था—गुल्ली जमीन में लगकर उछली थी। इस पर दोनों में ताल ठोंकने की नौबत आयी। युवक दब गया। गया का तमतमाया हुआ चेहरा देखकर डर गया। अगर वह दब न जाता, तो जरूर मारपीट हो जाती। मैं खेल में न था; पर दूसरों के इस खेल में मुझे वही लड़कपन का आनन्द आ रहा था, जब हम सब कुछ भूलकर खेल में मस्त हो जाते थे। अब मुझे मालूम हुआ कि कल गया ने मेरे साथ खेला नहीं, केवल खेलने का बहाना किया। उसने मुझे दया का पात्र समझा। मैंने धांधली की, बेईमानियाँ कीं; पर उसे ज़रा भी क्रोध न आया। इसलिए कि वह खेल न रहा था, मुझे खेला रहा था, मेरा मान रख रहा था। वह मुझे पदाकर मेरा कचूमर नहीं निकालना चाहता था। मैं अब अफसर हूँ। यह अफसरी मेरे और उसके बीच में दीवार बन गयी है। अब मैं उसका

लिहाज पा सकता हूँ, अदब पा सकता हूँ, साहचर्य नहीं पा सकता। लड़कपन था, तब मैं उसका समकक्ष था। हममें कोई भेद न था। यह पद पाकर अब मैं केवल उसकी दया के योग्य हूँ। वह मुझे अपना जोड़ नहीं समझता। वह बड़ा हो गया है, मैं छोटा हो गया हूँ।

विद्रोही

आज दस साल से जब्त कर रहा हूँ। अपने इस नन्हे-से हृदय में अग्नि का दहकता हुआ कुण्ड छिपाये बैठा हूँ। संसार में कहीं शान्ति होगी, कहीं सैर-तमाशे होंगे, कहीं मनोरंजन की वस्तुएँ होंगी; मेरे लिए तो अब यही अग्निराशि है और कुछ नहीं। जीवन की सारी अभिलाषाएँ इसी में जलकर राख हो गयीं। किससे अपनी मनोव्यथा कहूँ? फायदा ही क्या? जिसके भाग्य में रुदन, अनन्त रुदन हो, उसका मर जाना ही अच्छा।

मैंने पहली बार तारा को उस वक्त देखा, जब मेरी उम्र दस साल की थी। मेरे पिता आगरे के एक अच्छे डाक्टर थे। लखनऊ में मेरे एक चचा रहते थे। उन्होंने वकालत में काफी धन कमाया था। मैं उन दिनों चचा ही के साथ रहता था। चचा के कोई संतान न थी; इसलिए मैं ही उनका वारिस था। चचा और चची दोनों मुझे अपना पुत्र समझते थे। मेरी माता बचपन ही में सिधार चुकी थीं। मातृ-स्नेह का जो कुछ प्रसाद मुझे मिला, वह चची जी ही की भिक्षा थी। वही भिक्षा मेरे उस मातृ-प्रेम से वंचित बालपन की सारी विभूति थी।

चचा साहब के पड़ोस में हमारी बिरादरी के एक बाबू साहब और रहते थे। वह रेलवे-विभाग में किसी अच्छे ओहदे पर थे। दो-ढाई सौ रुपये पाते थे। नाम था विमलचन्द्र। तारा उन्हीं की पुत्री थी। उस वक्त उसकी उम्र पाँच साल की होगी। बचपन का वह दिन आज भी आँखों के सामने है, जब तारा एक फ्राक पहने, बालों में एक गुलाब का फूल गूँथे हुए

मेरे सामने आकर खड़ी हो गयी। कह नहीं सकता, क्यों मैं उसे देखकर झेंप-सा गया। मुझे वह देव-कन्या सी मालूम हुई, जो उषा-काल के सौरभ और प्रकाश से रंजित आकाश से उतर आयी हो।

उस दिन से तारा अक्सर मेरे घर आती। उसके घर में खेलने की जगह न थी। चचा साहब के घर के सामने लम्बा-चौड़ा मैदान था। वहीं वह खेला करती। धीरे-धीरे मैं भी उससे मानूस हो गया। मैं जब स्कूल से लौटता तो तारा दौड़ कर मेरे हाथों से किताबों का बस्ता ले लेती। जब मैं स्कूल जाने के लिए गाड़ी पर बैठता, तो वह भी आकर मेरे साथ बैठ जाती। एक दिन उसके सामने चची ने चचाजी से कहा—'तारा को मैं अपनी बहू बनाऊँगी। क्यों कृष्णा, तू तारा से ब्याह करेगा?' मैं मारे शर्म से बाहर भाग गया; लेकिन तारा वही खड़ी रही, मानो चची ने उसे मिठाई देने को बुलाया हो। उस दिन से चचा और चची में अक्सर यही चर्चा होती—कभी सलाह के ढंग से, कभी मजाक के ढंग से। उस अवसर पर मैं तो शर्मा कर बाहर भाग जाता था; पर तारा खुश होती थी। दोनों परिवारों में इतना घराव था कि इस सम्बन्ध का हो जाना कोई असाधारण बात न थी। तारा के माता-पिता को तो इसका पूरा विश्वास था कि तारा से मेरा विवाह होगा। मैं जब उनके घर जाता, तो मेरी बड़ी आवभगत होती। तारा की माँ उसे मेरे साथ छोड़कर किसी बहाने से टल जाती थीं। किसी को अब इसमें शक न था कि तारा ही मेरी हृदयेश्वरी होगी।

एक दिन उस सरला ने मिट्टी का एक घरौंदा बनाया। मेरे मकान के सामने नीम का पेड़ था। उसी की छाँह में वह घरौंदा तैयार हुआ। उसमें कई जरा-जरा से कमरे थे, कई मिट्टी के बरतन, एक नन्हीं-सी चारपाई थी। मैंने जाकर देखा, तो तारा घरौंदा बनाने में तन्मय हो रही थी। मुझे देखते ही दौड़कर मेरे पास आयी और बोली—'कृष्णा, चलो हमारा घर देखो, मैंने अभी बनाया है।' घरौंदा देखा, तो हँसकर बोला—'इसमें कौन रहेगा, तारा?'

तारा ने ऐसा मुँह बनाया, मानो वह व्यर्थ का प्रश्न था! बोली—'क्यों, हम और तुम कहाँ रहेंगे? जब हमारा-तुम्हारा विवाह हो जायेगा, तो हम लोग इसी घर में आकर रहेंगे। वह देखो, तुम्हारी बैठक है, तुम यही बैठकर पढ़ोगे। दूसरा कमरा मेरा है, इसमें बैठकर मैं गुड़िया खेलूँगी।'

मैंने हँसी करके कहा—'क्यों, क्या मैं सारी उम्र पढ़ता ही रहूँगा और तुम हमेशा गुड़िया ही खेलती रहोगी?'

तारा ने मेरी तरफ इस ढंग से देखा, जैसे मेरी बात नहीं समझी। पगली जानती थी कि जिन्दगी खेलने और हँसने ही के लिए है। यह न जानती थी कि एक दिन हवा का एक झोंका आयेगा और इस घरौंदे को उड़ा ले जायेगा और इसी के साथ हम दोनों भी कहीं-से-कहीं जा उड़ेंगे।

2

इसके बाद मैं पिताजी के पास चला आया और कई साल पढ़ता रहा। लखनऊ की जलवायु मेरे अनुकूल न थी, या पिताजी ने मुझे अपने पास रखने के लिए यह बहाना किया था, मैं निश्चय नहीं कह सकता। इण्टरमीडिएट तक मैंने आगरे ही में पढ़ा; लेकिन चचा साहब के दर्शनों के लिए बराबर जाता रहता था। हर एक तातील में लखनऊ अवश्य जाता और गर्मियों की छुट्टी तो पूरी लखनऊ ही में कटती थी। एक छुट्टी गुजरते ही दूसरी छुट्टी आने के दिन गिने जाने लगते थे। अगर मुझे एक दिन की भी देर हो जाती, तो तारा का पत्र आ पहुँचता। बचपन के उस सरल प्रेम में अब जवानी का उत्साह और उन्माद था। वे प्यारे दिन क्या भूल सकते हैं! वही मधुर स्मृतियाँ अब इस जीवन का सर्वस्व हैं। हम दोनों रात को सब की नजरें बचाकर मिलते और हवाई किले बनाते। इससे कोई यह न समझे कि हमारे मन में पाप था, कदापि नहीं। हमारे बीच में एक भी ऐसा शब्द, एक भी ऐसा संकेत न आने पाता, जो हम दूसरों के सामने न कर सकते, जो उचित सीमा के बाहर होते। यह केवल वह संकोच था, जो इस अवस्था में हुआ करता है। शादी हो जाने के बाद भी तो कुछ दिनों तक स्त्री और पुरुष बड़ों के सामने बातें करते लजाते हैं। हाँ, जो अंग्रेजी सभ्यता के उपासक हैं, उनकी बात मैं नहीं चलाता। वे तो बड़ों के सामने आलिंगन और चुम्बन तक करते हैं। हमारी मुलाकातें दोस्तों की मुलाकातें होती थीं—कभी ताश की बाजी होती, कभी साहित्य की चर्चा, कभी स्वदेश सेवा के मनसूबे बँधते, कभी संसार यात्रा के। क्या कहूँ, तारा का हृदय कितना पवित्र था! अब मुझे ज्ञात हुआ कि स्त्री कैसे पुरुष पर नियन्त्रण कर सकती है, कुत्सित को कैसे पवित्र बना सकती है।

एक दूसरे से बातें करने में, एक दूसरे के सामने बैठे रहने में हमें असीम आनन्द होता था। फिर, प्रेम की बातों की जरूरत वहाँ होती है, जहाँ अपने अखण्ड अनुराग, अपनी अतुल निष्ठा, अपने पूर्ण-आत्मसमर्पण का विश्वास दिलाना होता है। हमारा सम्बन्ध तो स्थिर हो चुका था। केवल रस्में बाकी थीं। वह मुझे अपना पति समझती थी, मैं उसे अपनी पत्नी समझता था। ठाकुरजी का भोग लगाने के पहले थाल के पदार्थों में कौन हाथ लगा सकता है? हम दोनों में कभी-कभी लड़ाई भी होती थी और कई-कई दिनों तक बातचीत की नौबत न आती; लेकिन ज्यादती कोई करे, मनाना उसी को पड़ता था। मैं जरा-सी बात पर तिनक जाता था। वह हँसमुख थी, बहुत ही सहनशील, लेकिन उसके साथ ही मानिनी भी परले सिरे की। मुझे खिलाकर भी खुद न खाती, मुझे हँसाकर भी खुद न हँसती।

इंटरमीडिएट पास होते ही मुझे फौज में एक जगह मिल गयी। उस विभाग के अफसरों में पिताजी का बड़ा मान था। मैं सार्जन्ट हो गया और सौभाग्य से लखनऊ ही में मेरी नियुक्ति हुई। मुँहमाँगी मुराद पूरी हुई।

मगर विधि-वाम कुछ और ही षड्यन्त्र रच रहा था। मैं तो इस ख्याल में मगन था कि कुछ दिनों में तारा मेरी होगी। उधर एक दूसरा ही गुल खिल गया। शहर के एक नामी रईस ने चचाजी से मेरे विवाह की बात छेड़ दी और आठ हजार रुपये दहेज का वचन दिया। चचाजी के मुँह से लार टपक पड़ी। सोचा, यह आशातीत रकम मिलती है, इसे क्यों छोड़ूँ। विमल बाबू की कन्या का विवाह कहीं-न-कहीं हो ही जायेगा। उन्हें सोचकर जवाब देने का वादा करके विदा किया और विमल बाबू को बुलाकर बोले—'आज चौधरी साहब कृष्णा की शादी की बातचीत करने आये थे। आप तो उन्हें जानते होंगे? अच्छे रईस हैं। आठ हजार दे रहे हैं। मैंने कह दिया है, सोचकर जवाब दूँगा। आपकी क्या राय है? यह शादी मंजूर कर लूँ?'

विमल बाबू ने चकित होकर कहा—'यह आप क्या फरमाते हैं? कृष्णा की शादी तो तारा से ठीक हो चुकी है न?'

चचा साहब ने अनजान बनकर कहा—'यह तो मुझे आज मालूम हो रहा है। किसने ठीक की है यह शादी? आपसे तो मुझसे इस विषय में कोई भी बातचीत नहीं हुई।'

विमल बाबू जरा गर्म होकर बोले—'जो बात आज दस-बारह साल से सुनता हूँ, क्या उसकी तसदीक भी करनी चाहिए थी? मैं तो इसे तय समझे बैठा हूँ; मैं ही क्या, सारा मुहल्ला तय समझ रहा है।'

चचा साहब ने बदनामी के भय से जरा दबकर कहा—'भाई साहब, हक तो यह है कि मैं जब कभी इस सम्बन्ध की चर्चा करता था, दिल्लगी के तौर पर लेकिन खैर, मैं आपको निराश नहीं करना चाहता। आप मेरे पुराने मित्र हैं। मैं आपके साथ सब तरह की रिआयत करने को तैयार हूँ। मुझे आठ हजार मिल रहे हैं। आप मुझे सात ही हजार दीजिये—छ: हजार ही दीजिए।'

विमल बाबू ने उदासीन भाव से कहा—'आप मुझसे मजाक कर रहे हैं या सचमुच दहेज माँग रहे हैं, मुझे यकीन नहीं आता।'

चचा साहब ने माथा सिकोड़कर कहा—'इसमें मजाक की तो कोई बात नहीं। मैं आपके सामने चौधरी से बातें कर सकता हूँ।'

विमल—'बाबूजी, आपने तो यह नया प्रश्न छेड़ दिया। मुझे तो स्वप्न में भी गुमान न था कि हमारे और आपके बीच में यह प्रश्न खड़ा होगा। ईश्वर ने आपको बहुत कुछ दिया। दस-पाँच हजार में आपका कुछ न बनेगा। हाँ, यह रकम मेरी सामर्थ्य से बाहर है। मैं तो आपसे दया ही की भिक्षा माँग सकता हूँ। आज दस-बारह साल से हम कृष्णा को अपना दामाद समझते आ रहे हैं। आपकी बातों से भी कई बार इसकी तसदीक हो चुकी है। कृष्णा और तारा में जो प्रेम है, वह आपसे छिपा नहीं है। ईश्वर के लिए थोड़े-से रुपयों के वास्ते कई जनों का खून न कीजिए।'

चचा साहब ने धृष्टता से कहा—'विमल बाबू, मुझे खेद है कि मैं इस विषय में और नहीं दब सकता।'

विमल बाबू जरा तेज होकर बोले—'आप मेरा गला घोंट रहे हैं!'

चचा—'आपको मेरा एहसान मानना चाहिए कि कितनी रिआयत कर रहा हूँ।'

विमल—'क्यों न हो, आप मेरा गला घोंटें और मैं आपका एहसान मानूँ? मैं इतना उदार नहीं हूँ। अगर मुझे मालूम होता कि आप इतने लोभी हैं, तो आपसे दूर ही रहता। मैं आपको सज्जन समझता था। अब मालूम हुआ कि आप भी कौड़ियों के गुलाम हैं। जिसकी निगाह में मुरौवत नहीं,

जिसकी बातों का कोई विश्वास नहीं, उसे मैं शरीफ नहीं कह सकता। आपको अख्तियार है, कृष्णा बाबू की शादी जहाँ चाहे करें; लेकिन आपको हाथ न मलना पड़े, तो कहिएगा। तारा का विवाह तो कहीं-न-कहीं हो ही जायेगा और ईश्वर ने चाहा तो किसी अच्छे ही घर में होगा। संसार में सज्जनों का अभाव नहीं है; मगर आपके हाथ अपयश के सिवा और कुछ न लगेगा।'

चचा साहब ने त्यौरियाँ चढ़ाकर कहा—'अगर आप मेरे घर में न होते, तो इस अपमान का कुछ जवाब देता!'

विमल बाबू ने छड़ी उठा ली और कमरे के बाहर जाते हुए कहा—'आप मुझे क्या जवाब देंगे? आप जवाब देने के योग्य ही नहीं हैं।'

उसी दिन शाम को जब मैं बैरक से आया और जलपान करके विमल बाबू के घर जाने लगा, तो चची ने कहा—'कहाँ जाते हो? विमल बाबू से और तुम्हारे चचाजी से आज एक झड़प हो गयी।'

मैंने ठिठककर ताज्जुब के साथ कहा—'झड़प हो गयी! किस बात पर?'

चची ने सारा-का-सारा वृतान्त कह सुनाया और विमल को जितने काले रंगों में रंग सकीं, रंगा—'तुमसे क्या कहूँ बेटा, ऐसा मुँहफट तो आदमी ही नहीं देखा। हजारों ही गालियाँ दीं, लड़ने पर आमादा हो गया।'

मैंने एक मिनट तक सन्नाटे में खड़े रहकर कहा—'अच्छी बात है, वहाँ न जाऊँगा। बैरक जा रहा हूँ।' चची बहुत रोयीं-चिल्लायीं; पर मैं एक क्षण-भर भी न ठहरा। ऐसा जान पड़ता था, जैसे कोई मेरे हृदय में भाले भोंक रहा है। घर से बैरक तक पैदल जाने में शायद मुझे दस मिनट से ज्यादा न लगे होंगे। बार-बार जी झुँझलाता था; चचा साहब पर नहीं, विमल बाबू पर भी नहीं, केवल अपने ऊपर। क्यों मुझमें इतनी हिम्मत नहीं है कि जाकर चचा साहब से कह दूँ—कोई मुझे लाख रुपये भी दे, तो शादी न करूँगा। मैं क्यों इतना डरपोक, इतना तेजहीन, इना दब्बू हो गया?

इसी क्रोध में मैंने पिताजी को एक पत्र लिखा और वह सारा वृत्तान्त सुनाने के बाद अन्त में लिखा—'मैंने निश्चय कर लिया है कि और कहीं शादी न करूँगा, चाहे मुझे आपकी अवज्ञा ही क्यों न करनी पड़े।' उस आवेश में न जाने क्या-क्या लिख गया, अब याद भी नहीं। इतना ही याद

है कि दस-बारह पन्ने दस मिनट में लिख डाले थे। सम्भव होता तो मैं यही सारी बातें तार से भेजता।

तीन दिन मैंने बड़ी व्यग्रता के साथ काटे। उसका केवल अनुमान किया जा सकता है। सोचता, तारा हमें अपने मन में कितना नीच समझ रही होगी। कई बार जी में आया कि चलकर उसके पैरों पर गिर पड़ूँ और कहूँ—*देवी, मेरा अपराध क्षमा करो—चचा साहब के कठोर व्यवहार की परवा न करो। मैं तुम्हारा था और तुम्हारा हूँ। चचा साहब मुझसे बिगड़ जायें, पिताजी घर से निकाल दें, मुझे किसी की परवा नहीं है; लेकिन तुम्हें खोकर मेरा जीवन ही खो जायेगा।*

तीसरे दिन पत्र का जवाब आया। रही-सही आशा भी टूट गयी। वही जवाब था जिसकी मुझे शंका थी। लिखा था—'भाई साहब मेरे पूज्य हैं। उन्होंने जो निश्चय किया है, उसके विरुद्ध मैं एक शब्द भी मुँह से नहीं निकाल सकता और तुम्हारे लिए भी यही उचित है कि उन्हें नाराज न करो।'

मैंने उस पत्र को फाड़कर पैरों से कुचल दिया और उसी वक्त विमल बाबू के घर की तरफ चला। आह! उस वक्त अगर कोई मेरा रास्ता रोक लेता, मुझे धमकाता कि उधर मत जाओ, तो मैं विमल बाबू के पास जाकर ही दम लेता और आज मेरा जीवन कुछ और ही होता; पर वहाँ मना करने वाला कौन बैठा था। कुछ दूर चल कर हिम्मत हार बैठा। लौट पड़ा। कह नहीं सकता, क्या सोचकर लौटा। चचा साहब की अप्रसन्नता का मुझे रत्ती-भर भी भय न था। उनकी अब मेरे दिल में जरा भी इज्जत न थी। मैं उनकी सारी सम्पत्ति को ठुकरा देने को तैयार था। पिताजी के नाराज हो जाने का भी डर न था। संकोच केवल यह था—कौन मुँह लेकर जाऊँ! आखिर मैं उन्हीं चचा का भतीजा तो हूँ। विमल बाबू मुझसे मुखातिब न हुए या जाते-ही-जाते दुत्कार दिया, तो मेरे लिए डूब मरने के सिवा और क्या रह जायेगा? सबसे बड़ी शंका यह थी कि कहीं तारा ही मेरा तिरस्कार कर बैठे तो मेरी क्या गति होगी। हाय! अहृदय तारा! निष्ठुर तारा! अबोध तारा! अगर तूने उस वक्त दो शब्द लिख कर मुझे तसल्ली दे दी होती, तो आज मेरा जीवन कितना सुखमय होता। तेरे मौन ने मुझे मटियामेट कर दिया—सदा के लिए! आह, सदा के लिए।

3

तीन दिन फिर मैंने अंगारों पर लोट-लोट कर काटे। ठान लिया था कि अब किसी से न मिलूँगा। सारा संसार मुझे अपना शत्रु-सा दीखता थ। तारा पर भी क्रोध आता था। चचा साहब की तो सूरत से मुझे घृणा हो गयी थी; मगर तीसरे दिन शाम को चचाजी का रुक्का पहुँचा, मुझसे आकर मिल जाओ। जी में तो आया, लिख दूँ, मेरा आपसे कोई सम्बन्ध नहीं, आप समझ लीजिए, मैं मर गया। मगर फिर उनके स्नेह और उपकारों की याद आ गयी। खरी-खरी सुनाने का भी अच्छा अवसर मिल रहा था। हृदय में युद्ध का नशा और जोश भरे हुए मैं चचाजी की सेवा में पहुँच गया।

चचाजी ने मुझे सिर से पैर तक देख कर कहा—'क्या आजकल तुम्हारी तबियत अच्छी नहीं है? आज रायसाहब सीताराम तशरीफ लाये थे। तुमसे कुछ बातें करना चाहते हैं। कल सबेरे मौका मिले, तो चले आना या तुम्हें लौटने की जल्दी न हो, तो मैं इसी वक्त बुला भेजूँ।'

मैं समझ तो गया कि यह रायसाहब कौन हैं; लेकिन अनजान बन कर बोला—'यह रायसाहब कौन हैं? मेरा तो उनसे परिचय नहीं है।'

चचाजी ने लापरवाही से कहा—'अजी, यह वही महाशय हैं, जो तुम्हारे ब्याह के लिए घेरे हुए हैं। शहर के रईस और कुलीन आदमी हैं। लड़की भी बहुत अच्छी है। कम-से-कम तारा से कई गुनी अच्छी। मैंने हाँ कर लिया है। तुम्हें भी जो बातें पूछनी हों, उनसे पूछ लो।'

मैंने आवेश के उमड़ते हुए तूफान को रोक कर कहा—'आपने नाहक हाँ की। मैं अपना विवाह नहीं करना चाहता।'

चचाजी ने मेरी तरफ आँखें फाड़कर कहा—'क्यों?'

मैंने उसी निर्भीकता से जवाब दिया—'इसीलिए कि मैं इस विषय में स्वाधीन रहना चाहता हूँ।'

चचाजी ने जरा नर्म होकर कहा—'मैं अपनी बात दे चुका हूँ, क्या तुम्हें इसका कुछ ख्याल नहीं है?'

मैंने उद्दण्डता से जवाब दिया—'जो बात पैसों पर बिकती है, उसके लिए मैं अपनी जिन्दगी नहीं खराब कर सकता।'

चचा साहब ने गम्भीर भाव से कहा—'यह तुम्हारा आखिरी फैसला

है?'

'जी हाँ, आखिरी।'

'पछताना पड़ेगा।'

'आप इसकी चिन्ता न करें। आपको कष्ट देने न आऊँगा।'

'अच्छी बात है।'

यह कहकर वह उठे और अन्दर चले गये। मैं कमरे से निकला और बैरक की तरफ चला। सारी पृथ्वी चक्कर खा रही थी, आसमान नाच रहा था और मेरी देह हवा में उड़ी जाती थी। मालूम होता था, पैरों के नीचे की जमीन है ही नहीं।

बैरक में पहुँचकर मैं पलंग पर लेट गया और फूट-फूट कर रोने लगा। माँ-बाप, चाचा-चाची, धन-दौलत, सब कुछ होते हुए भी मैं अनाथ था। उफ! कितना निर्दय आघात था!

4

सबेरे हमारे रेजिमेंट को देहरादून जाने का हुक्म हुआ। मुझे आँखें-सी मिल गयी। अब लखनऊ काटे खाता था। उसके गली-कूचों तक से घृणा हो गयी थी। एक बार जी में आया, चलकर तारा से मिल लूँ; मगर फिर वही शंका हुई—कहीं वह मुखातिब न हुई तो? विमल बाबू इस दशा में भी मुझसे उतना ही स्नेह दिखायेंगे, जितना अब तक दिखाते आये हैं, इसका मैं निश्चय न कर सका। पहले मैं धनी परिवार का दीपक था, अब एक अनाथ युवक, जिसे मजूरी के सिवा और कोई अवलम्ब नहीं था।

देहरादून में अगर कुछ दिन मैं शान्ति से रहता, तो सम्भव था, मेरा आहत हृदय सँभल जाता और मैं विमल बाबू को मना लेता; लेकिन वहाँ पहुँचे एक सप्ताह भी न हुआ था कि मुझे तारा का पत्र मिल गया। पत्र को देखकर मेरे हाथ काँपने लगे। समस्त देह में कंपन-सा होने लगा। शायद शेर को सामने देख कर मैं इतना भयभीत न होता। हिम्मत ही न पड़ती थी कि उसे खोलूँ। वही लिखावट थी, वही मोतियों की लड़ी, जिसे देख कर मेरे लोचन तृप्त-से हो जाते थे, जिसे चूमता था और हृदय से लगाता था, वही काले अक्षर आज नागिनों से भी ज्यादा डरावने मालूम होते थे।

अनुमान कर रहा था कि उसने क्या लिखा होगा; पर अनुमान की दूर तक दौड़ भी पत्र के विषय तक न पहुँच सकी। आखिर, एक बार कलेजा मजबूत करके मैंने पत्र खोल डाला। देखते ही आँखों में अँधेरा छा गया। मालूम हुआ, किसी ने शीशा पिघला कर पिला दिया। तारा का विवाह तय हो गया था। शादी होने में कुल चौबीस घंटे बाकी थे। उसने मुझसे अपनी भूलों के लिए क्षमा माँगी थी और विनती की थी कि मुझे भुला मत देना। पत्र का अन्तिम वाक्य पढ़कर मेरी आँखों से आँसुओं की झड़ी लग गयी। लिखा था—*यह अन्तिम प्यार लो। अब आज से मेरे और तुम्हारे बीच में केवल मैत्री का नाता है। मगर कुछ और समझूँ तो वह अपने पति के साथ अन्याय होगा, जिसे शायद तुम सबसे ज्यादा नापसंद करोगे। बस इससे अधिक और न लिखूँगी। बहुत अच्छा हुआ कि तुम यहाँ से चले गये। तुम यहाँ रहते, तो तुम्हें भी दुःख होता और मुझे भी। मगर प्यारे! अपनी इस अभागिनी तारा को भूल न जाना। तुमसे यही अन्तिम निवेदन है।*

मैं पत्र को हाथ में लिये-लिये लेट गया। मालूम होता था, छाती फट जायेगी! भगवान, अब क्या करूँ? जब तक मैं लखनऊ पहुँचूँगा, बारात द्वार पर आ चुकी होगी, यह निश्चय था। लेकिन तारा के अन्तिम दर्शन करने की प्रबल इच्छा को मैं किसी तरह न रोक सकता था। वही अब जीवन की अन्तिम लालसा थी।

मैंने जाकर कमांडिंग आफिसर से कहा—'मुझे एक बड़े ज़रूरी काम से लखनऊ जाना है। तीन दिन की छुट्टी चाहता हूँ।'

साहब ने कहा—'अभी छुट्टी नहीं मिल सकती।'

'मेरा जाना जरूरी है।'

'तुम नहीं जा सकते।'

'मैं किसी तरह नहीं रुक सकता।'

'तुम किसी तरह नहीं जा सकते।'

मैंने और अधिक आग्रह न किया। वहाँ से चला आया। रात की गाड़ी से लखनऊ जाने का निश्चय कर लिया। कोर्ट-मार्शल का अब मुझे जरा भी डर न था।

5

जब मैं लखनऊ पहुँचा, तो शाम हो गयी थी। कुछ देर तक मैं प्लेटफार्म से दूर खड़ा अँधेरा हो जाने का इन्तजार करता रहा। तब अपनी किस्मत के नाटक का सबसे भीषण कांड देखने चला। बारात द्वार पर आ गयी थी। गैस की रोशनी हो रही थी। बाराती लोग जमा थे। हमारे मकान की छत तारा की छत से मिली हुई थी। रास्ता मरदाने कमरे की बगल से था। चचा साहब शायद कहीं सैर करने गये हुए थे। नौकर-चाकर सब बारात की बहार देख रहे थे। मैं चुपके से जीने पर चढ़ा और छत पर जा पहुँचा। वहाँ इस वक्त बिलकुल सन्नाटा था। उसे देखकर मेरा दिल भर आया। हाय! यही वह स्थान है, जहाँ हमने प्रेम के आनन्द उठाये थे। यहीं मैं तारा के साथ बैठकर जिन्दगी के मनसूबे बाँधता था! यही स्थान मेरी आशाओं का स्वर्ग और मेरे जीवन का तीर्थ था। इस जमीन का एक-एक अणु मेरे लिए मधुर-स्मृतियों से पवित्र था। पर हाय! मेरे हृदय की भाँति आज वह भी उजड़, सुनसान, अँधेरा था। मैं उसी जमीन से लिपटकर खूब रोया, यहाँ तक कि हिचकियाँ बँध गयीं। काश! उस वक्त तारा वहाँ आ जाती, तो मैं उसके चरणों पर सिर रखकर हमेशा के लिए सो जाता। मुझे ऐसा भासित होता था कि तारा की पवित्र आत्मा मेरी दशा पर रो रही है। आज भी तारा यहाँ जरूर आयी होगी। शायद इसी जमीन पर लिपटकर वह भी रोयी होगी। उस भूमि से उसके सुगन्धित केशों की महक आ रही थी। मैंने जेब से रूमाल निकाला और वहाँ की धूल जमा करने लगा। एक क्षण में मैंने सारी छत साफ कर डाली और अपनी अभिलाषाओं की इस राख को हाथ में लिये घण्टों रोया। यही मेरे प्रेम का पुरस्कार है, यही मेरी उपासना का वरदान है, यही मेरे जीवन की विभूति है। हाय री दुराशा!

नीचे विवाह के संस्कार हो रहे थे। ठीक आधी रात के समय वधू मण्डप के नीचे आयी, अब भाँवरें होंगी। मैं छत के किनारे चला आया और वह मर्मान्तक दृश्य देखने लगा। बस, यही मालूम हो रहा था कि कोई हृदय के टुकड़े किये डालता है। आश्चर्य है, मेरी छाती क्यों न फट गयी, मेरी आँखें न निकल पड़ीं। वह मण्डप मेरे लिए एक चिता थी, जिसमें वह सब कुछ, जिस पर मेरे जीवन का आधार था; जला जा रहा था।

भाँवरें समाप्त हो गयीं तो मैं कोठे से उतरा। अब क्या बाकी था?

चिता की राख भी जलमग्न हो चुकी थी। दिल को थामे, वेदना से तड़पता हुआ, जीने के द्वार पर आया; मगर द्वार बाहर से बन्द था। अब क्या हो? उलटे-पाँव लौटा। अब तारा के आँगन से होकर जाने के सिवा दूसरा रास्ता न था। मैंने सोचा, इस जमघट में मुझे कौन पहचानता है, निकल जाऊँगा। लेकिन ज्योंही आँगन में पहुँचा, तारा की माताजी की निगाह पड़ गयी। चौंककर बोलीं—'कौन, कृष्णा बाबू? तुम कब आये? आओ, मेरे कमरे में आओ। तुम्हारे चचा साहब के भय से हमने तुम्हें न्यौता नहीं भेजा। तारा प्रात:काल विदा हो जायेगी। आओ, उससे मिल लो। दिन-भर से तुम्हारी रट लगा रही है।'

यह कहते हुए उन्होंने मेरा बाजू पकड़ लिया और मुझे खींचते हुए अपने कमरे में ले गयीं। फिर पूछा—'अपने घर से होते हुए आये हो न?'

मैंने कहा—'मेरा घर यहाँ कहाँ है?'

'क्यों, तुम्हारे चचा साहब नहीं है?'

'हाँ, चचा साहब का घर है, मेरा घर अब कहीं नहीं है। बनने की कभी आशा थी, पर आप लोगों न वह भी तोड़ दी।'

'हमारा इसमें क्या दोष था भैया? लड़की का ब्याह तो कहीं-न-कहीं करना था। तुम्हारे चचाजी ने तो हमें मँझधार में छोड़ दिया था। भगवान ही ने उबारा। क्या अभी स्टेशन से चले आ रहे हो? तब तो अभी कुछ खाया भी न होगा।'

'हाँ, थोड़ा सा जहर लाकर दीजिए, यही मेरे लिए सबसे अच्छी दवा है।'

वृद्धा विस्मित होकर मुँह ताकने लगी।

'मुझे तारा से कितना प्रेम था, वह बेचारी क्या जानती थी?'

मैंने उसी विरक्ति के साथ फिर कहा—'जब आप लोगों ने मुझे मार डालने ही का निश्चय कर लिया, तो अब देर क्यों करती हैं? आप मेरे साथ यह दगा करेंगी यह मैं न समझता था। खैर, जो हुआ, अच्छा ही हुआ। चचा और बाप की आँखों से गिरकर मैं शायद आपकी आँखों में भी न जँचता।'

बुढ़िया ने मेरी तरफ शिकायत की नजरों से देखकर कहा—'तुम हमको इतना स्वार्थी समझते हो, बेटा।'

मैंने जले हुए हृदय से कहा—'अब तक तो न समझता था लेकिन परिस्थिति ने ऐसा समझने को मजबूर किया। मेरे खून का प्यासा दुश्मन भी मेरे ऊपर इससे घातक वार न कर सकता। मेरा खून आप ही की गरदन पर होगा।'

'तुम्हारे चचाजी ने ही तो इन्कार कर दिया?'

'आप लोगों ने मुझसे भी कुछ पूछा, मुझसे भी कुछ कहा, मुझे भी कुछ कहने का अवसर दिया? आपने तो ऐसी निगाहें फेरीं जैसे आप दिल से यही चाहती थीं। मगर अब आपसे शिकायत क्यों करूँ? तारा खुश रहे, मेरे लिए यही बहुत है।'

'तो बेटा, तुमने भी तो कुछ नहीं लिखा; अगर तुम एक पुरजा भी लिख देते, तो हमें तस्कीन हो जाती। हमें क्या मालूम था कि तुम तारा को इतना प्यार करते हो। हमसे जरूर भूल हुई; मगर उससे बड़ी भूल तुमसे हुई। अब मुझे मालूम हुआ कि तारा क्यों बराबर डाकिये को पूछती रहती थी। अभी कल वह दिन-भर डाकिये की राह देखती रही। जब तुम्हारा कोई खत नहीं आया, तब वह निराश हो गयी। बुला दूँ उसे? मिलना चाहते हो?'

मैंने चारपाई से उठ कर कहा—'नहीं-नहीं, उसे मत बुलाइए। मैं अब उसे नहीं देख सकता। उसे देख कर मैं न-जाने क्या कर बैठूँ।'

यह कहता हुआ मैं चल पड़ा। तारा की माँ ने कई बार पुकारा पर मैंने पीछे फिर कर भी न देखा।

यह है मुझ निराश की कहानी। इसे आज दस साल गुजर गये। इन दस सालों में मेरे ऊपर जो कुछ बीती, उसे मैं ही जानता हूँ। कई-कई दिन मुझे निराहार रहना पड़ा है। फौज से तो उसके तीसरे ही दिन निकाल दिया गया था। अब मारे-मारे फिरने के सिवा मुझे कोई काम नहीं। पहले तो काम मिलता ही नहीं और अगर मिल भी गया, तो मैं टिकता नहीं। जिन्दगी पहाड़ हो गयी है। किसी बात की रुचि नहीं रही। आदमी की सूरत से दूर भागता हूँ।

तारा प्रसन्न है। तीन-चार साल हुए, एक बार मैं उसके घर गया था। उसके स्वामी ने बहुत आग्रह करके बुलाया था। बहुत कसमें दिलायीं। मजबूर होकर गया। वह कली अब खिलकर फूल हो गयी है। तारा मेरे

सामने आयी। उसका पति भी बैठा हुआ था। मैं उसकी तरफ ताक न सका। उसने मेरे पैर खींच लिये। मेरे मुँह से एक शब्द भी न निकला। अगर तारा दुखी होती, कष्ट में होती, फटेहालों में होती, तो मैं उस पर बलि हो जाता; पर सम्पन्न, सरस, विकसित तारा मेरी संवेदना के योग्य न थी। मैं इस कुटिल विचार को न रोक सका—'कितनी निष्ठुरता! कितनी बेवफाई!'

शाम को मैं उदास बैठा वहाँ जाने पर पछता रहा था कि तारा का पति आकर मेरे पास बैठ गया और मुस्कराकर बोला—'बाबूजी, मुझे यह सुनकर खेद हुआ कि तारा से मेरे विवाह हो जाने का आपको बड़ा सदमा हुआ। तारा-जैसी रमणी शायद देवताओं को भी स्वार्थी बना देती; लेकिन मैं आपसे सच कहता हूँ, अगर मैं जानता कि आपको उससे इतना प्रेम है, तो मैं हरगिज आपकी राह का काँटा न बनता। शोक यही है कि मुझे बहुत पीछे मालूम हुआ। तारा मुझसे आपकी प्रेम-कथा कह चुकी है।'

मैंने मुस्कराकर कहा—'तब तो आपको मेरी सूरत से घृणा होगी।'

उसने जोश से कहा—'इसके प्रतिकूल मैं आपका आभारी हूँ। प्रेम का ऐसा पवित्र, ऐसा उज्ज्वल आदर्श आपने उसके सामने रखा। वह आपको अब भी उसी मुहब्बत से याद करती है। शायद कोई दिन ऐसा नहीं जाता कि आपका जिक्र न करती हो। आपके प्रेम को वह अपनी जिन्दगी की सबसे प्यारी चीज समझती है। आप शायद समझते हों कि उन दिनों को याद करके उसे दु:ख होता होगा। बिलकुल नहीं, वही उसके जीवन की सबसे मधुर स्मृतियाँ हैं। वह कहती है, मैंने अपने कृष्णा को तुममें पाया है।'

मेरे लिए इतना ही काफी है।

उन्माद

मनहर ने अनुरक्त होकर कहा—'वह सब तुम्हारी कुर्बानियों का फल है वागी। नहीं तो आज मैं किसी अँधेरी गली में, किसी अँधेरे मकान के अन्दर अँधेरी जिन्दगी के दिन काटता होता। तुम्हारी सेवा और उपकार हमेशा याद रहेंगे, तुमने मेरा जीवन सुधार दिया—मुझे आदमी बना दिया।'

बागेश्वरी ने सिर झुकाये हुए नम्रता से उत्तर दिया—'यह तुम्हारी सज्जनता ही मानूँ, मैं बेचारी भला जिन्दगी क्या सुधारूँगी? हाँ, तुम्हारे साथ मैं भी एक दिन आदमी बन जाऊँगी। तुमने परिश्रम किया, उसका पुरस्कार पाया। जो अपनी मदद आप करते हैं, उनकी मदद परमात्मा भी करते हैं, अगर मुझ-जैसी गँवारिन किसी और के पाले पड़ती, तो अब तक न-जाने क्या गत बनी होती।'

मनहर मानो इस बहस में अपना पक्ष-समर्थन करने के लिए कमर बाँधता हुआ बोला—'तुम जैसी गँवारिन पर मैं एक लाख सजी हुई गुड़ियों और रंगीन तितलियों को न्योछावर कर सकता हूँ। तुमने मेहनत करने का वह अवसर और अवकाश दिया, जिनके बिना कोई सफल हो ही नहीं सकता। अगर तुमने अपनी अन्य विलास-प्रिय, रंगीन-मिजाज़ बहनों की तरह मुझे अपने तकाज़ों से दबा रखा होता, तो मुझे उन्नति करने का अवसर कहाँ मिलता? तुमने मुझे वह निश्चिन्तता प्रदान की, जो स्कूल के दिनों में भी न मिली थी। अपने और सहकारियों को देखता हूँ, तो मुझे उन पर दया आती है। किसी का खर्च पूरा नहीं पड़ता। आधा महीना भी नहीं

जाने पाया और हाथ खाली हो जाता है। कोई दोस्तों से उधार माँगता है, कोई घर वालों को खत लिखता है। कोई गहनों की फिक्र में मरा जाता है, कोई कपड़ों की। कभी नौकर की टोह में हैरान, कभी वैद्य की टोह में परेशान। किसी को शान्ति नहीं। आये दिन स्त्री-पुरुष में जूते चलते हैं। अपना-जैसा भाग्यवान तो मुझे कोई दीख नहीं पड़ता। मुझे घर के सारे आनन्द प्राप्त हैं और जिम्मेदारी एक भी नहीं। तुमने ही मेरे हौसलों को उभारा, मुझे उत्तेजना दी। जब कभी मेरा उत्साह टूटने लगता था, तो तुम मुझे तसल्ली देती थीं। मुझे मालूम ही नहीं हुआ कि तुम घर का प्रबन्ध कैसे करती हो। तुमने मोटे-से-मोटा काम अपने हाथों से किया, जिसमें मुझे पुस्तकों के लिये रुपये की कमी न हो। तुम्हीं मेरी देवी हो और तुम्हारी बदौलत ही आज मुझे यह सौभाग्य प्राप्त हुआ है। मैं तुम्हारी इन सेवाओं की स्मृति को हृदय में सुरक्षित रखूँगा वागी, और एक दिन वह आयेगा, जब तुम अपने त्याग और तप का आनन्द उठाओगी।'

वागेश्वरी ने गद्गद होकर कहा—'तुम्हारे ये शब्द मेरे लिए सबसे बड़े पुरस्कार है मानू! मैं और किसी पुरस्कार की भूखी नहीं। मैंने जो कुछ तुम्हारी थोड़ी-बहुत सेवा की, उसका इतना यश मुझे मिलेगा; मुझे तो आशा भी न थी।'

मनहरनाथ का हृदय इस समय उदार भावों से उमड़ा हुआ था। वह यों बहुत ही अल्पभाषी, कुछ रूखा आदमी था और शायद वागेश्वरी के मन में उसकी शुष्कता पर दुख भी हुआ हो; पर इस समय सफलता के नशे ने उसकी वाणी में पर-से लगा दिये थे। बोला—'जिस समय मेरे विवाह की बातचीत हो रही थी, मैं बहुत शंकित था। समझ गया कि मुझे जो कुछ होना था, हो चुका। अब सारी उम्र देवीजी की नाजबरदारी में गुजरेगी। बड़े-बड़े अंग्रेज विद्वानों की पुस्तकें पढ़ने से मुझे भी विवाह से घृणा हो गयी थी। मैं इसे उम्र कैद समझने लगा था, जो आत्मा और बुद्धि की उन्नति का द्वार बंद कर देती है, जो मनुष्य को स्वार्थ का भक्त बना देती है, जो जीवन के क्षेत्र को संकीर्ण कर देती है। मगर दो ही चार मास के बाद मुझे अपनी भूल मालूम हुई। मुझे मालूम हुआ कि सुभार्या स्वर्ग की सबसे बड़ी विभूति है, जो मनुष्य को उज्ज्वल और पूर्ण बना देती है, जो आत्मोन्नति का मूल-मन्त्र है। मुझे मालूम हुआ कि विवाह का उद्देश्य भोग नहीं, आत्मा का विकास है।

वागेश्वरी की नम्रता और सहन न कर सकी। वह किसी बात के बहाने से उठ कर चली गयी।

मनहर और वागेश्वरी का विवाह हुए तीन साल गुजरे थे। मनहर उस समय एक दफ्तर में क्लर्क था। सामान्य युवकों की भाँति उसे भी जासूसी उपन्यासों से बहुत प्रेम था। धीरे-धीरे उसे जासूसी का शौक हुआ। इस विषय पर उसने बहुत-सा साहित्य जमा किया और बड़े मनोयोग से उनका अध्ययन किया। इसके बाद उसने उस विषय पर स्वयं एक किताब लिखी। रचना में उसने ऐसी विलक्षण विवेचन-शक्ति का परिचय दिया, उसकी शैली भी इतनी रोचक थी, कि जनता ने उसे हाथों-हाथ लिया। इस विषय पर वह सर्वोत्तम ग्रंथ था।

देश में धूम मच गयी। यहाँ तक कि इटली और जर्मनी-जैसे देशों से उसके पास प्रशंसा-पत्र आये और इस विषय की पत्रिकाओं में अच्छी-अच्छी आलोचनाएँ निकलीं। अन्त में सरकार ने भी अपनी गुणग्राहकता का परिचय दिया—उसे इंग्लैण्ड जाकर इस कला का अभ्यास करने के लिए वृत्ति प्रदान की। और यह सब कुछ वागेश्वरी की सत्प्रेरणा का शुभ-फल था।

मनहर की इच्छा थी कि वागेश्वरी भी साथ चले; पर वागेश्वरी उनके पाँव की बेड़ी न बनना चाहती थी। उसने घर रह कर सास-ससुर की सेवा करना ही उचित समझा।

मनहर के लिए इंग्लैण्ड एक दूसरी ही दुनिया थी, जहाँ उन्नति के मुख्य साधनों में एक रूपवती पत्नी का होना भी था। अगर पत्नी रूपवती है, चपल है, चतुर है, वाणी कुशल है, प्रगल्भ है, तो समझ लो कि उसके पति को सोने की खान मिल गयी, अब वह उन्नति के शिखर पर पहुँच सकता है। मनोयोग और तपस्या के बूते पर नहीं, पत्नी के प्रभाव और आकर्षण के तेज पर। उस संसार में रूप और लावण्य-व्रत के बंधनों से मुक्त, एक अबाध सम्पत्ति थी! जिसने किसी रमणी को प्राप्त कर लिया; उसकी मानो तकदीर खुल गयी। यदि कोई सुन्दरी तुम्हारी सहधर्मिणी नहीं है, तो तुम्हारा सारा उद्योग, सारी कार्यपटुता निष्फल है, कोई तुम्हारा पुरसाहाल न होगा; अतएव वहाँ लोग रूप को व्यापारिक दृष्टि से देखते थे।

साल ही भर के अंग्रेजी-समाज के संसर्ग ने मनहर की मनोवृत्तियों में क्रान्ति पैदा कर दी। उसके मिजाज में सांसारिकता का इतना प्राधान्य हो गया कि कोमल भावों के लिए वहाँ स्थान ही न रहा। वागेश्वरी उसके विद्याभ्यास में सहायक होती थी; पर उस अधिकार और पद की ऊँचाईयों पर न पहुँचा सकती थी। उसके त्याग और सेवा का महत्त्व भी अब मनहर की निगाहों में कम होता जा रहा था। वागेश्वरी अब उसे व्यर्थ-सी वस्तु मालूम होती थी, क्योंकि उसकी भौतिक दृष्टि से हर एक वस्तु का मूल्य उससे होने वाले लाभ पर ही अवलंबित था। अपना पूर्व-जीवन अब उसे हास्यप्रद जान पड़ता था। चंचल, हँसमुख, विनोदिनी अंग्रेज-युवतियों के सामने वागेश्वरी एक हल्की, तुच्छ-सी वस्तु जान पड़ती—इस विद्युत्-प्रकाश में वह दीपक अब मलिन पड़ गया था। यहाँ तक कि शनैः-शनैः उसका वह मलिन प्रकाश भी लुप्त हो गया।

मनहर ने अपने भविष्य का निश्चय कर लिया। यह भी एक रमणी की रूप नौका द्वारा ही अपने लक्ष्य पर पहुँचेगा। इसके सिवा और कोई उपाय न था।

2

रात के नौ बजे थे। मनहर लंदन के एक फैशनेबुल रेस्ट्राँ में बना-ठना बैठा था। उसका रंग-रूप और ठाट-बाट देखकर सहसा यह कोई नहीं कह सकता था कि अंग्रेज नहीं है। लंदन में भी उसके सौभाग्य ने उसका साथ दिया था। उसने चोरी के कई गहरे मुआमलों का पता लगा दिया था, इसलिए उसे धन और यश दोनों ही मिल रहा था। वह अब यहाँ के भारतीय समाज का एक प्रमुख अंग बन गया था, जिसके आतिथ्य और सौजन्य की सभी सराहना करते थे। उसका लबोलहजा भी अँग्रेजों से मिलता-जुलता था। उसके सामने मेज की दूसरी ओर एक रमणी बैठी हुई उनकी बातें बड़े ध्यान से सुन रही थी। उसके अंग-अंग से यौवन टपका पड़ता था। भारत के अद्‌भुत वृत्तांत सुन-सुन कर उसकी आँखें खुशी से चमक रही थीं। मनहर चिड़िया के सामने दाने बिखेर रहा था।

मनहर—'विचित्र देश है जेनी, अत्यन्त विचित्र। पाँच-पाँच साल के दूल्हे तुम्हें भारत के सिवा और कहीं देखने को न मिलेंगे। लाल रंग के

कामदार कपड़े, सिर पर चमकता हुआ लम्बा टोप, चेहरे पर फूलों का झालरदार बुर्का, घोड़े पर सवार चले जा रहे हैं। दो आदमी दोनों तरफ से छतरियाँ लगाये हुए हैं। हाथों में मेंहदी लगी हुई?'

जेनी—'मेंहदी क्यों लगाते हैं?'

मनहर—'जिसमें हाथ लाल हो जायें। पैरों में भी रंग भरा जाता है। उँगलियों के नाखून लाल रंग दिये जाते हैं। वह दृश्य देखते ही बनता है।'

जेनी—'यह तो दिल में सनसनी पैदा करने वाला दृश्य होगा। दुलहिन भी इसी तरह सजायी जाती होगी?'

मनहर—'इससे कई गुना अधिक। सिर से पाँव तक सोने-चाँदी के जेवरों से लदी हुई। ऐसा कोई अंग नहीं जिसमें दो-दो, चार-चार गहने न हों।'

जेनी—'तुम्हारी शादी भी उसी तरह हुई होगी। तुम्हें तो बड़ा आनन्द आया होगा?'

मनहर—'हाँ, वही आनन्द आया था, जो तुम्हें मेरी-गो-राउण्डर पर चढ़ने में आता है। अच्छी-अच्छी चीजें खाने को मिलती हैं; अच्छे-अच्छे कपड़े पहनने को मिलते हैं। खूब नाच-तमाशे देखता था और शहनाइयों का गाना सुनता था। मजा तो तब आता है, जब दुलहिन अपने घर से विदा होती है। सारे घर में कुहराम मच जाता है। दुलहिन हर एक से लिपट-लिपट कर रोती है; जैसे मातम कर रही हो।'

जेनी—'दुलहिन रोती क्यों है?'

मनहर—'रोने का रिवाज चला आता है। हालाँकि सभी जानते हैं कि वह हमेशा के लिये नहीं चली जा रही है, फिर भी सारा घर इस तरह फूट-फूटकर रोता है, मानो वह कालेपानी भेजी जा रही हो।'

जेनी—'मैं तो इस तमाशे पर खूब हँसूँ।'

मनहर—'हँसने की बात ही है।'

जेनी—'तुम्हारी बीबी भी रोयी होगी?'

मनहर—'अजी, कुछ न पूछो, पछाड़ें खा रही थी, मानो मैं उसका गला घोट दूँगा। मेरी पालकी से निकल कर भागी जाती थी; पर मैंने जोर से पकड़ कर अपनी बगल में बैठा लिया। तब मुझे दाँत काटने दौड़ी।'

मिस जेनी ने जोर से कहकहा मारा और हँसी के साथ लोट गयीं। बोलीं—'हॉरिबिल! हॉरिबिल! क्या अब भी दाँत काटती है?'

मनहर—'वह अब इस संसार में नहीं है, जेनी! मैं उससे खूब काम लेता था। मैं सोता था, तो वह मेरे बदन में चम्पी लगाती थी, मेरे सिर में तेल डालती थी, पंखा झलती थी।'

जेनी—'मुझे तो विश्वास नहीं आता। बिलकुल मूर्ख थी!'

मनहर—'कुछ न पूछो। दिन को किसी के सामने मुझसे बोलती भी न थी; मगर मैं उसका पीछा करता रहता था।'

जेनी—'ओ! नॉटी बॉय! तुम बड़े शरीर हो! थी तो रूपवती?'

मनहर—'हाँ, उसका मुँह तुम्हारे तलवों जैसा था।'

जेनी—'नॉनसेंस! तुम ऐसी औरत के पीछे कभी न दौड़ते।'

मनहर—'उस वक्त मैं भी मूर्ख था, जेनी।'

जेनी—'ऐसी मूर्ख लड़की से तुमने विवाह क्यों किया?'

मनहर—'विवाह न करता तो माँ-बाप जहर खा लेते!'

जेनी—'वह तुम्हें प्यार कैसे करने लगी?'

मनहर—'और करती क्या? मेरे सिवा दूसरा था ही कौन? घर से बाहर न निकलने पाती थी, मगर प्यार हममें से किसी को न था। वह मेरी आत्मा और हृदय को सन्तुष्ट न कर सकती थी, जेनी! मुझे उन दिनों की याद आती है, तो ऐसा मालूम होता है कि कोई भयंकर स्वप्न था। उफ़! अगर वह स्त्री आज जीवित होती, तो मैं किसी अँधेरे दफ्तर में बैठा कलम घिसता होता। इस देश में आकर मुझे यथार्थ ज्ञान हुआ कि संसार में स्त्री का क्या स्थान है, उसका क्या दायित्व है और जीवन उसके कारण कितना आनन्दप्रद हो जाता है। और जिस दिन तुम्हारे दर्शन हुए, वह तो मेरी जिन्दगी का सबसे मुबारक दिन था। याद है तुम्हें वह दिन? तुम्हारी वह सूरत मेरी आँखों में अब भी फिर रही है।'

जेनी—'अब मैं चली जाऊँगी। तुम मेरी खुशामद करने लगे।'

3

भारत के मजदूरदल-सचिव थे लार्ड बारबर, और उनके प्राइवेट सेक्रेटरी

थे मि० कावर्ड। लार्ड बारबर भारत के सच्चे मित्र समझे जाते थे। जब कंजरवेटिव और लिबरल दलों का अधिकार था, तो लार्ड बारबर भारत की बड़े जोरों से वकालत करते थे। वह इन मन्त्रियों पर ऐसे-ऐसे कटाक्ष करते थे कि उन बेचारों को कोई जवाब न सूझता। एक बार वह हिन्दुस्तान आये थे और यहाँ काँग्रेस में शरीक भी हुए थे। उस समय उनकी उदार वक्तृताओं ने समस्त देश में आशा और उत्साह की एक लहर दौड़ा दी थी। काँग्रेस के जलसे के बाद वह जिस शहर में गये, जनता ने उनके रास्ते में आँखें बिछायीं, उनकी गाड़ियाँ खींची, उन पर फूल बरसाये। चारों ओर से यही आवाज आती थी—यह है भारत का उद्धार करने वाला। लोगों को विश्वास हो गया कि भारत के सौभाग्य से अगर कभी लार्ड बारबर को अधिकार प्राप्त हुआ, तो वह दिन भारत के इतिहास में मुबारक होगा।

लेकिन अधिकार पाते ही लार्ड बारबर में एक विचित्र परिवर्तन हो गया। उनके सारे सद्भाव, उनकी उदारता, न्यायपरायणता, सहानुभूति ये सभी अधिकार के भँवर में पड़ गये। और अब लार्ड बारबर और उनके पूर्वाधिकार के व्यवहार में लेशमात्र भी अन्तर न था। वह भी वही कर रहे थे, जो उनके पहले के लोग कर चुके थे। वही दमन था, वही जातिगत अभिमान, वही कट्टरता, वही संकीर्णता। देवता अधिकार के सिंहासन पर पाँव रखते ही अपना देवत्व खो बैठा था। अपने दो साल के अधिकार-काम में उन्होंने सैकड़ों ही अफसर नियुक्त किये थे; पर उनमें एक भी हिन्दुस्तानी न था। भारतवासी निराश हो-होकर उन्हें 'डाइहार्ड' 'धन का उपासक' और 'साम्राज्यवाद का पुजारी' कहने लगे थे। यह खुला हुआ रहस्य था कि जो कुछ करते थे, मि० कावर्ड करते थे। हक यह था कि लार्ड बारबर नीयत के इतने शेर थे, जितने दिल के कमजोर। हालाँकि परिणाम दोनों दशाओं में एक-सा था।

यह मि० कावर्ड एक ही महापुरुष थे। उनकी उम्र चालीस से अधिक गुजर चुकी थी; पर अभी तक उन्होंने विवाह न किया था। शायद उनका ख्याल था कि राजनीति के क्षेत्र में रहकर वैवाहिक जीवन का आनन्द नहीं उठा सकते। वास्तव में नवीनता के मधुप थे। उन्हें नित्य नये विनोद और आकर्षण, नित्य नये विलास और उल्लास की टोह रहती थी। दूसरों के लगाये हुए बाग की सैर करके चित्त को प्रसन्न कर लेना इससे कहीं सरल था कि अपना बाग आप लगायें और उसकी रक्षा और सजावट

में अपना सिर खपायें। उनको व्यावहारिक और व्यापारिक दृष्टि में यह लटका उससे कहीं आसान था।

दोपहर का समय था। मि० कावर्ड नाश्ता करके सिगार पी रहे थे कि मिस जेनी रोज के आने की खबर हुई। उन्होंने तुरन्त आईने के सामने खड़े होकर अपनी सूरत देखी, बिखरे हुए बालों को सँवारा, बहुमूल्य इत्र मला और मुख से स्वागत की सहास छवि दरशाते हुए कमरे से निकलकर मिस रोज से हाथ मिलाया।

जेनी ने कमरे में कदम रखते ही कहा—'अब मैं समझ गयी कि क्यों कोई सुन्दरी तुम्हारी बात नहीं पूछती। आप अपने वादों को पूरा करना नहीं जानते।'

मि० कावर्ड ने जेनी के लिए एक कुर्सी खींचते हुए कहा—'मुझे बहुत खेद है मिस रोज, कि मैं कल अपना वादा पूरा न कर सका। प्राइवेट सेक्रेटरियों का जीवन कुत्तों के जीवन से भी हेय है। बार-बार चाहता था कि दफ्तर से उठूँ; पर एक-न-एक कॉल ऐसा आ जाता था कि फिर रुक जाना पड़ता था! मैं तुमसे क्षमा माँगता हूँ। बॉल में तुम्हें खूब आनन्द आया होगा?'

जेनी—'मैं तुम्हें तलाश करती रही। जब तुम न मिले, तो मेरा जी खट्टा हो गया। मैं और किसी के साथ नहीं नाची! अगर तुम्हें नहीं जाना था, तो मुझे निमन्त्रण-पत्र क्यों दिलाया था।'

कावर्ड ने जेनी को सिगार भेंट करते हुए कहा—'तुम मुझे लज्जित कर रही हो, जेनी! मेरे लिए इससे ज्यादा खुशी की और क्या बात हो सकती थी कि तुम्हारे साथ नाचता? एक पुराना बैलेचर होने पर भी मैं उस आनन्द की कल्पना कर सकता हूँ। बस, यही समझ लो कि तड़प-तड़प कर रह जाता था।'

जेनी ने कठोर मुस्कान के साथ कहा—'तुम इसी योग्य हो कि बैलेचर बने रहो। यही तुम्हारी सजा है।'

कावर्ड ने अनुरक्त होकर उत्तर दिया—'तुम बड़ी कठोर हो, जेनी! तुम्हीं क्या रमणियाँ सभी कठोर होती हैं। मैं कितनी ही परवशता दिखाऊँ, तुम्हें विश्वास न आयेगा। मुझे यह अरमान ही रह गया कि कोई सुन्दरी मेरे अनुराग और लगन का आदर करती।'

जेनी—'तुममें अनुराग हो भी तो? रमणियाँ ऐसे बहानेबाजों को मुँह नहीं लगातीं!'

कावर्ड—'फिर बहानेबाज कहा—मजबूर क्यों नहीं कहतीं?'

जेनी—'मैं किसी की मजबूरी को नहीं मानती। मेरे लिए यह हर्ष और गौरव की बात नहीं हो सकती, कि आपको जब अपने सरकारी, अर्द्ध-सरकारी और गैर-सरकारी कामों से अवकाश मिले, तो आप मेरा मन रखने को एक क्षण के लिए अपने कोमल चरणों को कष्ट दें। मैं दफ्तर और काम के हीले नहीं सुनना चाहती। इसी कारण तुम अब तक झींख रहे हो।'

कावर्ड ने गम्भीर भाव से कहा—'तुम मेरे साथ अन्याय कर रही हो, जेनी! मेरे अविवाहित रहने का क्या कारण है, यह कल तक मुझे खुद न मालूम था। कल आप-ही-आप मालूम हो गया।'

जेनी ने उसका परिहास करते हुए कहा—'अच्छा! तो यह रहस्य आपको मालूम हो गया? तब तो आप सचमुच आत्मदर्शी हैं। जरा मैं भी सुनूँ, क्या कारण था?'

कावर्ड ने उत्साह के साथ कहा—'अब तक कोई ऐसी सुन्दरी न मिली थी, जो मुझे उन्मत्त कर सकती।'

जेनी ने कठोर परिहास के साथ कहा—'मेरा खयाल था कि दुनिया में ऐसी औरत पैदा ही नहीं हुई, जो तुम्हें उन्मत्त कर सकती। तुम उन्मत्त बनाना चाहते हो, उन्मत्त बनना नहीं चाहते।'

कावर्ड—'तुम बड़ा अत्याचार करती हो, जेनी!'

जेनी—'अपने उन्माद का प्रमाण देना चाहते हो?'

कावर्ड—'हृदय से, जेनी! मैं उस अवसर की ताक में बैठा हूँ!'

उसी दिन शाम को जेनी ने मनहर से कहा—'तुम्हारे सौभाग्य पर बधाई! तुम्हें वह जगह मिल गयी।'

मनहर उछलकर बोला—'सच! सेक्रेटरी से कोई बातचीत हुई थी?'

जेनी—'सेक्रेटरी से कुछ कहने की जरूरत ही न पड़ी। सब कुछ कावर्ड के हाथ में है। मैंने उसी को चंग पर चढ़ाया। लगा मुझे इश्क जताने। पचास साल की तो उम्र है, चाँद के बाल झड़ गये हैं, गालों पर

झुर्रियाँ पड़ गयी हैं, पर अभी तक आपको इश्क का खब्त है। आप अपने को एक ही रसिया समझते हैं। उसके बूढ़े चोचले बहुत बुरे मालूम होते थे; मगर तुम्हारे लिए सब कुछ सहना पड़ा। खैर मेहनत सफल हो गयी है। कल तुम्हें परवाना मिल जायेगा। अब सफर की तैयारी करनी चाहिए।'

मनहर ने गद्‍गद् होकर कहा—'तुमने मुझ पर बड़ा एहसान किया है, जेनी!'

4

मनहर को गुप्तचर विभाग में ऊँचा पद मिला। देश के राष्ट्रीय पत्रों ने उसकी तारीफों के पुल बाँधे, उसकी तसवीर छापी और राष्ट्र की ओर से उसे बधाई दी। वह पहला भारतीय था, जिसे वह ऊँचा पद प्रदान किया गया था। ब्रिटिश सरकार ने सिद्ध कर दिया था कि उसकी न्याय-बुद्धि जातीय अभिमान और द्वेष से उच्चतर है।

मनहर और जेनी का विवाह इंग्लैण्ड में ही हो गया। हनीमून का महीना फ्रांस में गुजरा। वहाँ से दोनों हिन्दुस्तान आये। मनहर का दफ्तर बम्बई में था। वहीं दोनों एक होटल में रहने लगे। मनहर को गुप्त अभियोग की खोज के लिए अक्सर दौरे करने पड़ते थे। कभी काश्मीर, कभी मद्रास, कभी रंगून। जेनी इन यात्राओं में बराबर उसके साथ रहती। नित्य नये दृश्य थे, नये विनोद, नये उल्लास। उसकी नवीनता-प्रिय प्रकृति के लिए आनन्द का इससे अच्छा और क्या सामान हो सकता था?

मनहर का रहन-सहन तो अंग्रेजी था ही, घरवालों से भी सम्बन्ध विच्छेद हो गया था। वागेश्वरी के पत्रों का उत्तर देना तो दूर रहा, उन्हें खोलकर पढ़ता भी न था। भारत में उसे हमेशा यह शंका बनी रहती थी कि कहीं घरवालों को उसका पता न चल जाये। जेनी से वह अपनी यथार्थ स्थिति को छिपाये रखना चाहता था। उसने घरवालों को आने की सूचना तक न दी। यहाँ तक कि वह हिन्दुस्तानियों से बहुत कम मिलता था। उसके मित्र अधिकांश पुलिस और फौज के अफसर थे। वही उसके मेहमान होते। वाक्चतुर जेनी सम्मोहनकला में सिद्धहस्त थी। पुरुषों के प्रेम से खेलना उसकी सबसे आमोदमय क्रीड़ा थी। जलाती थी, रिझाती भी थी, और मनहर भी उसकी कपट-लीला का शिकार बनता रहता था। उसे

वह हमेशा भूल-भुलैया में रखती, कभी इतना निकट कि छाती पर सवार न कभी इतनी दूर कि योजन का अन्तर—कभी निष्ठुर और कठोर, कभी प्रेम-विह्वल और व्यग्र। एक रहस्य था, जिसे वह कभी समझता था और कभी हैरान रह जाता था!

इस तरह दो वर्ष बीत गये और मनहर तथा जेनी कोण की दो भुजाओं की भाँति एक दूसरे से दूर होते गये। मनहर इस भावना को हृदय से न निकाल सकता था कि जेनी का मेरे प्रति एक विशेष कर्तव्य है। यह चाहे उसकी संकीर्णता हो या कुल-मर्यादा का असर कि वह जेनी को पाबन्द देखना चाहता था। उसकी स्वच्छन्द वृत्ति उसे लज्जास्पद मालूम होती थी। वह भूल जाता था कि जेनी से उसके संपर्क का आरम्भ ही स्वार्थ पर अवलंबित था। शायद उसने समझा था कि समय के साथ जेनी को अपने कर्तव्य का ज्ञान हो जायेगा; हालाँकि उसे मालूम होना चाहिए था कि टेढ़ी बुनियाद पर बना हुआ भवन जल्द या देर में अवश्य भूमिस्थ होकर रहेगा। और ऊँचाई के साथ इसकी शंका और भी बढ़ती जाती थी। इसके विपरीत जेनी का व्यवहार बिल्कुल परिस्थिति के अनुकूल था। उसने मनहर को विनोदमय तथा विलासमय जीवन का एक साधन समझा था और उसी विचार पर वह अब तक स्थिर थी। इस व्यक्ति को वह मन में पति का स्थान न दे सकती थी, पाषाण-प्रतिमा को अपना देवता न बना सकती थी। पत्नी बनना उसके जीवन का स्वप्न न था, इसलिए वह मनहर के प्रति अपने किसी कर्तव्य को स्वीकार न करती थी। अगर मनहर अपनी गाढ़ी कमाई उसके चरणों पर अर्पित करता था, तो उस पर कोई एहसान न करता था। मनहर उसका बनाया हुआ पुतला, उसी का लगाया हुआ वृक्ष था। उसकी छाया और फल को भोग करना वह अपना अधिकार समझती थी।

5

मनोमालिन्य बढ़ता गया। आखिर मनहर ने उसके साथ दावतों और जलसों में जाना छोड़ दिया; पर जेनी पूर्ववत् सैर करने जाती, मित्रों से मिलती, दावतें करती और दावतों में शरीक होती। मनहर के साथ न जाने से लेशमात्र भी दुःख या निराशा न होती थी; बल्कि वह शायद उसकी

उदासीनता पर और भी प्रसन्न होती। मनहर इस मानसिक व्यथा को शराब के नशे में डुबोने का उद्योग करता। पीना तो उसने इंग्लैण्ड ही में शुरू कर दिया था, पर अब उसकी मात्रा बहुत बढ़ गयी थी। वहाँ स्फूर्ति और आनन्द के लिए पीता था, यहाँ स्फूर्ति और आनन्द को मिटाने के लिए। वह दिन-ब-दिन दुर्बल होता जाता था। वह जानता था, शराब मुझे पिये जा रही है; पर उसके जीवन का यही एक अवलम्ब रह गया था।

गर्मियों के दिन थे। मनहर एक मुआमले की जाँच करने के लिए लखनऊ में डेरा डाले हुए था। मुआमला बहुत संगीन था। उसे सिर उठाने की फुरसत न मिलती थी। स्वास्थ्य भी कुछ खराब हो चला था, मगर जेनी अपने सैर-सपाटे में मग्न थी। आखिर एक दिन उसने कहा, 'मैं नैनीताल जा रही हूँ। यहाँ की गर्मी मुझसे सही नहीं जाती।'

मनहर ने लाल-लाल आँखें निकालकर कहा—'नैनीताल में क्या काम है?'

वह आज अपना अधिकार दिखाने पर तुल गया। जेनी भी उसके अधिकार की उपेक्षा करने पर तुली हुई थी। बोली—'यहाँ कोई सोसायटी नहीं। सारा लखनऊ पहाड़ों पर चला गया है।'

मनहर ने जैसे म्यान से तलवार निकाल कर कहा—'जब तक मैं यहाँ हूँ, तुम्हें कहीं जाने का अधिकार नहीं है। तुम्हारी शादी मेरे साथ हुई है, सोसाइटी के साथ नहीं। फिर तुम साफ़ देख रही हो कि मैं बीमार हूँ, तिस पर भी तुम अपनी विलास प्रवृत्ति को रोक नहीं सकतीं। मुझे तुमसे ऐसी आशा न थी, जेनी! मैं तुमको शरीफ समझता था। मुझे स्वप्न में भी यह गुमान न था कि तुम मेरे साथ ऐसी बेवफाई करोगी।'

जेनी ने अविचलित भाव से कहा—'तो क्या तुम समझते थे, मैं भी तुम्हारी हिन्दुस्तानी स्त्री की तरह तुम्हारी लौंडी बनकर रहूँगी और तुम्हारे तलवे सहलाऊँगी? मैं तुम्हें इतना नादान नहीं समझती। अगर तुम्हें हमारी अंग्रेजी सभ्यता की इतनी मोटी-सी बात मालूम नहीं, तो अब मालूम कर लो कि अंग्रेज स्त्री अपनी रुचि के सिवा और किसी की पाबन्द नहीं। तुमने मुझसे इसलिए विवाह किया था कि मेरी सहायता से तुम्हें सम्मान और पद प्राप्त हो। सभी पुरुष ऐसा करते हैं और तुमने भी वही किया। मैं इसके लिए तुम्हें बुरा नहीं कहती लेकिन जब तुम्हारा वह उद्‌देश्य पूरा हो गया,

जिसके लिए तुमने मुझसे विवाह किया था, तो तुम मुझसे अधिक आशा क्यों रखते हो? तुम हिन्दुस्तानी हो, अंग्रेज नहीं हो सकते। मैं अंग्रेज हूँ और हिन्दुस्तानी नहीं हो सकती; इसलिए हम में से किसी को यह अधिकार नहीं है कि वह दूसरे को अपनी मर्जी का गुलाम बनाने की चेष्टा करे।'

मनहर हतबुद्धि-सा बैठा सुनता रहा। एक-एक शब्द विष की घूँट की भाँति उसके कण्ठ के नीचे उतर रहा था। कितना कठोर सत्य था! पद-लालसा के उस प्रचण्ड आवेग में, विलास तृष्णा के उस अदम्य प्रवाह में वह भूल गया था कि जीवन में कोई ऐसा तत्व भी है, जिसके सामने पद और विलास काँच के खिलौनों से अधिक मूल्य नहीं रखते। वह विस्मृत सत्य इस समय अपने दारुण-विलाप से उसकी मदमग्न चेतना को तड़पाने लगा।

शाम को जेनी नैनीताल चली गयी। मनहर ने उसकी ओर आँखें उठाकर भी न देखा।

6

तीन दिन तक मनहर घर से न निकला। जीवन के पाँच-छः वर्षों में उसने जितने रत्न संचित किये थे, जिस पर वह गर्व करता था; जिन्हें पाकर वह अपने को धन्य मानता था, अब परीक्षा की कसौटी पर आकर नकली पत्थर सिद्ध हो रहे थे। उसकी अपमानित, ग्लानित, पराजित आत्मा एकांत-रोदन के सिवा और कोई त्राण न पाती थी। अपनी टूटी झोपड़ी को छोड़कर वह जिस-जिस सुनहले कलशवाले भवन की ओर लपका था, वह मरीचिका-मात्र थी और अब उसे फिर उसी टूटी झोपड़ी की याद आयी, जहाँ उसने शान्ति, प्रेम और आशीर्वाद की सुधा पी थी। यह सारा आडम्बर उसे काट खाने लगा। उस सरल शीतल स्नेह के सामने ये सारी विभूतियाँ तुच्छ-सी जँचने लगीं। तीसरे दिन वह भीषण संकल्प करके उठा और दो पत्र लिखे। एक तो अपने पद से इस्तीफा था, दूसरा जेनी से अन्तिम विदा की सूचना। इस्तीफे में उसने लिखा—मेरा स्वास्थ्य नष्ट हो गया है और मैं इस भार को नहीं सँभाल सकता। जेनी के पत्र में उसने लिखा—हम और तुम दोनों ने भूल की और हमें जल्द-से-जल्द उस भूल को सुधार लेना चाहिए। मैं तुम्हें सारे बंधनों से मुक्त करता हूँ। तुम भी मुझे

मुक्त कर दो। मेरा तुमसे कोई सम्बन्ध नहीं है। अपराध न तुम्हारा है, न मेरा। समझ का फेर तुम्हें भी था और मुझे भी। मैंने अपने पद से इस्तीफा दे दिया है और अब तुम्हारा मुझ पर कोई एहसान नहीं रहा। मेरे पास जो कुछ है, वह तुम्हारा है, वह सब मैं छोड़े जाता हूँ। मैं तो निमित्त-मात्र था, स्वामिनी तुम थीं। उस सभ्यता को दूर से ही सलाम है, जो विनोद और विलास के सामने किसी बंधन को स्वीकार नहीं करती।

उसने खुद जाकर दोनों पत्रों की रजिस्ट्री करायी और उत्तर का इन्तजार किये बिना ही वहाँ से चलने को तैयार हो गया।

7

जेनी ने जब मनहर का पत्र पाकर पढ़ा, तो मुसकरायी। उसे मनहर की इच्छा पर शासन का ऐसा अभ्यास पड़ गया था कि इस पत्र से उसे जरा भी घबराहट न हुई। उसे विश्वास था कि दो-चार दिन चिकनी-चुपड़ी बातें करके वह उसे फिर वशीभूत कर लेगी। अगर मनहर की इच्छा केवल धमकी देनी न होती, उसके दिल पर चोट लगी होती, तो वह अब तक यहाँ न होता। कब का यह स्थान छोड़ चुका होता। उसका यहाँ रहना ही बता रहा था कि वह केवल बंदरघुड़की दे रहा है।

जेनी ने स्थिरचित्त होकर कपड़े बदले और तब इस तरह मनहर के कमरे में आयी, मानो कोई अभिनय करने स्टेज पर आयी हो।

मनहर उसे देखते ही जोर से ठट्ठा मार कर हँसा। जेनी सहम कर पीछे हट गयी। इस हँसी में क्रोध या प्रतिकार न था। उसमें उन्माद भरा हुआ था। मनहर के सामने मेज पर बोतल और गिलास रखा हुआ था। एक दिन में उसने न-जाने कितनी शराब पी ली थी। उसकी आँखों में जैसे रक्त उबला पड़ता था।

जेनी ने समीप जाकर उसके कन्धे पर हाथ रखा और बोली—'क्या रात-भर पीते ही रहोगे? चलो आराम से लेटो, रात ज्यादा आ गयी है। घण्टों से बैठी तुम्हारा इन्तजार कर रही हूँ। तुम इतने निष्ठुर तो कभी न थे।'

मनहर खोया हुआ-सा बोला—'तुम कब आ गयी वागी? देखो,

मैं कब से तुम्हें पुकार रहा हूँ। चलो, आज सैर कर आयें। उसी नदी के किनारे तुम अपना वही प्यारा गीत सुनाना, जिसे सुनकर मैं पागल हो जाता हूँ। क्या कहती हो, मैं बेमुरौवत हूँ? यह तुम्हारा अन्याय है, वागी! मैं कसम खाकर कहता हूँ, ऐसा एक दिन भी नहीं गुजरा, जब तुम्हारी याद ने मुझे न रुलाया हो।'

जेनी ने उसका कन्धा हिलाकर कहा—'तुम यह क्या ऊल-जुलूल बक रहे हो? वागी यहाँ कहाँ है?'

मनहर ने उसकी ओर अपरिचित भाव से देखकर कुछ कहा, फिर जोर से हँसकर बोला—'मैं यह न मानूँगा, वागी! तुम्हें मेरे साथ चलना होगा। वहाँ मैं तुम्हारे लिए फूलों की एक माला बनाऊँगा...।'

जेनी ने समझा, यह शराब बहुत पी गये हैं। बक-झक कर रहे हैं। इनसे इस वक्त कुछ बातें करना व्यर्थ है। चुपके से कमरे से बाहर चली गयी। उसे जरा-सी शंका हुई थी। यहाँ उसका मूलोच्छेद हो गया। जिस आदमी का अपनी वाणी पर अधिकार नहीं, वह इच्छा पर क्या अधिकार रख सकता है?

उस घड़ी से मनहर को घर वालों की रट-सी लग गयी। कभी वागेश्वरी को पुकारता, कभी अम्माँ को, कभी दादा को। उसकी आत्मा अतीत में विचरती रहती, उस अतीत में जब जेनी ने काली छाया की भाँति प्रवेश न किया था और वागेश्वरी अपने सरल व्रत से उसके जीवन में प्रकाश फैलाती रहती थी।

दूसरे दिन जेनी ने जाकर उससे कहा—'तुम इतनी शराब क्यों पीते हो? देखते नहीं, तुम्हारी क्या दशा हो रही है?'

मनहर ने उसकी ओर आश्चर्य से देखकर कहा—'तुम कौन हो?'

जेनी—'क्या मुझे नहीं पहचानते हो? इतनी जल्द भूल गये?'

मनहर—'मैंने तुम्हें कभी नहीं देखा! मैं तुम्हें नहीं पहचानता।'

जेनी ने और अधिक बातचीत न की। उसने मनहर के कमरे से शराब की बोतलें उठवा लीं और नौकरों को ताक़ीद कर दी कि उसे एक घूँट भी शराब न दी जाये। उसे अब कुछ-कुछ सन्देह होने लगा था, क्योंकि मनहर की दशा उससे कहीं शंकाजनक थी, जितनी वह समझती थी! मनहर का जीवित और स्वस्थ रहना उसके लिए आवश्यक था।

इसी घोड़े पर बैठकर वह शिकार खेलती थी। घोड़े के बगैर शिकार का आनन्द कहाँ?

मगर एक सप्ताह हो जाने पर भी मनहर की मानसिक दशा में कोई अंतर न हुआ। न मित्रों को पहचानता, न नौकरों को। पिछले तीन बरसों का उसका जीवन एक स्वप्न की भाँति मिट गया था।

सातवें दिन जेनी सिविल सर्जन को लेकर आयी, तो मनहर का कहीं पता न था।

8

पाँच साल के बाद वागेश्वरी का लुटा हुआ सुहाग फिर चेता। माँ-बाप पुत्र के वियोग में रो-रोकर अंधे हो चुके थे। वागेश्वरी निराशा में भी आस बाँधे बैठी हुई थी। उसका मायका सम्पन्न था। बार-बार बुलावे आते, बाप आया, भाई आया, पर धैर्य और व्रत की देवी घर से न टली।

जब मनहर भारत आया, तो वागेश्वरी ने सुना कि वह विलायत से एक मेम लाया है। फिर भी उसे आशा थी कि वह आयेगा; लेकिन उसकी आशा पूरी न हुई। फिर उसने सुना, वह ईसाई हो गया है आचार-विचार त्याग दिया है, तब उसने माथा ठोंक लिया।

घर की अवस्था दिन-दिन बिगड़ने लगी। वर्षा बन्द हो गयी और सागर सूखने लगा। घर बिका, कुछ जमीन थी वह बिकी, फिर गहनों की बारी आयी, यहाँ तक कि अब केवल आकाशी वृत्ति थी। कभी चूल्हा जल गया, कभी ठंडा पड़ा रहा।

एक दिन संध्या समय वह कुएँ पर पानी भरने गयी थी कि एक थका हुआ, जीर्ण, विपत्ति का मारा जैसा आदमी आकर कुएँ की जगत पर बैठ गया। वागेश्वरी ने देखा, तो मनहर! उसने तुरन्त घूँघट बढ़ा लिया। आँखों पर विश्वास न हुआ, फिर भी आनन्द और विस्मय से हृदय में फुरेरियाँ उड़ने लगीं। रस्सी और कलसा कुएँ पर छोड़कर लपकी हुई घर आयी और सास से बोली—'अम्माँजी, जरा कुएँ पर जाकर देखो, कोई आया है।' सास ने कहा—'तू पानी लाने गयी थी, या तमाशा देखने? घर में एक बूँद पानी नहीं है। कौन आया है कुएँ पर?'

'चलकर, देख लो न!'

'कोई सिपाही-प्यादा होगा। अब उनके सिवा और कौन आनेवाला है। कोई महाजन तो नहीं है?'

'नहीं अम्माँ, तुम चली क्यों नहीं चलतीं?'

बूढ़ी माता भाँति-भाँति की शंकाएँ करती हुई कुएँ पर पहुँची, तो मनहर दौड़कर उनके पैरों से लिपट गया। माता ने उसे छाती से लगाकर कहा—'तुम्हारी यह दशा है मानू? क्या बीमार हो? असबाब कहाँ है?'

मनहर ने कहा—'पहले कुछ खाने को दो, अम्माँ! बहुत भूखा हूँ। मैं बड़ी दूर से पैदल चला आ रहा हूँ।'

गाँव में खबर फैल गयी कि मनहर आया है। लोग उसे देखने दौड़े। किस ठाट से आया है? बड़े ऊँचे पद पर है, हजारों रुपये पाता है। अब उसके ठाट का क्या पूछना! मेम भी साथ आयी है या नहीं?

मगर जब आकर देखा, तो आफत का मारा आदमी, फटेहाल, कपड़े तार-तार, बाल बढ़े हुए, जैसे जेल से आया हो।

प्रश्नों की बौछार होने लगी—'हमने तो सुना था, तुम किसी बड़े ऊँचे पद पर हो।'

मनहर ने जैसे किसी भूली बात को याद करने का विफल प्रयास करके कहा—'मैं! मैं तो किसी ओहदे पर नहीं।'

'वाह! तुम विलायत से मेम नहीं लाये थे?'

मनहर ने चकित होकर कहा—'विलायत। विलायत कौन गया था?'

'अरे! भंग तो नहीं खा गये हो। तुम विलायत नहीं गये थे?'

मनहर मूढ़ों की भाँति हँसा—'मैं विलायत क्या करने जाता?'

'अजी, तुमको वजीफा नहीं मिला था? यहाँ से तुम विलायत गये थे। तुम्हारे पत्र बराबर आते थे। अब तुम कहते हो, मैं विलायत गया ही नहीं। होश में हो, या हम लोगों को उल्लू बना रहे हो?'

मनहर ने उन लोगों की ओर आँखें फाड़कर देखा और बोला—'मैं तो कहीं नहीं गया था। आप लोग जाने क्या कह रहे हैं।'

अब इसमें सन्देह की गुंजाइश न रही कि वह अपने होश-हवास में

नहीं है। उसे विलायत जाने के पहले की सारी बातें याद थीं। गाँव और घर के हरेक आदमी को पहचानता था, सबसे नम्रता और प्रेम से बातें करता था; लेकिन जब इंग्लैण्ड, अंग्रेज-बीवी और ऊँचे पद का जिक्र आता तो भौंचक्का होकर ताकने लगता। वागेश्वरी को अब उसके प्रेम में एक अस्वाभाविक अनुराग दीखता था, जो बनावटी मालूम होता था। वह चाहती थी कि उसके व्यवहार और आचरण में पहले की-सी बेतकल्लुफी हो। वह प्रेम का स्वाँग नहीं, प्रेम चाहती थी। दस ही पाँच दिनों में उसे ज्ञान हो गया कि इस विशेष अनुराग का कारण बनावट या दिखावा नहीं, वरन् कोई मानसिक विकार है। मनहर ने माँ-बाप का इतना अदब पहले कभी न किया था। उसे अब मोटे-से-मोटा काम करने में संकोच न था। वह, जो बाजार से साग-भाजी लाने में अपना अनादर समझता था, अब कुएँ से पानी खींचता, लकड़ियाँ फाड़ता और घर में झाड़ू लगाता था और अपने घर में ही नहीं, सारे मुहल्ले में उसकी सेवा और नम्रता की चर्चा होती थी।

एक बार मुहल्ले में चोरी हुई। पुलिस ने बहुत दौड़-धूप की; पर चोरों का पता न चला। मनहर ने चोर का पता ही नहीं लगा दिया; बल्कि माल भी बरामद करा दिया। इससे आसपास के गाँवों और मुहल्लों में उसका यश फैल गया। कोई चोरी हो जाती तो लोग उसके पास दौड़े आते और अधिकांश उद्योग उसके सफल भी होते थे। इस तरह उसकी जीविका की एक व्यवस्था हो गयी। वह अब वागेश्वरी का गुलाम था। उसी की दिलजोई और सेवा में उसके दिन कटते थे। अगर उसमें विकार या बीमारी का कोई लक्षण था, तो इतना ही। यही सनक उसे सवार हो गयी थी।

वागेश्वरी को उसकी दशा पर दु:ख होता था; पर उसकी यह बीमारी उस स्वास्थ्य से उसे कहीं प्रिय थी, जब वह उसकी बात भी न पूछता था।

9

छ: महीनों के बाद एक दिन जेनी मनहर का पता लगाती हुई आ पहुँची। हाथ में जो कुछ था, वह सब उड़ा चुकने के बाद अब उसे किसी आश्रय की खोज थी। उसके चाहने वालों में कोई ऐसा न था, जो उसकी आर्थिक सहायता करता। शायद अब जेनी को कुछ ग्लानि भी होती थी। वह अपने किये पर लज्जित थी।

द्वार पर हॉर्न की आवाज सुनकर मनहर बाहर निकला और इस प्रकार जेनी को देखने लगा, मानो उसे कभी देखा ही नहीं।

जेनी ने मोटर से उतर कर उससे हाथ मिलाया और अपनी बीती सुनाने लगी—'तुम इस तरह मुझसे छिपकर क्यों चले आये? और फिर आकर एक पत्र भी नहीं लिखा। आखिर, मैंने तुम्हारे साथ क्या बुराई की थी! फिर मुझमें कोई बुराई देखी थी, तो तुम्हें चाहिए था कि मुझे सावधान कर देते। छिपकर चले आने से क्या फायदा हुआ? ऐसी अच्छी जगह मिल गयी थी, वह भी हाथ से निकल गयी।'

मनहर काठ के उल्लू की भाँति खड़ा रहा।

जेनी ने फिर कहा—'तुम्हारे चले आने के बाद मेरे ऊपर जो संकट आये, वह सुनाऊँ, तो तुम घबरा जाओगे। मैं इसी चिन्ता और दु:ख से बीमार हो गयी। तुम्हारे बगैर मेरा जीवन निरर्थक हो गया है। तुम्हारा चित्र देखकर मन को ढाढ़स देती थी। तुम्हारे पत्रों को आदि से अन्त तक पढ़ना मेरे लिए सबसे मनोरंजक विषय था। तुम मेरे साथ चलो, मैंने एक डॉक्टर से बातचीत की है, वह मस्तिष्क के विकारों का डाक्टर है। मुझे आशा है, उसके उपचार से तुम्हें लाभ होगा।'

मनहर चुपचाप विरक्त-भाव से खड़ा रहा, मानो वह न कुछ देख रहा है, न सुन रहा है।

सहसा वागेश्वरी निकल आयी। जेनी को देखते ही वह ताड़ गयी कि यही मेरी यूरोपियन सौत है। वह उसे बड़े आदर-सत्कार के साथ भीतर ले गयी। मनहर भी उनके पीछे-पीछे चला गया।

जेनी ने टूटी खाट पर बैठते हुए कहा—'इन्होंने मेरा जिक्र तो तुमसे किया ही होगा। मेरी इनसे लंदन में शादी हुई है।'

वागेश्वरी बोली—'यह तो मैं आपको देखते ही समझ गयी थी।'

जेनी—'इन्होंने कभी मेरा जिक्र नहीं किया?'

वागेश्वरी—'कभी नहीं। इन्हें तो कुछ याद नहीं। आपको तो यहाँ आने में बड़ा कष्ट हुआ होगा?'

जेनी—'महीनों के बाद तब इनके घर का पता चला। वहाँ से बिना कुछ कहे-सुने चल दिये।'

'आपको कुछ मालूम है, इन्हें क्या शिकायत है?'

'शराब बहुत पीने लगे थे। आपने किसी डॉक्टर को नहीं दिखाया?'

'हमने तो किसी को नहीं दिखाया।'

जेनी ने तिरस्कार करके कहा—'क्यों? क्या आप इन्हें हमेशा बीमार रखना चाहती हैं?'

वागेश्वरी ने बेपरवाही से जवाब दिया—'मेरे लिए तो इनका बीमार रहना इनके स्वस्थ रहने से कहीं अच्छा है। तब वह अपनी आत्मा को भूल गये थे, अब उसे पा गये।'

फिर उसने निर्दय कटाक्ष करके कहा—'मेरे विचार में तो वह तब बीमार थे अब स्वस्थ हैं।'

जेनी ने चिढ़कर कहा—'नॉनसेंस! इनकी किसी विशेषज्ञ से चिकित्सा करानी होगी। यह जासूसी में बड़े कुशल हैं। इनके सभी अफसर इनसे प्रसन्न थे। यह चाहें तो अब भी इन्हें वह जगह मिल सकती है। अपने विभाग में ऊँचे-से-ऊँचे पद तक पहुँच सकते हैं। मुझे विश्वास है कि इनका रोग असाध्य नहीं है; हाँ, विचित्र अवश्य है। आप क्या इनकी बहन हैं?'

वागेश्वरी ने मुसकरा कर कहा—'आप तो गाली दे रही हैं। यह मेरे स्वामी हैं।'

जेनी पर मानो वज्रपात-सा हुआ। उसके मुख पर से नम्रता का आवरण हट गया और मन में छिपा हुआ क्रोध जैसे दाँत पीसने लगा। उसकी गरदन की नसें तन गयीं, दोनों मुट्ठियाँ बँध गयीं। उन्मत्त होकर बोली—'बड़ा दगाबाज आदमी है। इसने मुझे बड़ा धोखा दिया। मुझसे इसने कहा था, मेरी स्त्री मर गयी है। कितना बड़ा धूर्त है! यह पागल नहीं है। इसने पागलपन का स्वाँग भरा है। मैं अदालत से इसकी सजा कराऊँगी।'

क्रोधावेश के कारण वह काँप उठी। फिर रोती हुई बोली—'इस दगाबाजी का मैं इसे मजा चखाऊँगी। आह! इसने मेरा कितना घोर अपमान किया है! ऐसा विश्वासघात करनेवाले को जो दण्ड दिया जाये, वह थोड़ा है! इसने कैसी मीठी-मीठी बातें करके मुझे फाँसा। मैंने ही इसे जगह दिलायी, मेरे ही प्रयत्नों से यह बड़ा आदमी बना। इसके लिए मैंने

अपना घर छोड़ा, अपना देश छोड़ा और इसने मेरे साथ कपट किया।'

जेनी सिर पर हाथ रखकर बैठ गयी। फिर तैश में उठी और मनहर के पास जाकर उसको अपनी ओर खींचती हुई बोली—'मैं तुम्हें खराब करके छोड़ूँगी। तूने मुझे समझा क्या है...'

मनहर इस तरह शान्त भाव से खड़ा रहा, मानो उससे कोई प्रयोजन नहीं है।

फिर वह सिंहनी की भाँति मनहर पर टूट पड़ी और उसे जमीन पर गिराकर उसकी छाती पर चढ़ बैठी। वागेश्वरी ने उसका हाथ पकड़कर अलग कर दिया और बोली—'तुम ऐसी डायन न होतीं, तो उनकी यह दशा क्यों होती?'

जेनी ने तैश में आकर जेब से पिस्तौल निकाली और वागेश्वरी की तरफ बढ़ी। सहसा मनहर तड़पकर उठा, उसके हाथ से भरा हुआ पिस्तौल छीनकर फेंक दिया और वागेश्वरी के सामने खड़ा हो गया। फिर ऐसा मुँह बना लिया, मानो कुछ हुआ ही नहीं।

उसी वक्त मनहर की माता दोपहरी की नींद सोकर उठीं और जेनी को देखकर वागेश्वरी की ओर प्रश्न की आँखों से ताका।

वागेश्वरी ने उपहास के भाव से कहा—'यह आपकी बहू है।'

बुढ़िया तिनककर बोली—'कैसी मेरी बहू? यह मेरी बहू बनने जोग है बँदरिया? लड़के पर न जाने क्या कर-करा दिया, अब छाती पर मूँग दलने आयी है?'

जेनी एक क्षण तक खून-भरी आँखों से मनहर की ओर देखती रही। फिर बिजली की भाँति कौंधकर उसने आँगन में पड़ा हुआ पिस्तौल उठा लिया और वागेश्वरी पर छोड़ना चाहती थी कि मनहर सामने आ गया। वह बेधड़क जेनी के सामने चला गया। उसने हाथ से पिस्तौल छीन लिया और अपनी छाती में गोली मार ली।

न्याय

हजरत मुहम्मद को इलहाम हुए थोड़े ही दिन हुए थे। दस-पाँच पड़ोसियों तथा निकट सम्बन्धियों के सिवा और कोई उनके दीन पर ईमान न लाया था, यहाँ तक कि उनकी लड़की जैनब और दामाद अबुलआस भी जिनका विवाह इलहाम के पहले ही हो चुका था, अभी तक दीक्षित न हुए थे। जैनब कई बार अपने मैके गयी थी और अपने पूज्य पिता की ज्ञानमय वाणी सुन चुकी थी। वह दिल से इस्लाम पर ईमान ला चुकी थी; लेकिन अबुलआस धार्मिक मनोवृत्ति का आदमी न था। वह कुशल व्यापारी था। मक्के के खजूर, मेवे आदि जिन्सें लेकर बन्दरगाहों को चालान किया करता था। बहुत ही ईमानदार, लेन-देन का खरा, मेहनती आदमी था, जिसे इहलोक से इतनी फुरसत न थी कि परलोक की फिक्र करे।

जैनब के सामने कठिन समस्या थी। आत्मा धर्म की ओर थी, हृदय पति की ओर। न धर्म को छोड़ सकती थी; न पति को। उसके घर के सभी आदमी मूर्तिपूजक थे। इस नये सम्प्रदाय से सारे नगर में हलचल मची हुई थी। जैनब सबसे अपनी लगन को छिपाती, यहाँ तक कि पति से भी न कह सकती थी। वे धार्मिक सहिष्णुता के दिन न थे; बात-बात पर खून की नदी बह जाती थी, खानदान-के-खानदान मिट जाते थे। उन दिनों अरब की वीरता पारस्परिक कलहों में प्रकट होती थी! राजनैतिक संगठन का जमाना न था। खून का बदला खून, धन-हानि का बदला खून, अपमान का बदला खून—मानव-रक्त ही से सभी झगड़ों का निबटारा होता था। ऐसी अवस्था

में अपने धर्मानुराग को प्रकट करना अबुलआस के शक्तिशाली परिवार और मुहम्मद तथा इनके इने-गिने अनुयायियों में देवासुरों का संग्राम छेड़ना था। उधर प्रेम का बन्धन पैरों को जकड़े हुए था। नये धर्म में दीक्षित होना अपने प्राणप्रिय पति से सदा के लिए बिछुड़ जाना था। कुरैश-जाति के ऐसे लोग मिश्रित विवाहों को परिवार के लिए कलंक समझते थे। माया और धर्म की दुविधा में पड़ी हुई जैनब कुढ़ती रहती थी।

2

धर्म का अनुराग एक दुर्बल वस्तु है; किन्तु जब उसका वेग होता है; तो हृदय के रोके नहीं रुकता। दोपहर का समय था, धूप इतनी तेज थी कि उसकी ओर ताकते आँखों से चिनगारियाँ निकलती थीं। हजरत मुहम्मद चिन्ता में डूबे हुए बैठे थे। निराशा चारों ओर अँधकार के रूप में दिखायी देती थी। खुदैजा भी सिर झुकाये पास ही बैठी हुई एक फटा कुरता सी रही थी। धन-सम्पत्ति सब कुछ इस लगन की भेंट हो चुकी थी। शत्रुओं का दुराग्रह दिनोंदिन बढ़ता जाता था। उसके मतानुयायियों को भाँति-भाँति की यन्त्रणाएँ दी जा रही थीं। स्वयं हजरत को घर से निकलना मुश्किल था। यह खौफ होता था कि कहीं लोग उन पर ईंट-पत्थर न फेंकने लगें। खबर आती थी, आज फलां 'मुस्लिम' का घर लुट गया, आज फलां को लोगों ने आहत किया। हजरत ये खबरें सुन-सुनकर विकल हो जाते थे और बार-बार खुदा से धैर्य और क्षमा की याचना करते थे।

हजरत ने फरमाया—'मुझे ये लोग अब यहाँ न रहने देंगे। मैं खुद सब कुछ झेल सकता हूँ, लेकिन अपने दोस्तों की तकलीफें नहीं देखी जातीं।'

खुदैजा—'हमारे चले जाने से इन बेचारों की और भी कोई शरण न रहेगी। अभी कम-से-कम तुम्हारे पास आकर रो तो लेते हैं। मुसीबत में रोने का सहारा ही बहुत होता है।'

हजरत—'तो मैं अकेले थोड़े ही जाना चाहता हूँ। मैं सब दोस्तों को साथ लेकर जाने का इरादा रखता हूँ। अभी हम लोग यहाँ बिखरे हुए हैं; कोई किसी की मदद को नहीं पहुँच सकता। हम सब एक ही जगह एक कुटुम्ब की तरह रहेंगे, तो किसी को हमारे ऊपर हमला करने का साहस

न होगा। हम अपनी मिली हुई शक्ति से बालू का ढेर तो हो ही सकते हैं, जिस पर चढ़ने की किसी को हिम्मत न होगी।'

सहसा जैनब घर में दाखिल हुई। उसके साथ न कोई आदमी था, न आदमजात। मालूम होता था, कहीं से भागी चली आ रही है। खुदैजा ने उसे गले लगाकर पूछा—'क्या हुआ जैनब, खैरियत तो है?'

जैनब ने अपने अन्तर-संग्राम की कथा कह सुनायी और पिता से दीक्षा की याचना की।

हजरत मुहम्मद आँखों में आँसू भरकर बोले—'बेटी, मेरे लिए इससे ज्यादा खुशी की और कोई बात नहीं हो सकती; लेकिन जानता हूँ, तुम्हारा क्या हाल होगा।'

जैनब—'या हजरत! खुदा की राह में सब कुछ त्याग देने का निश्चय कर लिया है! दुनिया के लिए अपनी नजात को नहीं खोना चाहती।'

हजरत—'जैनब, खुदा की राहों में काँटे हैं।'

जैनब—'अब्बाजान, लगन को काँटों की परवा नहीं होती!'

हजरत—'ससुराल से नाता टूट जायेगा।'

जैनब—'खुदा से तो नाता जुड़ जायेगा?'

हजरत—'और अबुलआस?'

जैनब की आँखों में आँसू डबडबा आये। क्षीण स्वर में बोली—'अब्बाजान, उन्होंने इतने दिनों मुझे बाँध रखा था, नहीं तो मैं कब की आपकी शरण आ चुकी होती। मैं जानती हूँ उनसे जुदा होकर मैं जिन्दा न रहूँगी और शायद उनसे भी मेरा वियोग न सहा जाये; पर मुझे विश्वास है कि वह किसी-न-किसी दिन जरूर खुदा पर ईमान लायेंगे और फिर मुझे उनकी सेवा का अवसर मिलेगा।'

हजरत—'बेटी, अबुलआस ईमानदार है, दयाशील है, सद्व्रता है, किन्तु उसका अहंकार शायद अन्त तक उसे ईश्वर से विमुख रखे। वह तकदीर को नहीं मानता। रूह को नहीं मानता, स्वर्ग और नरक को नहीं मानता। कहता है, खुदा की जरूरत ही क्या है? हम उससे क्यों डरें? विवेक और बुद्धि की हिदायत हमारे लिए काफी है। ऐसा आदमी खुदा

पर ईमान नहीं ला सकता। कुफ्र को तोड़ना आसान है; लेकिन वह जब दर्शन की सूरत पकड़ लेता है, तो उस पर किसी का जोर नहीं चलता।'

जैनब ने दृढ़ होकर कहा—'या हजरत, आत्मा का उपकार जिसमें हो, मुझे वही चाहिए। मैं किसी इन्सान को अपने और खुदा के बीच में न आने दूँगी।'

हजरत ने कहा—'खुदा तुझ पर दया करे बेटी! तेरी बातों ने दिल खुश कर दिया।'

यह कह कर उन्होंने जैनब को गले लगा लिया।

3

दूसरे दिन जैनब को यथाविधि आम मस्जिद में कलमा पढ़ाया गया।

कुरेशियों ने जब यह खबर पायी, तो जल उठे। गजब खुदा का। इस्लाम ने तो बड़े-बड़े घरों पर भी हाथ साफ करना शुरू किया! अगर यही हाल रहा, तो धीरे-धीरे उसकी शक्ति इतनी बढ़ जायेगी कि हमारे लिए उसका सामना करना कठिन हो जायेगा। अबुलआस के घर पर एक बड़ी मजलिस हुई।

अबूसिफियान ने जो इस्लाम के दुश्मनों में सबसे प्रतिष्ठित मनुष्य था, अबुलआस से कहा—'तुम्हें अपनी बीवी को तलाक देना पड़ेगा।'

अबुलआस ने कहा—'हरगिज नहीं।'

अबूसिफियान—'तो क्या तुम भी मुसलमान हो जाओगे।'

अ० आ०—'हरगिज नहीं।'

अ० सि०—'तो उसे मुहम्मद ही के घर रहना पड़ेगा?'

अ० आ०—'हरगिज नहीं। आप लोग मुझे आज्ञा दीजिये कि उसे अपने घर लाऊँ।'

अ० सि०—'हरगिज नहीं।'

अ० आ०—'क्या यह नहीं हो सकता कि वह मेरे घर में रहकर अपने इच्छानुसार खुदा की बन्दगी करे?'

अ० सि०—'हरगिज नहीं।'

अ० आ०—'मेरी कौम मेरे साथ इतनी सहानुभूति भी न करेगी?'

अ० सि०—'नहीं।'

अ० आ०—'तो फिर आप लोग मुझे समाज से पतित कर दीजिए। मुझे पतित होना मंजूर है। आप लोग और जो सजा चाहें दें, वह सब मंजूर है। मगर मैं अपनी बीवी को नहीं छोड़ सकता। मैं किसी की धार्मिक स्वाधीनता का अपहरण नहीं करना चाहता और वह भी अपनी बीवी की।'

अ० सि०—'कुरैश में क्या और लड़कियाँ नहीं हैं?'

अ० आ०—'जैनब की-सी कोई नहीं है।'

अ० सि०—'हम ऐसी लड़कियाँ बता सकते हैं, जो चाँद को लज्जित कर दें।'

अ० आ०—'मैं सौन्दर्य का उपासक नहीं।'

अ० सि०—'ऐसी लड़कियाँ दे सकता हूँ, जो गृह-प्रबन्ध में निपुण हों, बातें ऐसी करें कि मुँह से फूल झड़ें, खाना ऐसा पकायें कि बीमार को भी रुचिकर हो, सीने-पिरोने में इतनी कुशल कि पुराने कपड़े को नया कर दें।'

अ० आ०—'मैं इन गुणों में से किसी का भी उपासक नहीं। मैं प्रेम—और केवल प्रेम—का उपासक हूँ। और मुझे विश्वास है कि जैनब का-सा प्रेम मुझे सारी दुनिया में कहीं नहीं मिल सकता।'

अ० सि०—'प्रेम होता, तो तुम्हें छोड़कर यह बेवफाई करती?'

अ० आ०—'मैं नहीं चाहता कि मेरे लिए वह अपने आत्म-स्वातंत्र्य का त्याग करे।'

अ० सि०—'इसका आशय यह है कि तुम समाज में समाज के विरोधी बनकर रहना चाहते हो। आँखों की कसम! समाज तुम्हें अपने ऊपर यह अत्याचार न करने देगा! मैं कहे देता हूँ इसके लिए तुम रोओगे।'

4

अबूसिफियान और उनकी टोली के लोग तो धमकियाँ देकर उधर गये, इधर अबुलआस ने लकड़ी सँभाली और हजरत मुहम्मद के घर जा पहुँचे। शाम हो गयी थी। हजरत दरवाजे पर अपने मुरीदों के साथ मगरिब को

नमाज पढ़ रहे थे। अबुलआस ने उन्हें सलाम किया और जब तक नमाज होती रही, गौर से देखते रहे। जमाअत का एक साथ उठना-बैठना और झुकना देखकर उनके मन में श्रद्धा की तरंगें उठने लगीं। उन्हें मालूम न होता था कि मैं क्या कर रहा हूँ; पर अज्ञात भाव से वह जमाअत के साथ बैठते, झुकते और खड़े हो जाते थे। वहाँ एक-एक परमाणु इस समय ईश्वरमय हो रहा था। एक क्षण के लिए अबुलआस भी उसी अन्तर-प्रवाह में बह गये।

जब नमाज खत्म हुई और लोग सिधारे, तो अबुलआस ने हजरत के पास जाकर सलाम किया और कहा—'मैं जैनब को विदा कराने आया हूँ।'

हजरत ने विस्मित होकर पूछा—'तुम्हें मालूम नहीं कि वह खुदा और उसके रसूल पर ईमान ला चुकी है?'

अ० आ०—'जी हाँ, मालूम है।'

हजरत—'इस्लाम ऐसे सम्बन्धों का निषेध करता है, यह भी तुम्हें मालूम है?'

अ० आ०—'क्या इसका मतलब यह है कि जैनब ने मुझे तलाक दे दिया?'

हजरत—'अगर यही मतलब हो, तो!'

अ० आ०—'तो कुछ नहीं। जैनब का अपने खुदा और रसूल का बंदगी मुबारक हो। मैं एक बार उससे मिलकर घर चला जाऊँगा और फिर कभी आपको अपनी सूरत न दिखाऊँगा; लेकिन उस दशा में अगर कुरैश-जाति आपसे लड़ने को तैयार हो जाये, तो उसका इलजाम मुझ पर न होगा।'

हजरत—'मैं कुरैश से इस वक्त नहीं लड़ना चाहता।'

अ० आ०—'तो जैनब को मेरे साथ जाने दीजिए। उस हालत में कुरैश के क्रोध का भाजन मैं होऊँगा। आप और आपके मुरीदों पर कोई आफत नहीं होगी।'

हजरत—'तुम दबाव में आकर जैनब को खुदा की तरफ से फेरने का यत्न तो न करोगे?'

अ० आ०—'मैं किसी के धर्म में बाधा डालना सर्वथा अमानुषीय समझता हूँ।'

हजरत—'तुम्हें लोग जैनब को तलाक देने पर तो मजबूर न करेंगे?'

अ० आ०—'मैं जैनब को तलाक देने के पहले जिन्दगी को तलाक दे दूँगा।'

हजरत को अबुलआस की बातों से इतमीनान हो गया। वह आस की इज्जत करते थे। आस को हरम में जैनब से मिलने का मौका दिया।

आस ने पूछा—'जैनब, मैं तुम्हें अपने साथ ले चलने आया हूँ; धर्म के बदलने से कहीं मन तो नहीं बदल गया?'

जैनब रोती हुई उनके पैरों पर गिर पड़ी और बोली—'या मेरे आका! धर्म बार-बार मिलता है, हृदय केवल एक बार। मैं आपकी हूँ, चाहे जहाँ रहूँ, लेकिन समाज मुझे आपकी सेवा में रहने देगा?'

आस—'यदि समाज न रहने देगा, तो मैं समाज से ही निकल जाऊँगा। दुनिया में आराम से जीवन व्यतीत करने के लिए बहुत से स्थान हैं। रहा मैं, तुम जानती हो, मैं धार्मिक स्वाधीनता का पक्षपाती हूँ। मैं तुम्हारे धार्मिक विषयों में कभी हस्तक्षेप न करूँगा।'

जैनब चली, तो खुदैजा ने रोते हुए उसे यमन के लालों का एक बहुमूल्य हार विदाई में दिया।

5

इस्लाम पर विधर्मियों के अत्याचार दिनोंदिन बढ़ने लगे। अवहेलना की दशा से निकलकर उसने भय के क्षेत्र में प्रवेश किया। शत्रुओं ने उसे समूल नाश करने की आयोजना करनी शुरू की। दूर-दूर के कबीलों से मदद माँगी जाने लगी। इस्लाम में इतनी शक्ति न थी कि शस्त्र-बल से विरोधियों को दबा सके। हजरत मुहम्मद ने मक्का छोड़कर कहीं और चले जाने का निश्चय किया। मक्के में मुस्लिमों के घर सारे शहर में बिखरे हुए थे। एक की मदद को दूसरे मुसलमान न पहुँच सकते थे! हजरत मुहम्मद किसी ऐसी जगह आबाद होना चाहते थे, जहाँ सब मिले हुए रहें और शत्रुओं की संगठित शक्ति का प्रतिकार कर सकें। अंत में उन्होंने

मदीने को पसन्द किया और अपने समस्त अनुयायियों को सूचना दे दी। भक्तजन उनके साथ हुए और एक दिन मुस्लिमों ने मक्के से मदीने को प्रस्थान किया। यही हिजरत थी।

मदीने पहुँचकर मुसलमानों में एक नयी शक्ति, नयी स्फूर्ति का उदय हुआ। वे निश्शंक होकर अपने धर्म का पालन करने लगे। अब पड़ोसियों से दबने और छिपने की जरूरत न थी।

आत्मविश्वास बढ़ा। इधर भी विधर्मियों का स्वागत करने की तैयारियाँ होने लगीं। दोनों पक्ष सेना इकट्ठी करने लगे। विधर्मियों ने संकल्प किया कि संसार से इस्लाम का नाम ही मिटा देंगे। इस्लाम ने भी उनके दाँत खट्टे करने का निश्चय किया।

एक दिन अबुलआस ने आकर पत्नी से कहा—'जैनब, हमारे नेताओं ने इस्लाम पर जिहाद करने की घोषणा कर दी है।'

जैनब ने घबड़ाकर कहा—'अब तो वे लोग यहाँ से चले गये! फिर इस जिहाद की क्या जरूरत?'

अबुलआस—'मक्के से चले गये, अरब से तो नहीं चले गये! उन लोगों की ज्यादतियाँ बढ़ती जा रही हैं। जिहाद के सिवा और कोई उपाय नहीं है! जिहाद में मेरा शरीक होना जरूरी है।'

जैनब—'अगर तुम्हारा दिल तुम्हें मजबूर करता है, तो शौक से जाओ मैं भी तुम्हारे साथ चलूँगी।'

आस—'मेरे साथ?'

जैनब—'हाँ, वहाँ आहत मुसलमानों की सेवा-सुश्रूषा करूँगी।'

आस—'शौक से चलो।'

6

घोर संग्राम हुआ। दोनों दलवालों ने खूब दिल के अरमान निकाले। भाई-भाई से, बाप बेटे से लड़ा। सिद्ध हो गया कि मजहब का बन्धन रक्त और वीर्य के बन्धन से सुदृढ़ है!

दोनों दलवाले वीर थे! अन्तर यह था कि मुसलमानों में नया धर्मानुराग था, मृत्यु के पश्चात् स्वर्ग की आशा थी। दिलों में वह अटल

विश्वास था, जो नवजात संप्रदायों का लक्षण है। विधर्मियों में 'बलिदान' का यह भाव लुप्त था।

कई दिन तक लड़ाई होती रही। मुसलमानों की संख्या बहुत कम थी, पर अन्त में उनके धर्मोत्साह ने मैदान मार लिया। विधर्मियों में कितने ही मारे गये, कितने ही घायल हुए और कितने ही कैद कर लिये गये। अबुलआस भी इन्हीं कैदियों में थे।

जैनब ने ज्योंही सुना कि अबुलआस पकड़ लिये गये, उसने तुरन्त हजरत मोहम्मद की सेवा में मुक्ति-धन भेजा। यह वही बहुमूल्य हार था, जो खुदैजा ने उसे दिया था। जैनब अपने पूज्य पिता को उस धर्म-संकट में एक क्षण के लिये भी न डालना चाहती थी, जो मुक्ति-धन के अभाव की दिशा में उन पर पड़ता, किन्तु अबुलआस को इच्छा होते हुए भी पक्षपात भय से न छोड़ सके।

सब कैदी हजरत के सामने पेश किये गये। कितने ही तो ईमान लाये, कितनों के घरों से मुक्ति-धन आ चुका था, वे मुक्त कर दिये गये। हजरत ने अबुलआस को देखा, सबसे अलग सिर झुकाये खड़े हैं। मुख पर लज्जा का भाव झलक रहा है।

हजरत ने कहा—'अबुलआस, खुदा ने इस्लाम की हिमायत की, वरना उसे यह विजय न प्राप्त होती।'

अबुलआस—'अगर आपके कथनानुसार संसार में एक खुदा है, तो वह अपने एक बन्दे को दूसरे का गला काटने में मदद नहीं दे सकता। मुसलमानों की विजय उनके रणोत्साह से हुई।'

एक सहाबी ने पूछा—'तुम्हारा फिदिया (मुक्ति धन) कहाँ है?'

हजरत ने फरमाया—'अबुलआस का हार निहायत बेशकीमती है, इनके बारे में आप क्या फैसला करते हैं? आपको मालूम है, यह मेरे दामाद हैं?'

अबूबकर—'आज तुम्हारे घर में जैनब हैं, जिन पर ऐसे सैकड़ों हार कुर्बान किये जा सकते हैं।'

अबुलआस—'तो आपका मतलब यह है कि जैनब मेरी फिदिया हो?'

जैद—'बेशक हमारा मतलब है।'

अबुलआस—'उससे तो कहीं बेहतर था कि आप मुझे कत्ल कर देते।'

अबूबकर—'हम रसूल के दामाद को कत्ल नहीं करेंगे, चाहे वह विधर्मी ही क्यों न हो। तुम्हारी यहाँ उतनी खातिर होगी, जितनी हम कर सकते हैं।'

अबुलआस के सामने विषम समस्या थी। इधर यहाँ की मेहमानी में अपमान था, उधर जैनब के वियोग की दारुण वेदना थी। उन्होंने निश्चय किया कि यह वेदना सहूँगा, किन्तु अपमान न सहूँगा। प्रेम, आत्मा की गौरव पर बलिदान कर दूँगा। बोले—'मुझे आपका फैसला मंजूर है। जैनब मेरी फिदिया होगी।'

7

मदीने में रसूल की बेटी की जितनी इज्जत होनी चाहिए, उतनी होती थी। सुख था, ऐश्वर्य था, धर्म था; पर प्रेम न था। अबुलआस के वियोग में रोया करती थी।

तीन वर्ष तीन युगों की भाँति बीते। अबुलआस के दर्शन न हुए।

उधर अबुलआस पर उसकी बिरादरी का दबाव पड़ रहा था कि विवाह कर लो; पर जैनब की मधुर स्मृतियाँ ही उसके प्रणय वंचित हृदय को तसकीन देने को काफी थीं, वह उत्तरोत्तर उत्साह के साथ अपने व्यवसाय में तल्लीन हो गया। महीनों घर न आता। धनोपार्जन ही अब उसके जीवन का मुख्य आधार था! लोगों को आश्चर्य होता था कि अब यह धन के पीछे क्यों प्राण दे रहा है। निराशा और चिंता बहुधा शराब के नशे से शांत होती है; प्रेम उन्माद से। अबुलआस को धनोन्माद हो गया था। धन के आवरण में ढका हुआ यह प्रेम नैराश्य था; माया के परदे में छिपा हुआ प्रेम-वैराग्य।

एक बार वह मक्के से माल लादकर ईराक की तरफ चला। काफिले में और भी कितने ही सौदागर थे। रक्षकों का एक दल भी साथ था। मुसलमानों के कई काफिले विधर्मियों के हाथों लुट चुके थे। उन्हें ज्योंही इस काफिले की खबर मिली, जैद के कुछ चुने हुए आदमियों

के साथ उन पर धावा कर दिया। काफिले के रक्षक लड़े और मारे गये। काफिले वाले भाग निकले। अतुल धन मुसलमानों के हाथ लगा। अबुलआस फिर कैद हो गये।

दूसरे दिन हजरत मुहम्मद के सामने अबुलआस की पेशी हुई। हजरत ने एक बार उसकी तरफ करुण-दृष्टि डाली और सिर झुका लिया। साहिबियों ने कहा—'या हजरत, अबुलआस के बारे में आप क्या फैसला करते हैं?'

मुहम्मद—'इसके बारे में फैसला करना तुम्हारा काम है। यह मेरा दामाद है। सम्भव है, मैं पक्षपात का दोषी हो जाऊँ!'

यह कहकर वह मकान में चले गये। जैनब रोकर पैरों पर गिर पड़ी और बोली—'अब्बाजान, आपने औरों को तो आजाद कर दिया। अबुलआस क्या उन सबसे गया बीता है?'

हजरत—'नहीं जैनब, न्याय के पद पर बैठने वाले आदमी को पक्षपात और द्वेष से मुक्त होना चाहिए। यद्यपि यह नीति मैंने ही बनायी है। तो भी अब उसका स्वामी नहीं, दास हूँ। मुझे अबुलआस से प्रेम है। मैं न्याय को प्रेमकलंकित नहीं कर सकता।'

सहाबी हजरत की इस नीति-भक्त पर मुग्ध हो गये। अबुलआस को सब माल-असबाब के साथ मुक्त कर दिया।

अबुलआस पर हजरत की न्याय-परायणता का गहरा असर पड़ा। मक्के आकर उन्होंने अपना हिसाब-किताब साफ किया, लोगों का माल लौटाया, कर्ज अदा किया और घर-बार त्याग कर हजरत मुहम्मद की सेवा में पहुँच गये। जैनब की मुराद पूरी हुई।

कुत्सा

अपने घर में आदमी बादशाह को भी गाली देता है। एक दिन मैं अपने दो-तीन मित्रों के साथ बैठा हुआ एक राष्ट्रीय संस्था के व्यक्तियों की आलोचना कर रहा था। हमारे विचार में राष्ट्रीय कार्यकर्ताओं को स्वार्थ और लोभ से ऊपर रहना चाहिए। ऊँचा और पवित्र आदर्श सामने रख कर ही राष्ट्र की सच्ची सेवा की जा सकती है। कई व्यक्तियों के आचरण ने हमें क्षुब्ध कर दिया था और हम इस समय बैठे अपने दिल का गुबार निकाल रहे थे! सम्भव था, उस परिस्थिति में पड़कर हम और भी गिर जाते; लेकिन उस वक्त तो हम विचारक के स्थान पर बैठे हुए थे और विचारक उदार बनने लगे, तो न्याय कौन करे? विचारक को यह भूल जाने में विलम्ब नहीं होता कि उसमें भी कमजोरियाँ हैं। उसमें और अभियुक्त में केवल इतना ही अन्तर है कि या तो विचारक महाशय उस परिस्थिति में पड़े नहीं, या पड़कर भी अपनी चतुराई से बेदाग निकल गये।

पद्मादेवी ने कहा—'महाशय "क "काम तो बड़े उत्साह से करते हैं; लेकिन अगर हिसाब देखा जाये, तो उनके जिम्मे एक हजार से कम न निकलेगा।'

उर्मिलादेवी बोली—'खैर "क "को तो क्षमा किया जा सकता है। उसके बाल-बच्चे हैं, आखिर उनका पालन-पोषण कैसे करे? जब वह चौबीसों घण्टे सेवा-कार्य ही में लगा रहता है, तो उसे कुछ-न-कुछ तो मिलना चाहिए। उस योग्यता का आदमी 500/- वेतन पर भी न मिलता।

अगर इस साल-भर में उसने एक हजार खर्च कर डाला, तो बहुत नहीं है। महाशय "ख "तो बिलकुल निहंग हैं। 'जोरू न जाँता अल्लाह मियाँ से नाता'; पर उनके जिम्मे भी एक हजार से कम न होंगे। किसी को क्या अधिकार है कि वह गरीबों का धन मोटर की सवारी और यार-दोस्तों की दावत में उड़ा दे?'

श्यामादेवी उद्दण्ड होकर बोलीं—'महाशय "ग " को इसका जवाब देना पड़ेगा, भाई साहब! यों बचकर नहीं निकल सकते। हम लोग भिक्षा माँग-माँग कर पैसे लाते हैं; इसीलिए कि यार-दोस्तों की दावतें हों, शराबें उड़ायी जायें और मुजरे देखे जायें? रोज सिनेमा की सैर होती है। गरीबों का धन यों उड़ाने के लिए नहीं है। यहाँ पाई-पाई का लेखा समझना पड़ेगा। मैं भरी सभा में रगेदूँगी। उन्हें जहाँ पाँच सौ वेतन मिलता हो, वहाँ चले जायें। राष्ट्र के सेवक बहुतेरे निकल आवेंगे।'

'मैं भी एक बार इसी संस्था का मन्त्री रह चुका हूँ। मुझे गर्व है कि मेरे ऊपर कभी किसी ने इस तरह का आक्षेप नहीं किया; पर न-जाने क्यों लोग मेरे मन्त्रित्व से सन्तुष्ट नहीं थे। लोगों का ख्याल था कि मैं बहुत कम समय देता हूँ, और मेरे समय में संस्था ने कोई गौरव बढ़ानेवाला कार्य नहीं किया; इसीलिए मैंने रूठकर इस्तीफा दे दिया था। मैं उसी पद से बेलौस रहकर भी निकाला गया। महाशय "ग "हजारों हड़प करके भी उसी पद पर जमे हुए हैं। क्या यह मेरे उनसे कुनह रखने की काफी वजह न थी? मैं चतुर खिलाड़ी की भाँति खुद तो कुछ न करना चाहता था, किन्तु परदे की आड़ से रस्सी खींचता रहता था।'

मैंने रद्दा जमाया—'देवीजी, आप अन्याय कर रही हैं। महाशय "ग "से ज्यादा दिलेर और...'

उर्मिला ने मेरी बात काटकर कहा—'मैं ऐसे आदमी की दिलेर नहीं कहती जो छिपकर जनता के रुपये से शराब पिये। जिन शराब की दूकानों पर हम धरना देने जाते थे, उन्हीं दूकानों से उनके लिए शराब आती थी। इससे बढ़कर बेवफाई और क्या हो सकती है? मैं ऐसे आदमी को देशद्रोही कहती हूँ।'

मैंने और खींची—'लेकिन यह तो तुम भी मानती हो कि महाशय "ग " केवल अपने प्रभाव से हजारों रुपये चन्दा वसूल कर लाते हैं।

विलायती कपड़े को रोकने का उन्हें जितना श्रेय दिया जाये, थोड़ा है।'

उर्मिला देवी कब माननेवाली थीं। बोलीं—'उन्हें चन्दे इस संस्था के नाम पर मिलते हैं, व्यक्तिगत रूप से एक धेला भी लावें तो कहूँ। रहा विलायती कपड़ा। जनता नामों को पूजती है और महाशय की तारीफें हो रही हैं; पर सच पूछिए तो यह श्रेय हमें मिलना चाहिए। वह तो कभी किसी दूकान पर गये भी नहीं। आज सारे शहर में इस बात की चर्चा हो रही है। जहाँ चन्दा माँगने जाओ, वहीं लोग यही आक्षेप करने लगते हैं। किस-किसका मुँह बन्द कीजिएगा? आप बनते तो हैं जाति के सेवक; मगर आचरण ऐसा कि शोहदों का भी न होगा। देश का उद्धार ऐसे विलासियों के हाथों नहीं हो सकता। उसके लिए त्याग होना चाहिए।'

2

यही आलोचनाएँ हो रही थीं कि एक दूसरी देवी आयीं, भगवती! बेचारी चन्दा माँगने आयी थीं। थकी-माँदी चली आ रही थीं। यहाँ जो पंचायत देखी, तो रम गयीं। उनके साथ उनकी बालिका भी थी। कोई दस साल उम्र होगी, इन कामों में बराबर माँ के साथ रहती थी। उसे जोर की भूख लगी हुई थी। घर की कुंजी भी भगवती देवी के पास थी। पतिदेव दफ्तर से आ गये होंगे। घर का खुलना भी जरूरी था, इसलिए मैंने बालिका को उसके घर पहुँचाने की सेवा स्वीकार की।

कुछ दूर चलकर बालिका ने कहा—'आपको मालूम है, महाशय "ग "शराब पीते हैं?'

मैं इस आक्षेप का समर्थन न कर सका। भोली-भाली बालिका के हृदय में कटुता, द्वेष और प्रपंच का विष बोना मेरी ईर्ष्यालु प्रकृति को भी रुचिकर न जान पड़ा। जहाँ कोमलता और सारल्य, विश्वास और माधुर्य का राज्य होना चाहिए, वहाँ कुत्सा और क्षुद्रता का मर्यादित होना कौन पसन्द करेगा? देवता के गले में काँटों की माला कौन पहनायेगा?

मैंने पूछा—'तुमसे किसने कहा कि महाशय "ग "शराब पीते हैं?'

'वाह पीते ही हैं, आप क्या जानें?'

'तुम्हें, कैसे मालूम हुआ?'

'सारे शहर के लोग कह रहे हैं!'

'शहरवाले झूठ बोल रहे हैं।'

बालिका ने मेरी ओर अविश्वास की आँखों से देखा, शायद वह समझी, मैं भी महाशय "ग "के ही भाई-बंदों में हूँ।

'आप कह सकते हैं, महाशय "ग "शराब नहीं पीते?'

'हाँ, वह कभी शराब नहीं पीते।'

'और महाशय "क "ने जनता के रुपये भी नहीं उड़ाये?'

'यह भी असत्य है।'

'और महाशय "ख "मोटर पर हवा खाने नहीं जाते?'

'मोटर पर हवा खाना अपराध नहीं है।'

'अपराध नहीं है, राजाओं के लिए, रईसों के लिए, अफसरों के लिए, जो जनता का खून चूसते हैं, देश-भक्ति का दम भरनेवालों के लिए वह बहुत बड़ा अपराध है।'

'लेकिन यह तो सोचो, इन लोगों को कितना दौड़ना पड़ता है। पैदल कहाँ तक दौड़ें?'

'पैरगाड़ी पर तो चल सकते हैं। यह कुछ बात नहीं है। ये लोग शान दिखाना चाहते हैं, जिसमें लोग समझें कि यह भी बहुत बड़े आदमी हैं। हमारी संस्था गरीबों की संस्था है। यहाँ मोटर पर उसी वक्त बैठना चाहिए, जब और किसी तरह काम ही न चल सके और शराबियों के लिए तो यहाँ स्थान ही न होना चाहिए। आप तो चंदे माँगने जाते नहीं। हमें कितना लज्जित होना पड़ता है, आपको क्या मालूम!'

मैंने गम्भीर होकर कहा—'तुम्हें लोगों से कह देना चाहिए, यह सरासर गलत है। हम और तुम इस संस्था के शुभचिन्तक हैं। हमें अपने कार्यकर्ताओं का अपमान करना उचित नहीं। हमें तो इतना ही देखना चाहिये कि वे हमारी कितनी सेवा करते हैं। मैं यह नहीं कहता कि क, ख, ग, में बुराईयाँ नहीं हैं। संसार में ऐसा कौन है, जिसमें बुराइयाँ न हों, लेकिन बुराइयों के मुकाबले में उनमें गुण कितने हैं, यह तो देखो। हम सभी स्वार्थ पर जान देते हैं—मकान बनाते हैं, जायदाद खरीदते हैं। और कुछ नहीं, तो आराम से घर में सोते हैं। ये बेचारे चौबीसों घंटे देश-हित

की फिक्र में डूबे रहते हैं। तीनों ही साल-साल भर की सजा काटकर, कई महीने हुए, लौटे हैं। तीनों ही के उद्योग से अस्पताल और पुस्तकालय खुले। इन्हीं वीरों ने आन्दोलन करके किसानों का लगान कम कराया। अगर इन्हें शराब पीना और धन कमाना होता, तो इस क्षेत्र में आते ही क्यों?'

बालिका ने विचारपूर्ण दृष्टि से मुझे देखा। फिर बोली—'यह बतलाइए महाशय "ग "शराब पीते हैं या नहीं?'

मैंने निश्चयपूर्वक कहा—'नहीं। जो यह कहता है, वह झूठ बोलता है।'

भगवतीदेवी का मकान आ गया। बालिका चली गयी। मैं आज झूठ बोलकर जितना प्रसन्न था, उतना कभी सच बोलकर भी न हुआ था। मैंने बालिका के निर्मल हृदय को कुत्सा के पंक में गिरने से बचा लिया था!

दो बैलों की कथा

जानवरों में गधा सबसे ज्यादा बुद्धिहीन समझा जाता है। हम जब किसी आदमी को पल्ले दरजे का बेवकूफ कहना चाहते हैं, तो उसे गधा कहते हैं। गधा सचमुच बेवकूफ है, या उसके सीधेपन, उसकी निरापद सहिष्णुता ने उसे यह पदवी दे दी है, इसका निश्चय नहीं किया जा सकता। गायें सींग मारती हैं, ब्यायी हुई गाय तो अनायास ही सिंहनी का रूप धारण कर लेती है। कुत्ता भी बहुत गरीब जानवर है, लेकिन कभी-कभी उसे भी क्रोध आ ही जाता है; किन्तु गधे को कभी क्रोध करते नहीं सुना। जितना चाहो गरीब को मारो, चाहे जैसी खराब, सड़ी हुई घास सामने डाल दो, उसके चेहरे पर कभी असन्तोष की छाया भी न दिखायी देगी। वैशाख में चाहे एकाध बार कुलेल कर लेता हो, पर हमने तो उसे कभी खुश होते नहीं देखा। उसके चेहरे पर विषाद स्थायी रूप से छाया रहता है। सुख-दुःख, हानि-लाभ, किसी भी दशा में उसे बदलते नहीं देखा। ऋषियों-मुनियों के जितने गुण हैं, वे सभी उसमें पराकाष्ठा को पहुँच गये हैं; पर आदमी उसे बेवकूफ कहता है। सद्‌गुणों का इतना अनादर कहीं नहीं देखा। कदाचित् सीधापन संसार के लिए उपयुक्त नहीं है। देखिये न, भारतवासियों की अफ्रीका में क्यों दुर्दशा हो रही है! क्यों अमरीका में उन्हें घुसने नहीं दिया जाता? बेचारे शराब नहीं पीते, चार पैसे कुसमय के लिए बचाकर रखते हैं, जी तोड़कर काम करते हैं, किसी से लड़ाई-झगड़ा नहीं करते, चार बातें सुनकर गम खा जाते हैं फिर भी बदनाम हैं। कहा जाता है, वे जीवन के आदर्श को नीचा करते हैं। अगर वे भी ईंट का जवाब पत्थर से देना

सीख जाते, तो शायद सभ्य कहलाने लगते। जापान की मिसाल सामने है। एक ही विजय ने उसे संसार की सभ्य जातियों में गण्य बना दिया।

लेकिन गधे का एक छोटा भाई और भी है, जो उससे कम ही गधा है, और वह है 'बैल'। जिस अर्थ में हम गधा का प्रयोग करते हैं, कुछ उसी से मिलते-जुलते अर्थ में 'बछिया के ताऊ' का भी प्रयोग करते हैं। कुछ लोग बैल को शायद बेवकूफों में सर्वश्रेष्ठ कहेंगे; मगर हमारा विचार ऐसा नहीं है। बैल कभी-कभी मारता भी है, कभी-कभी अड़ियल बैल भी देखने में आता है। और भी कई रीतियों से अपना असन्तोष प्रकट कर देता है; अतएव उसका स्थान गधे से नीचा है।

झूरी काछी के दोनों बैलों के नाम थे हीरा और मोती। दोनों पछाईं जाति के थे—देखने में सुन्दर, काम में चौकस, डील में ऊँचे। बहुत दिनों साथ रहते-रहते दोनों में भाईचारा हो गया था। दोनों आमने-सामने या आस-पास बैठे हुए एक दूसरे से मूक-भाषा में विचार-विनिमय करते थे। एक दूसरे के मन की बात कैसे समझ जाता था, हम नहीं कह सकते। अवश्य ही उनमें कोई ऐसी गुप्त शक्ति थी, जिससे जीवों में श्रेष्ठता का दावा करनेवाला मनुष्य वंचित है। दोनों एक दूसरे को चाटकर और सूँघकर अपना प्रेम प्रकट करते, कभी-कभी दोनों सींग भी मिला लिया करते थे—विग्रह के नाते से नहीं, केवल विनोद के भाव से, आत्मीयता के भाव से, जैसे दोस्तों में घनिष्ठता होते ही धौल-धप्पा होने लगता है। इसके बिना दोस्ती कुछ फुसफुसी, कुछ हल्की-सी रहती है, जिस पर ज्यादा विश्वास नहीं किया जा सकता। जिस वक्त ये दोनों बैल हल या गाड़ी में जोत दिये जाते और गरदन हिला-हिलाकर चलते, उस वक्त हर एक की यही चेष्टा होती थी कि ज्यादा-से-ज्यादा बोझ मेरी ही गरदन पर रहे। दिन-भर के बाद दोपहर या संध्या को दोनों खुलते, तो एक दूसरे को चाट-चूटकर अपनी थकान मिटा लिया करते। नाँद में खली-भूसा पड़ जाने के बाद दोनों साथ उठते, साथ नाँद में मुँह डालते और साथ ही बैठते थे। एक मुँह हटा लेता, तो दूसरा भी हटा लेता था।

संयोग की बात, झूरी ने एक बार गोईं को ससुराल भेज दिया। बैलों को क्या मालूम, वे क्यों भेजे जा रहे हैं। समझे, मालिक ने हमें बेच दिया। अपना यों बेचा जाना उन्हें अच्छा लगा या बुरा, कौन जाने, पर झूरी के

साले गया को घर तक गोईं ले जाने में दाँतों पसीना आ गया। पीछे से हाँकता तो दोनों दायें-बायें भागते; पगहिया पकड़कर आगे से खींचता, तो दोनों पीछे को जोर लगाते। मारता तो दोनों सींग नीचे करके हुँकारते। अगर ईश्वर ने उन्हें वाणी दी होती, तो झूरी से पूछते—तुम हम गरीबों को क्यों निकाल रहे हो? हमने तो तुम्हारी सेवा करने में कोई कसर नहीं उठा रखी। अगर इतनी मेहनत से काम न चलता था और काम ले लेते। हमें तो तुम्हारी चाकरी में मर जाना कबूल था। हमने कभी दाने-चारे की शिकायत नहीं की। तुमने जो कुछ खिलाया, वह सिर झुकाकर खा लिया, फिर तुमने हमें उस जालिम के हाथ क्यों बेच दिया?

संध्या समय दोनों बैल अपने नये स्थान पर पहुँचे। दिन-भर के भूखे थे, लेकिन जब नाँद में लगाये गये, तो एक ने भी उसमें मुँह न डाला। दिल भारी हो रहा था। जिसे उन्होंने अपना घर समझ रखा था, वह आज उनसे छूट गया था। यह नया घर, नया गाँव, नये आदमी, उन्हें बेगानों-से लगते थे।

दोनों ने अपनी-मूक-भाषा में सलाह की, एक-दूसरे को कनखियों से देखा और लेट गये। जब गाँव में सोता पड़ गया, तो दोनों ने जोर मारकर पगहे तुड़ा डाले और घर की तरफ चले। पगहे बहुत मजबूत थे। अनुमान न हो सकता था कि कोई बैल उन्हें तोड़ सकेगा; पर इन दोनों में इस समय दूनी शक्ति आ गयी थी। एक-एक झटके में रस्सियाँ टूट गयीं।

झूरी प्रात:काल सोकर उठा, तो देखा कि दोनों बैल चरनी पर खड़े हैं। दोनों की गरदनों में आधा-आधा गराँव लटक रहा है। घुटने तक पाँव कीचड़ से भरे हैं और दोनों की आँखों में विद्रोहमय स्नेह झलक रहा है।

झूरी बैलों को देखकर स्नेह से गद्गद् हो गया। दौड़कर उन्हें गले लगा लिया। प्रेमालिंगन और चुम्बन का वह दृश्य बड़ा ही मनोहर था।

घर और गाँव के लड़के जमा हो गये और तालियाँ बजा-बजाकर उनका स्वागत करने लगे। गाँव के इतिहास में यह घटना अभूतपूर्व न होने पर भी महत्वपूर्ण थी। बाल-सभा ने निश्चय किया, दोनों पशु-वीरों को अभिनन्दन-पत्र देना चाहिए। कोई अपने घर से रोटियाँ लाया, कोई गुड़, कोई चोकर, कोई भूसी।

एक बालक ने कहा—'ऐसे बैल किसी के पास न होंगे।'

दूसरे ने समर्थन किया—'इतनी दूर से दोनों अकेले चले आये।'

तीसरा बोला—'बैल नहीं हैं वे, उस जनम के आदमी हैं।'

इसका प्रतिवाद करने का किसी को साहस न हुआ।

झूरी की स्त्री ने बैलों को द्वार पर देखा, तो जल उठी। बोली—'कैसे नमक-हराम बैल हैं कि एक दिन वहाँ काम न किया; भाग खड़े हुए।'

झूरी अपने बैलों पर यह आक्षेप न सुन सका—'नमकहराम क्यों है? चारा-दाना न दिया होगा, तो क्या करते?'

स्त्री ने रोब के साथ कहा—'बस, तुम्हीं तो बैलों को खिलाना जानते हो और तो सभी पानी पिला-पिलाकर रखते हैं।'

झूरी ने चिढ़ाया—'चारा मिलता तो क्यों भागते?'

स्त्री चिढ़ी—'भागे इसलिए कि वे लोग तुम-जैसे बुद्धुओं की तरह बैलों को सहलाते नहीं। खिलाते हैं, तो रगड़कर जोतते भी हैं। ये दोनों ठहरे काम-चोर, भाग निकले, अब देखूँ? कहाँ से खली और चोकर मिलता है! सूखे भूसे के सिवा कुछ न दूँगी, खायें चाहे मरें।'

वही हुआ। मजूर को बड़ी ताकीद कर दी गयी कि बैलों को खाली सूखा भूसा दिया जाये।

बैलों ने नाँद में मुँह डाला, तो फीका-फीका। न कोई चिकनाहट, न कोई रस! क्या खायें? आशा-भरी आँखों से द्वार की ओर ताकने लगे।

झूरी ने मजूर से कहा—'थोड़ी-सी खली क्यों नहीं डाल देता बे?'

'मालकिन मुझे मार ही डालेंगी।'

'चुराकर डाल आ।'

'ना दादा, पीछे से तुम भी उन्हीं की-सी कहोगे।'

2

दूसरे दिन झूरी का साला फिर आया और बैलों को ले चला। अबकी उसने दोनों को गाड़ी में जोता।

दो-चार बार मोती ने गाड़ी को सड़क की खाईं में गिराना चाहा; पर हीरा ने सँभाल लिया। वह ज्यादा सहनशील था।

संध्या-समय घर पहुँचकर उसने दोनों को मोटी रस्सियों से बाँधा और कल की शरारत का मजा चखाया। फिर वही सूखा भूसा डाल दिया। अपने दोनों बैलों को खली, चूनी सब कुछ दी।

दोनों बैलों का ऐसा अपमान कभी न हुआ था। झूरी इन्हें फूल की छड़ी से भी न छूता था। उसकी टिटकार पर दोनों उड़ने लगते थे। यहाँ मार पड़ी। आहत-सम्मान की व्यथा तो थी ही, उस पर मिला सूखा भूसा!

नाँद की तरफ आँखें तक न उठायीं।

दूसरे दिन गया ने बैलों को हल में जोता, पर इन दोनों ने जैसे पाँव उठाने की कसम खा ली थी। वह मारते-मारते थक गया; पर दोनों ने पाँव न उठाया। एक बार जब उस निर्दयी ने हीरा की नाक पर खूब डण्डे जमाये, तो मोती का गुस्सा काबू के बाहर हो गया। हल लेकर भागा, हल, रस्सी, जुआ, जोत, सब टूट-टाट कर बराबर हो गया। गले में बड़ी-बड़ी रस्सियाँ न होतीं, तो दोनों पकड़ाई में न आते।

हीरा ने मूक-भाषा में कहा—'भागना व्यर्थ है।'

मोती ने उत्तर दिया—'तुम्हारी तो इसने जान ही ले ली थी।'

अबकी बड़ी मार पड़ेगी।

'पड़ने दो, बैल का जन्म लिया है, तो मार से कहाँ तक बचेंगे?'

'गया दो आदमियों के साथ दौड़ा आ रहा है। दोनों के हाथों में लाठियाँ हैं।'

मोती बोला—'कहो तो दिखा दूँ कुछ मजा मैं भी। लाठी लेकर आ रहा है।'

हीरा ने समझाया—'नहीं भाई! खड़े हो जाओ।'

'मुझे मारेगा, तो मैं भी एक-दो को गिरा दूँगा!'

'नहीं। हमारी जाति का यह धर्म नहीं है।'

मोती दिल में ऐंठकर रह गया। गया आ पहुँचा और दोनों को पकड़कर ले चला। कुशल हुई कि उसने इस वक्त मारपीट न की, नहीं तो मोती भी पलट पड़ता। उसके तेवर देखकर गया और उसके सहायक समझ गये कि इस वक्त टाल जाना ही मसलहत है।

आज दोनों के सामने फिर वही सूखा भूसा लाया गया। दोनों चुपचाप

खड़े रहे। घर के लोग भोजन करने लगे। उस वक्त छोटी-सी लड़की दो रोटियाँ लिये निकलीं, और दोनों के मुँह में देकर चली गयी। उस एक रोटी से इनकी भूख तो क्या शान्त होती; पर दोनों के हृदय को मानो भोजन मिल गया। यहाँ भी किसी सज्जन का वास है। लड़की भैरो की थी। उसकी माँ मर चुकी थी। सौतेली माँ उसे मारती रहती थी, इसलिए इन बैलों से उसे एक प्रकार की आत्मीयता हो गयी थी।

दोनों दिन-भर जोते-जाते, डण्डे खाते, अड़ते। शाम को थान पर बाँध दिये जाते और रात को वही बालिका उन्हें दो रोटियाँ खिला जाती। प्रेम के इस प्रसाद की यह बरकत थी कि दो-दो गाल सूखा भूसा खाकर भी दोनों दुर्बल न होते थे, मगर दोनों की आँखों में, रोम-रोम में विद्रोह भरा हुआ था।

एक दिन मोती ने मूक-भाषा में कहा—'अब तो नहीं सहा जाता, हीरा!'

'क्या करना चाहते हो?'

'एकाध को सींगों पर उठाकर फेंक दूँगा।'

'लेकिन जानते हो, वह प्यारी लड़की, जो हमें रोटियाँ खिलाती है, उसी की लड़की है, जो इस घर का मालिक है। यह बेचारी अनाथ न हो जायेगी?'

'तो मालकिन को न फेंक दूँ। वही तो उस लड़की को मारती है।'

'लेकिन औरत जात पर सींग चलाना मना है, यह भूले जाते हो।'

'तुम तो किसी तरह निकलने ही नहीं देते। बताओ, तुड़ाकर भाग चलें।'

'हाँ, यह मैं स्वीकार करता, लेकिन इतनी मोटी रस्सी टूटेगी कैसे?'

'इसका एक उपाय है। पहले रस्सी को थोड़ा-सा चबा लो। फिर एक झटके में जाती है।'

रात को जब बालिका रोटियाँ खिलाकर चली गयी, दोनों रस्सियाँ चबाने लगे, पर मोटी रस्सी मुँह में न आती थी। बेचारे बार-बार जोर लगाकर रह जाते थे।

सहसा घर का द्वार खुला और वही लड़की निकली। दोनों सिर

झुकाकर उसका हाथ चाटने लगे। दोनों की पूँछें खड़ी हो गयीं। उसने उनके माथे सहलाये और बोली—'खोले देती हूँ। चुपके से भाग जाओ, नहीं तो यहाँ लोग मार डालेंगे। आज घर में सलाह हो रही है कि इनकी नाकों में नाथ डाल दी जायें।'

उसने गराँव खोल दिया, पर दोनों चुपचाप खड़े रहे।

मोती ने अपनी भाषा में पूछा—'अब चलते क्यों नहीं।'

हीरा ने कहा—'चलें तो लेकिन कल इस अनाथ पर आफत आयेगी। सब इसी पर सन्देह करेंगे।'

सहसा बालिका चिल्लायी—'दोनों फूफावाले बैल भागे जा रहे हैं। ओ दादा! दोनों बैल भागे जा रहे हैं, जल्दी दौड़ो।'

गया हड़बड़ाकर भीतर से निकला और बैलों को पकड़ने चला। वे दोनों भागे। गया ने पीछा किया। और भी तेज हुए। गया ने शोर मचाया। फिर गाँव के कुछ आदमियों को भी साथ लेने के लिए लौटा। दोनों मित्रों को भागने का मौका मिल गया। सीधे दौड़ते चले गये। यहाँ तक कि मार्ग का ज्ञान न रहा। जिस परिचित मार्ग से आये थे, उसका यहाँ पता न था। नये-नये गाँव मिलने लगे। तब दोनों एक खेत के किनारे खड़े होकर सोचने लगे, अब क्या करना चाहिए।

हीरा ने कहा—'मालूम होता है, राह भूल गये।'

'तुम भी बेतहाशा भागे। वहीं उसे मार गिराना था।'

'उसे मार गिराते, तो दुनिया क्या कहती? वह अपना धर्म छोड़ दे, लेकिन हम अपना धर्म क्यों छोड़ें?'

दोनों भूख से व्याकुल हो रहे थे। खेत में मटर खड़ी थी। चरने लगे। रह-रहकर आहट ले लेते थे, कोई आता तो नहीं है।

जब पेट भर गया, दोनों ने आजादी का अनुभव किया, तो मस्त होकर उछलने-कूदने लगे। पहले दोनों ने डकार ली। फिर सींग मिलाये और एक दूसरे को ठेलने लगे। मोती ने हीरा को कई कदम पीछे हटा दिया, यहाँ तक कि वह खाईं में गिर गया। तब उसे भी क्रोध आया। सँभलकर उठा और फिर मोती से मिल गया। मोती ने देखा—'खेल में झगड़ा हुआ चाहता है, तो किनारे हट गया।'

3

अरे! यह क्या? कोई साँड डौंकता चला आ रहा है। हाँ, साँड़ ही है। वह सामने आ पहुँचा। दोनों मित्र बगलें झाँक रहे हैं। साँड़ पूरा हाथी है। उससे भिड़ना जान से हाथ धोना है; लेकिन न भिड़ने पर भी जान बचती नहीं नजर आती। इन्हीं की तरफ आ भी रहा है। कितनी भयंकर सूरत है।

मोती ने मूक-भाषा में कहा—'बुरे फँसे। जान बचेगी? कोई उपाय सोचो।'

हीरा ने चिन्तित स्वर में कहा—'अपने घमंड में भूला हुआ है। आरजू-विनती न सुनेगा।'

'भाग क्यों न चलें?'

'भागना कायरता है।'

'तो फिर यहीं मरो। बन्दा तो नौ-दो-ग्यारह होता है।'

'और जो दौड़ाये?'

'तो फिर कोई उपाय सोचो जल्द!'

'उपाय यही है कि उस पर दोनों जनें एक साथ चोट करें? मैं आगे से रगेदता हूँ, तुम पीछे से रगेदो, दोहरी मार पड़ेगी, तो भाग खड़ा होगा। मेरी ओर झपटे, तुम बगल से उसके पेट में सींग घुसेड़ देना। जान जोखिम है; पर दूसरा उपाय नहीं है।'

दोनों मित्र जान हथेलियों पर लेकर लपके। साँड़ को भी संगठित शत्रुओं से लड़ने का तजरबा न था। वह तो एक शत्रु से मल्लयुद्ध करने का आदी था। ज्योंही हीरा पर झपटा, मोती ने पीछे से दौड़ाया। साँड़ उसकी तरफ मुड़ा, तो हीरा ने रगेदा। साँड़ चाहता था कि एक-एक करके दोनों को गिरा ले; पर ये दोनों भी उस्ताद थे। उसे वह अवसर न देते थे। एक बार साँड झल्लाकर हीरा का अन्त कर देने के लिए चला कि मोती ने बगल से आकर पेट में सींग भोंक दी। साँड़ क्रोध में आकर पीछे फिरा तो हीरा ने दूसरे पहलू में सींग चुभा दिया। आखिर बेचारा जख्मी होकर भागा और दोनों मित्रों ने दूर तक उसका पीछा किया। यहाँ तक कि साँड़ बेदम होकर गिर पड़ा। तब दोनों ने उसे छोड़ दिया।

दोनों मित्र विजय के नशे में झूमते चले जाते थे।

मोती ने अपनी सांकेतिक भाषा में कहा—'मेरा जी तो चाहता था कि बच्चा को मार ही डालूँ।'

हीरा ने तिरस्कार किया—'गिरे हुए बैरी पर सींग न चलाना चाहिए।'

'यह सब ढोंग है। बैरी को ऐसा मारना चाहिए कि फिर न उठे।'

'अब घर कैसे पहुँचेंगे, वह सोचो।'

'पहले कुछ खा लें, तो सोचें।'

सामने मटर का खेत था ही। मोती उसमें घुस गया। हीरा मना करता रहा, पर उसने एक न सुनी। अभी दो ही चार ग्रास खाये थे कि दो आदमी लाठियाँ लिये दौड़ पड़े, और दोनों मित्रों को घेर लिया। हीरा तो मेड़ पर था, निकल गया। मोती सींचे हुए खेत में था। उसके खुर कीचड़ में धँसने लगे। न भाग सका। पकड़ लिया। हीरा ने देखा, संगी संकट में है, तो लौट पड़ा फँसेंगे तो दोनों फँसेंगे। रखवालों ने उसे भी पकड़ लिया।

प्रात: काल दोनों काँजीहौस में बन्द कर दिये गये।

4

दोनों मित्रों को जीवन में पहली बार ऐसा साबिका पड़ा कि सारा दिन बीत गया और खाने को एक तिनका भी न मिला। समझ ही में न आता था, यह कैसा स्वामी है। इससे तो गया फिर भी अच्छा था। यहाँ कई भैंसें थीं, कई बकरियाँ, कई घोड़े, कई गधे; पर किसी के सामने चारा न था, सब जमीन पर मुरदों की तरह पड़े थे। कई तो इतने कमजोर हो गये थे कि खड़े भी न हो सकते थे। सारा दिन दोनों मित्र फाटक की ओर टकटकी लगाये ताकते रहे; पर कोई चारा लेकर आता न दिखायी दिया। तब दोनों ने दीवार की नमकीन मिट्टी चाटनी शुरू की, पर इससे क्या तृप्ति होती?

रात को भी जब कुछ भोजन न मिला, तो हीरा के दिल में विद्रोह की ज्वाला दहक उठी। मोती से बोला—'अब तो नहीं रहा जाता मोती!'

मोती ने सिर लटकाये हुए जवाब दिया—'मुझे तो मालूम होता है, प्राण निकल रहे हैं।'

'इतनी जल्द हिम्मत न हारो भाई! यहाँ से भागने का कोई उपाय निकालना चाहिए।'

'आओ दीवार तोड़ डालें।'

'मुझसे तो अब कुछ नहीं होगा।'

'बस इसी बूते अकड़ते थे!'

'सारी अकड़ निकल गयी।'

बाड़े की दीवार कच्ची थी। हीरा मजबूत तो था ही, अपने नुकीले सींग दीवार में गड़ा दिये और जोर मारा, तो मिट्टी का एक चिप्पड़ निकल आया। फिर तो उसका साहस बढ़ा। इसने दौड़-दौड़कर दीवार पर चोटें की और हर चोट में थोड़ी-थोड़ी मिट्टी गिराने लगा।

उसी समय काँजीहौस का चौकीदार लालटेन लेकर जानवरों की हाजिरी लेने आ निकला। हीरा का उजड्डपन देखकर उसने उसे कई डंडे रसीद किये और मोटी-सी रस्सी से बाँध दिया।

मोती ने पड़े-पड़े कहा—'आखिर मार खायी, क्या मिला?'

'अपने बूते-भर जोर तो मार दिया।'

'ऐसा जोर मारना किस काम का कि और बंधन में पड़ गये।'

'जोर तो मारता ही जाऊँगा, चाहे कितने ही बंधन पड़ते जायें।'

'जान से हाथ धोना पड़ेगा।'

'कुछ परवाह नहीं। यों भी तो मरना ही है। सोचो, दीवार खुद जाती, तो कितनी जानें बच जातीं। इतने भाई यहाँ बन्द हैं। किसी के देह में जान नहीं है। दो-चार दिन और यही हाल रहा, तो सब मर जायेंगे।

'हाँ, यह बात तो है। अच्छा, तो ला, फिर मैं भी जोर लगाता हूँ।'

मोती ने भी दीवार में उसी जगह सींग मारा। थोड़ी-सी मिट्टी गिरी और हिम्मत बढ़ी। फिर तो वह दीवार में सींग लगाकर इस तरह जोर करने लगा, मानो किसी प्रतिद्वन्द्वी से लड़ रहा है। आखिर कोई दो घंटे की जोर-आजमाई के बाद दीवार ऊपर से लगभग एक हाथ गिर गयी। उसने दूनी शक्ति से दूसरा धक्का मारा, तो आधी दीवार गिर पड़ी।

दीवार का गिरना था कि अधमरे-से पड़े हुए सभी जानवर चेत उठे। तीनों घोड़ियाँ सरपट भाग निकलीं। फिर बकरियाँ निकलीं। इसके बाद भैंसें भी खिसक गयीं; पर गधे अभी तक ज्यों-के-त्यों खड़े थे।

हीरा ने पूछा—'तुम दोनों क्यों नहीं भाग जाते?'

एक गधे ने कहा—'जो कहीं फिर पकड़ लिये जायें।'

'तो क्या हरज है। अभी तो भागने का अवसर है।'

'हमें तो डर लगता है। हम यही पड़े रहेंगे।'

आधी रात से ऊपर जा चुकी थी। दोनों गधे अभी तक खड़े सोच रहे थे कि भागें या न भागें, और मोती अपने मित्र की रस्सी तोड़ने में लगा हुआ था। जब वह हार गया, तो हीरा ने कहा—'तुम जाओ, मुझे यहीं पड़ा रहने दो। शायद कहीं भेंट हो जाये।'

मोती ने आँखों में आँसू लाकर कहा—'तुम मुझे इतना स्वार्थी समझते हो, हीरा? हम और तुम इतने दिनों एक साथ रहे हैं। आज तुम विपत्ति में पड़ गये, तो मैं तुम्हें छोड़कर अलग हो जाऊँ।'

हीरा ने कहा—'बहुत मार पड़ेगी। लोग समझ जायेंगे, यह तुम्हारी शरारत है।'

मोती गर्व से बोला—'जिस अपराध के लिए तुम्हारे गले में बन्धन पड़ा, उसके लिए अगर मुझ पर मार पड़े, तो क्या चिन्ता। इतना तो हो ही गया कि नौ-दस प्राणियों की जान बच गयी। वे सब तो आशीर्वाद देंगे।'

यह कहते हुए मोती ने दोनों गधों को सीगों से मार-मारकर बाड़े के बाहर निकाला और तब अपने बन्धु के पास आकर सो रहा।

भोर होते ही मुंशी और चौकीदार तथा अन्य कर्मचारियों में कैसी खलबली मची, इसके लिखने की जरूरत नहीं। बस, इतना ही काफी है कि मोती की खूब मरम्मत हुई और उसे भी मोटी रस्सी से बाँध दिया गया।

5

एक सप्ताह तक दोनों मित्र वहाँ बँधे पड़े रहे। किसी ने चारे का एक तृण भी न डाला। हाँ, एक बार पानी दिखा दिया जाता था। यही उनका आधार था। दोनों इतने दुर्बल हो गये थे कि उठा तक न जाता था; ठठरियाँ निकल आयी थीं।

एक दिन बाड़े के सामने डुग्गी बजने लगी और दोपहर होते-होते वहाँ पचास-साठ आदमी जमा हो गये। तब दोनों मित्र निकाले गये और उनकी देख भाल होने लगी। लोग आ-आकर उनकी सूरत देखते और मन

फीका करके चले जाते। ऐसे मृतक बैलों का कौन खरीदार होता?

सहसा एक दढ़ियल आदमी, जिसकी आँखें लाल थीं और मुद्रा अत्यन्त कठोर, आया और दोनों मित्रों के कूल्हों में उँगली गोदकर मुंशीजी से बातें करने लगा। उसका चेहरा देखकर अन्तर्ज्ञान से दोनों मित्रों के दिल काँप उठे। वह कौन है और उन्हें क्यों टटोल रहा है, इस विषय में उन्हें कोई सन्देह न हुआ। दोनों ने एक दूसरे को भीत नेत्रों से देखा और सिर झुका लिया।

हीरा ने कहा—'गया के घर से नाहक भागे। अब जान न बचेगी।'

मोती ने अश्रद्धा के भाव से उत्तर दिया—'कहते हैं, भगवान सबके ऊपर दया करते हैं। उन्हें हमारे ऊपर क्यों दया नहीं आती?'

'भगवान के लिए हमारा मरना-जीना दोनों बराबर है। चलो, अच्छा ही है, कुछ दिन उसके पास तो रहेंगे। एक बार भगवान ने उस लड़की के रूप में हमें बचाया था क्या अब न बचायेंगे?'

'यह आदमी छुरी चलायेगा। देख लेना।'

'तो क्या चिन्ता है? मांस, खाल, सींग, हड्डी सब किसी-न-किसी काम आ जायेंगी।'

नीलाम हो जाने के बाद दोनों मित्र उस दढ़ियल के साथ चले। दोनों की बोटी-बोटी काँप रही थी। बेचारे पाँव तक न उठा सकते थे, पर भय के मारे गिरते-पड़ते भागे जाते थे; क्योंकि वह जरा भी चाल धीमी हो जाने पर जोर से डंडा जमा देता था।

राह में गाय-बैलों का एक रेवड़ हरे-हरे हार में चरता नजर आया। सभी जानवर प्रसन्न थे, चिकने, चपल। कोई उछलता था, कोई आनन्द से बैठा पागुर करता था। कितना सुखी जीवन था इनका; पर कितने स्वार्थी हैं सब। किसी को चिन्ता नहीं कि उनके दो भाई बधिक के हाथ पड़े कैसे दुःखी हैं।

सहसा दोनों को ऐसा मालूम हुआ कि यह परिचित राह है। हाँ, इसी रास्ते से गया उन्हें ले गया था। वही खेत, वही बाग, वही गाँव मिलने लगे। प्रतिक्षण उनकी चाल तेज होने लगी। सारी थकान, सारी दुर्बलता गायब हो गयी। आह? यह लो! अपना ही हार आ गया। इसी कुएँ पर हम पुर चलाने आया करते थे; यही कुआँ है।

मोती ने कहा—'हमारा घर नगीच आ गया।'

हीरा बोला—'भगवान की दया है।'

'मैं तो अब घर भागता हूँ।'

'यह जाने देगा?'

'इसे मैं मार गिराता हूँ।'

'नहीं-नहीं, दौड़कर थान पर चलो। वहाँ से हम आगे न जायेंगे।'

दोनों उन्मत्त होकर बछड़ों की भाँति कुलेलें करते हुए घर की ओर दौड़े।

वह हमारा थान है। दोनों दौड़कर अपने थान पर आये और खड़े हो गये। दढ़ियल भी पीछे-पीछे दौड़ा चला आता था।

झूरी द्वार पर बैठा धूप खा रहा था। बैलों को देखते ही दौड़ा और उन्हें बारी-बारी से गले लगाने लगा। मित्रों की आँखों से आनन्द के आँसू बहने लगे। एक झूरी का हाथ चाट रहा था।

दढ़ियल ने जाकर बैलों की रस्सियाँ पकड़ लीं।

झूरी ने कहा—'मेरे बैल हैं।'

'तुम्हारे बैल कैसे? मैं मवेशीखाने से नीलाम लिये आता हूँ।'

'मैं तो समझता हूँ चुराये लिये आते हो! चुपके से चले जाओ। मेरे बैल हैं। मैं बेचूँगा तो बिकेंगे। किसी को मेरे बैल नीलाम करने का क्या अख्तियार है?'

'जाकर थाने में रपट कर दूँगा।'

'मेरे बैल हैं। इसका सबूत यह है कि मेरे द्वार पर खड़े हैं।'

दढ़ियल झल्लाकर बैलों को जबरदस्ती पकड़ ले जाने के लिए बढ़ा। उसी वक्त मोती ने सींग चलाया। दढ़ियल पीछे हटा। मोती ने पीछा किया। दढ़ियल भागा। मोती पीछे दौड़ा। गाँव के बाहर निकल जाने पर वह रुका; पर खड़ा दढ़ियल का रास्ता देख रहा था। दढ़ियल दूर खड़ा धमकियाँ दे रहा था, गालियाँ निकाल रहा था, पत्थर फेंक रहा था। और मोती विजयी शूर की भाँति उसका रास्ता रोके खड़ा था। गाँव के लोग यह तमाशा देखते थे और हँसते थे।

जब दढ़ियल हारकर चला गया, तो मोती अकड़ता हुआ लौटा।

हीरा ने कहा—'मैं डर रहा था कि कहीं तुम गुस्से में आकर मार न बैठो।'

'अगर वह मुझे पकड़ता, तो मैं बे-मारे न छोड़ता।'

'अब न आयेगा।'

'आयेगा तो दूर ही से खबर लूँगा। देखूँ, कैसे ले जाता है।'

'जो गोली मरवा दे?'

'मर जाऊँगा; पर उसके काम तो न आऊँगा।'

'हमारी जान को कोई जान ही नहीं समझता।'

'इसीलिए कि हम इतने सीधे हैं।'

ज़रा देर में नाँदों में खली, भूसा, चोकर और दाना भर दिया गया और दोनों मित्र खाने लगे। झूरी खड़ा दोनों को सहला रहा था और बीसों लड़के तमाशा देख रहे थे। सारे गाँव में उछाह-सा मालूम होता था।

उसी समय मालकिन ने आकर दोनों के माथे चूम लिये।

रियासत का दीवान

महाशय मेहता उन अभागों में थे, जो अपने स्वामी को प्रसन्न नहीं रख सकते थे। वह दिल से अपना काम करते थे और चाहते थे कि उनकी प्रशंसा हो। वह यह भूल जाते थे कि वह काम के नौकर तो हैं ही, अपने स्वामी के सेवक भी हैं। जब उनके अन्य सहकारी स्वामी के दरबार में हाजिरी देते थे, तो वह बेचारे दफ्तर में बैठे कागजों से सिर मारा करते थे। इसका फल यह था कि स्वामी के सेवक तो तरक्कियाँ पाते थे, पुरस्कार और पारितोषिक उड़ाते थे। और काम के सेवक किसी-न-किसी अपराध में निकाल दिये जाते थे। ऐसे कटु अनुभव उन्हें अपने जीवन में कई बार हो चुके थे; इसलिए अबकी जब राजा साहब सतिया ने उन्हें एक अच्छा पद प्रदान किया, तो उन्होंने प्रतिज्ञा की कि अब वह भी स्वामी का रुख देखकर काम करेंगे और उनके स्तुति-गान में ही भाग्य की परीक्षा करेंगे। और इस प्रतिज्ञा को उन्होंने कुछ इस तरह निभाया कि दो साल भी न गुजरे थे कि राजा साहब ने उन्हें अपना दीवान बना लिया। एक स्वाधीन राज्य की दीवानी का क्या कहना! वेतन तो 500/- मासिक ही था, मगर अख्तियार बड़े लम्बे। राई का पर्वत करो, या पर्वत से राई, कोई पूछनेवाला न था। राजा साहब भोग-विलास में पड़े रहते थे, राज्य-संचालन का सारा भार मि० मेहता पर था। रियासत के सभी अमले और कर्मचारी दण्डवत करते, बड़े-बड़े रईस नजराने देते, यहाँ तक कि रानियाँ भी उनकी खुशामद करतीं। राजा साहब उग्र प्रकृति के मनुष्य थे, जैसे प्राय: राजे होते हैं। दुर्बलों के सामने शेर, सबलों के सामने भीगी बिल्ली।

कभी मि० मेहता को डाँट-फटकार भी बताते; पर मेहता ने अपनी सफाई में एक शब्द भी मुँह से निकालने की कसम खा ली थी। सिर झुकाकर सुन लेते। राजा साहब की क्रोधाग्नि ईंधन न पाकर शान्त हो जाती।

गर्मियों के दिन थे। पोलिटिकल एजेन्ट का दौरा था। राज्य में उनके स्वागत की तैयारियाँ हो रही थीं। राजा साहब ने मेहता को बुलाकर कहा—'मैं चाहता हूँ, साहब बहादुर यहाँ से मेरा कलमा पढ़ते हुए जायें।'

मेहता ने सिर झुका कर विनीत भाव से कहा—'चेष्टा तो ऐसी ही कर रहा हूँ, अन्नदाता!'

'चेष्टा तो सभी करते हैं; मगर वह चेष्टा कभी सफल नहीं होती। मैं चाहता हूँ, तुम दृढ़ता के साथ कहो—ऐसा ही होगा।'

'ऐसा ही होगा।'

'रुपये की परवाह मत करो।'

'जो हुक्म।'

'कोई शिकायत न आये; वरना तुम जानोगे।'

'वह हुजूर को धन्यवाद देते जायें तो सही।'

'हाँ, मैं यही चाहता हूँ।'

'जान लड़ा दूँगा, दीनबन्धु!'

'अब मुझे संतोष है!'

इधर तो पोलिटिकल एजेन्ट का आगमन था, उधर मेहता का लड़का जयकृष्ण गर्मियों की छुट्टियाँ मनाने माता-पिता के पास आया। किसी विश्वविद्यालय में पढ़ता था। एक बार 1932 में कोई उग्र भाषण करने के जुर्म में 6 महीने की सजा काट चुका था। मि० मेहता की नियुक्ति के बाद जब वह पहली बार आया था तो राजा साहब ने उसे खासतौर पर बुलाया था और उससे जी खोलकर बातें की थीं, उसे अपने साथ शिकार खेलने ले गये और नित्य उसके साथ टेनिस खेला करते थे। जयकृष्ण पर राजा साहब के साम्यवादी विचारों का बड़ा प्रभाव पड़ा था। उसे ज्ञात हुआ कि राजा साहब केवल देश-भक्त ही नहीं, क्रान्ति के समर्थक भी हैं। रूस और फ्रांस की क्रान्ति पर दोनों में खूब बहस हुई थी। लेकिन अबकी यहाँ उसने कुछ और ही रंग देखा। रियासत के हर एक किसान और जमींदार

से जबरन चन्दा वसूल किया जा रहा था। पुलिस गाँव-गाँव चन्दा उगाहती फिरती थी। रकम दीवान साहब नियत करते थे। वसूल करना पुलिस का काम था। फरियाद की कहीं सुनवाई न थी। चारों ओर त्राहि-त्राहि मची हुई थी। हजारों मजदूर सरकारी इमारतों की सफाई, सजावट और सड़कों की मरम्मत में बेगार कर रहे थे। बनियों से डण्डों के जोर से रसद जमा की जा रही थी। जयकृष्ण को आश्चर्य हो रहा था कि यह क्या हो रहा है। राजा साहब के विचार और व्यवहार में इतना अन्तर कैसे हो गया। कहीं ऐसा तो नहीं है कि महाराज को इन अत्याचारों की खबर ही न हो, या उन्होंने जिन तैयारियों का हुक्म दिया हो, उनकी तामील में कर्मचारियों ने अपनी कारगुजारी की धुन में यह अनर्थ कर डाला हो। रात भर तो उसने किसी तरह जब्त किया। प्रात: काल उसने मेहताजी से पूछा—'आपने राजा साहब को इन अत्याचारों की सूचना नहीं दी?'

मेहताजी को स्वयं इस अनीति से ग्लानि हो रही थी। वह स्वभावत: दयालु मनुष्य थे; लेकिन परिस्थितियों ने उन्हें अशक्त कर रखा था। दु:खित स्वर में बोले—'राजा साहब का यही हुक्म है, तो क्या किया जाये?'

'तो आपको ऐसी दशा में अलग हो जाना चाहिए था। आप जानते हैं, यह जो कुछ हो रहा है, उसकी सारी जिम्मेदारी आपके सिर लादी जा रही है, प्रजा आप ही को अपराधी समझती है।'

'मैं मजबूर हूँ। मैंने कर्मचारियों से बार-बार संकेत किया कि यथासाध्य किसी पर सख्ती न की जाये; लेकिन हरेक स्थान पर मैं मौजूद तो नहीं रह सकता। अगर प्रत्यक्ष रूप से हस्तक्षेप करूँ, तो शायद कर्मचारी लोग महाराज से मेरी शिकायत कर दें। ये लोग ऐसे ही अवसरों की ताक में तो रहते ही हैं। इन्हें तो जनता को लूटने का कोई बहाना चाहिए। जितना सरकारी कोष में जमा करते हैं; उससे ज्यादा अपने घर में रख लेते हैं। मैं कुछ नहीं कर सकता।'

जयकृष्ण ने उत्तेजित होकर कहा—'तो आप इस्तीफा क्यों नहीं दे देते?'

मेहता लज्जित होकर बोले—'बेशक, मेरे लिए मुनासिब तो यही था; लेकिन जीवन में इतने धक्के खा चुका हूँ कि अब और सहने की

शक्ति नहीं रही। यह निश्चय है कि नौकरी करके मैं अपने को बेदाग नहीं रख सकता। धर्म और अधर्म, सेवा और परमार्थ के झमेलों में पड़ कर मैंने बहुत ठोकरें खायीं। मैंने देख लिया कि दुनिया दुनियादारों के लिए है, जो अवसर और काल देख कर काम करते हैं। सिद्धान्तवादियों के लिए यह अनुकूल स्थान नहीं है।'

जयकृष्ण ने तिरस्कार-भरे स्वर में पूछा—'मैं राजा साहब के पास जाऊँ।'

'क्या तुम समझते हो, राजा साहब से ये बातें छिपी हैं?'

'संभव है, प्रजा की दुःख-कथा सुनकर उन्हें कुछ दया आये।'

मि० मेहता को इसमें क्या आपत्ति हो सकती थी? वह तो खुद चाहते थे किसी तरह अन्याय का बोझ उनके सिर से उतर जाये। हाँ, यह भय अवश्य था कि कहीं जयकृष्ण की सत्प्रेरणा उनके लिए हानिकर न हो और कहीं उन्हें इस सम्मान और अधिकार से हाथ न धोना पड़े। बोले—'यह ख्याल रखना कि तुम्हारे मुँह से कोई ऐसी बात न निकल जाये; जो महाराज को अप्रसन्न कर दे।'

जयकृष्ण ने उन्हें आश्वासन दिया कि वह ऐसी कोई बात न करेगा। क्या वह इतना नादान है? मगर उसे क्या खबर थी कि आज के महाराजा साहब वह नहीं हैं, जो एक साल पहले थे, या सम्भव है, पोलिटिकल एजेंट के चले जाने के बाद वह फिर हो जायें। वह न जानता था कि उनके लिए क्रान्ति और आतंक की चर्चा भी उसी तरह विनोद की वस्तु थी, जैसी हत्या, बलात्कार या जाल की वारदातें, या रूप के बाजार के आकर्षक समाचार। जब उसने ड्योढ़ी पर पहुँचकर अपनी इत्तला करायी, तो मालूम हुआ कि महाराज इस समय अस्वस्थ हैं, लेकिन वह लौट ही रहा था कि महाराज ने उसे बुला भेजा। शायद उससे सिनेमा-संसार के ताजे समाचार पूछना चाहते थे। उसके सलाम पर मुसकराकर बोले—'तुम खूब आये भई, कहो एम० सी० सी० का मैच देखा या नहीं? मैं तो इन बखेड़ों में ऐसा फँसा कि जाने की नौबत नहीं आयी। अब तो यही दुआ कर रहा हूँ कि किसी तरह एजेंट साहब खुश-खुश रुखसत हो जायें। मैंने जो भाषण लिखवाया है, वह जरा तुम भी देख लो। मैंने इन राष्ट्रीय आन्दोलनों की खूब खबर ली है और हरिजनोद्धार पर भी छींटे उड़ा दिये हैं।'

जयकृष्ण ने अपने आवेश को दबाकर कहा—'राष्ट्रीय आन्दोलनों की आपने खबर ली, यह अच्छा किया; लेकिन हरिजनोद्धार को तो सरकार भी पसन्द करती है, इसीलिए उसने महात्मा गाँधी को रिहा कर दिया और जेल में भी उन्हें इस आन्दोलन के सम्बन्ध में लिखने-पढ़ने और मिलने-जुलने की पूरी स्वाधीनता दे रखी थी।'

राजा साहब ने तात्विक मुस्कान के साथ कहा—'तुम जानते नहीं हो, यह सब प्रदर्शन-मात्र है। दिल में सरकार समझती है कि यह भी राजनैतिक आंदोलन है। वह इस रहस्य को बड़े ध्यान से देख रही है। लॉयलटी में जितना प्रदर्शन करो, चाहे वह औचित्य की सीमा के पार ही क्यों न हो जाये, उसका रंग चोखा ही होता है—उसी तरह जैसे कवियों की विरुदावली से हम फूल उठते हैं, चाहे वह हास्यास्पद ही क्यों न हो। हम ऐसे कवि को खुशामदी समझें, अहमक भी समझ सकते हैं; पर उससे अप्रसन्न नहीं हो सकते। वह हमें जितना ही ऊँचा उठाता है, उतना ही वह हमारी दृष्टि में ऊँचा उठता जाता है।

राजा साहब ने अपने भाषण की एक प्रति मेज की दराज से निकालकर जयकृष्ण के सामने रख दी, पर जयकृष्ण के लिए इस भाषण में अब कोई आकर्षण न था। अगर वह सभा-चतुर होता, तो जाहिरदारी के लिए ही इस भाषण को बड़े ध्यान से पढ़ता, उनके शब्द-विन्यास और भावोत्कर्ष की प्रशंसा करता और उसकी तुलना महाराजा बीकानेर या पटियाला के भाषणों से करता; पर अभी दरबारी दुनिया की रीति-नीति से अनभिज्ञ था। जिस चीज को बुरा समझता था, उसे बुरा कहता था और जिस चीज को अच्छा समझता था, उसे अच्छा कहता था। बुरे को अच्छा और अच्छे को बुरा कहना अभी उसे न आया था। उसने भाषण पर सरसरी नजर डालकर उसे मेज पर रख दिया और अपनी स्पष्टवादिता का बिगुल फूँकता हुआ बोला—मैं राजनीति के रहस्यों को भला क्या समझ सकता हूँ लेकिन मेरा ख्याल है कि चाणक्य के ये वंशज इन चालों को खूब समझते हैं और कृत्रिम भावों का उन पर कोई असर नहीं होता बल्कि इससे आदमी उनकी नजरों में और भी गिर जाता है। अगर एजेंन्ट को मालूम हो जाये कि उसके स्वागत के लिए प्रजा पर कितने जुल्म ढाये जा रहे हैं, तो शायद वह यहाँ से प्रसन्न होकर न जायें। फिर, मैं तो प्रजा की दृष्टि देखता हूँ। एजेंट की प्रसन्नता आपके लिए लाभप्रद हो सकती

हैं, प्रजा को तो उससे हानि ही होगी।

राजा साहब अपने किसी काम की आलोचना नहीं सह सकते थे। उनका क्रोध पहले जिरहों के रूप में निकलता, फिर तर्क का आकार धारण कर लेता और अन्त में भूकम्प के आवेश से उबल पड़ता था, जिससे उनका स्थूल शरीर, कुर्सी, मेज, दीवारें और छत सभी में भीषण कम्पन होने लगता था। तिरछी आँखों से देखकर बोले—'क्या हानि होगी, जरा सुनूँ?'

जयकृष्ण समझ गया कि क्रोध की मशीनगन चक्कर में है और घातक स्फोट होने ही वाला है। सँभलकर बोला—'इसे आप मुझसे ज्यादा समझ सकते हैं।'

'नहीं मेरी बुद्धि इतनी प्रखर नहीं है।'

'आप बुरा मान जायेंगे।'

'क्या तुम समझते हो, मैं बारूद का ढेर हूँ?'

'बेहतर है, आप इसे न पूछें।'

'तुम्हें बतलाना पड़ेगा।'

और आप-ही-आप उनकी मुट्ठियाँ बँध गयीं।

'तुम्हें बतलाना पड़ेगा, इसी वक्त!'

जयकृष्ण यह धौंस क्यों सहने लगा? क्रिकेट के मैदान में राजकुमारों पर रोब जमाया करता था, बड़े-बड़े हुक्काम की चुटकियाँ लेता था। बोला—'अभी आपके दिल में पोलिटिकल एजेंट का कुछ भय है, आप प्रजा पर जुल्म करते डरते हैं। जब वह आपके एहसानों से दब जायेगा, आप स्वच्छन्द हो जायेंगे और प्रजा की फरियाद सुनने वाला कोई न रहेगा।'

राजा साहब प्रज्ज्वलित नेत्रों से ताकते हुए बोले—'मैं एजेंट का गुलाम नहीं हूँ कि उससे डरूँ, कोई कारण नहीं है कि मैं उससे डरूँ, बिलकुल कारण नहीं है। मैं पोलिटिकल एजेंट की इसलिए खातिर करता हूँ कि वह हिज़ मैजेस्टी का प्रतिनिधि है। मेरे और हिज़ मैजेस्टी के बीच में भाई-चारा है, एजेंट केवल उनका दूत है। मैं केवल नीति का पालन कर रहा हूँ। मैं विलायत जाऊँ तो हिज़ मैजेस्टी भी इसी तरह मेरा सत्कार करेंगे! मैं डरूँ क्यों? मैं अपने राज्य का स्वतन्त्र राजा हूँ। जिसे चाहूँ,

फाँसी दे सकता हूँ। मैं किसी से क्यों डरने लगा? डरना नामर्दों का काम है, मैं ईश्वर से भी नहीं डरता। डर क्या वस्तु है, यह मैंने आज तक नहीं जाना। मैं तुम्हारी तरह कालेज का मुँहफट छात्र नहीं हूँ कि क्रान्ति और आजादी की हाँक लगाता फिरूँ। तुम क्या जानो, क्रान्ति क्या चीज है? तुमने केवल उसका नाम सुन लिया है। उसके लाल दृश्य आँखों से नहीं देखे। बन्दूक की आवाज सुनकर तुम्हारा दिल काँप उठेगा। क्या तुम चाहते हो, मैं एजेन्ट से कहूँ—प्रजा तबाह है, आपके आने की जरूरत नहीं। मैं इतना आतिथ्य-शून्य नहीं हूँ। मैं अन्धा नहीं हूँ, अहमक नहीं हूँ, प्रजा की दशा का मुझे तुमसे कहीं अधिक ज्ञान है, तुमने उसे बाहर से देखा है, मैं उसे नित्य भीतर से देखता हूँ। तुम मेरी प्रजा को क्रान्ति का स्वप्न दिखाकर उसे गुमराह नहीं कर सकते। तुम मेरे राज्य में विद्रोह और असंतोष के बीज नहीं बो सकते। तुम्हें अपने मुँह पर ताला लगाना होगा, तुम मेरे विरुद्ध एक शब्द भी मुँह से नहीं निकाल सकते, चूँ भी नहीं कर सकते...'

डूबते हुए सूरज की किरणें महराबी दीवानखाने के रंगीन शीशों से होकर राजा साहब के क्रोधोन्मत्त मुख-मंडल को और भी रंजित कर रही थीं। उनके बाल नीले हो गये थे, आँखें पीली, चेहरा लाल और देह हरी। मालूम होता था, प्रेतलोक का कोई पिशाच है। जयकृष्ण की सारी उद्दण्डता हवा हो गयी। राजा साहब को इस उन्माद की दशा में उसने कभी न देखा था, लेकिन इसके साथ ही उसका आत्म गौरव इस ललकार का जवाब देने के लिए व्याकुल हो रहा था। जैसे विनय का जवाब विनय है, वैसे ही क्रोध का जवाब क्रोध है, जब वह आतंक और भय, अदब और लिहाज के बन्धनों को तोड़कर निकल पड़ता है।

उसने भी राजा साहब को आग्नेय नेत्रों से देखकर कहा—'मैं अपनी आँखों से यह अत्याचार देखकर मौन नहीं रह सकता।'

राजा साहब ने आवेश से खड़े होकर, मानो उसकी गरदन पर सवार होते हुए कहा—'तुम्हें यहाँ जबान खोलने का कोई हक नहीं है।'

'प्रत्येक विचारशील मनुष्य को अन्यांय के विरुद्ध आवाज उठाने का हक है। आप वह हक मुझसे नहीं छीन सकते!'

'मैं सब कुछ कर सकता हूँ।'

'आप कुछ नहीं कर सकते।'

'मैं तुम्हें अभी जेल में बन्द कर सकता हूँ।'

'आप मेरा बाल भी बाँका नहीं कर सकते।'

इसी वक्त मि० मेहता बदहवास-से कमरे में आये और जयकृष्ण की ओर कोप-भरी आँखें उठाकर बोले—'कृष्णा, निकल जा यहाँ से, अभी मेरी आँखों से दूर हो जा और खबरदार! फिर मुझे अपनी सूरत न दिखाना। मैं तुझ-जैसे कपूत का मुँह नहीं देखना चाहता। जिस थाल में खाता है, उसी में छेद करता है, बेअदब कहीं का! अब अगर जबान खोली, तो मैं तेरा खून पी जाऊँगा।'

जयकृष्ण ने हिंसा-विक्षिप्त पिता को घृणा की आँखों से देखा और अकड़ता हुआ, गर्व से सिर उठाये, दीवानखाने के बाहर निकल गया।

राजा साहब ने कोच पर लेटकर कहा—'बदमाश आदमी है, पल्ले सिरे का बदमाश! मैं नहीं चाहता कि ऐसा खतरनाक आदमी एक क्षण भी रियासत में रहे। तुम उससे जाकर कहो, इसी वक्त यहाँ से चला जाये वरना उसके हक में अच्छा न होगा। मैं केवल आपकी मुरौवत से गम खा गया; नहीं तो इसी वक्त इसका मजा चखा सकता था। केवल आपकी मुरौवत ने हाथ पकड़ लिया। आपको तुरन्त निर्णय करना पड़ेगा, इस रियासत की दीवानी या लड़का। अगर दीवानी चाहते हो, तो तुरन्त उसे रियासत से निकाल दो और कह दो कि फिर कभी मेरी रियासत में पाँव न रखे। लड़के से प्रेम है, तो आज ही रियासत से निकल जाइए। आप यहाँ से कोई चीज नहीं ले जा सकते, एक पाई की भी चीज नहीं। जो कुछ है, वह रियासत की है। बोलिए, क्या मंजूर है?'

मि० मेहता ने क्रोध के आवेश में जयकृष्ण को डाँट तो बतलायी थी पर यह न समझे थे कि मामला इतना तूल खींचेगा। एक क्षण के लिए वह सन्नाटे में आ गये। सिर झुकाकर परिस्थिति पर विचार करने लगे—राजा उन्हें मिट्टी में मिला सकता है। वह यहाँ बिलकुल बेबस हैं, कोई उनका साथी नहीं, कोई उनकी फरियाद सुननेवाला नहीं। राजा उन्हें भिखारी बनाकर छोड़ देगा। इस अपमान के साथ निकाले जाने की कल्पना करके वह काँप उठे। रियासत में उनके बैरियों की कमी न थी। सब-के-सब मूसलों ढोल बजायेंगे। जो आज उनके सामने भीगी बिल्ली बने हुए हैं,

कल शेरों की तरह गुर्रायेंगे। फिर इस उमर में अब उन्हें नौकर ही कौन रखेगा। निर्दयी संसार के सामने क्या फिर उन्हें हाथ फैलाना पड़ेगा? नहीं, इससे तो यह कहीं अच्छा है कि वह यहीं पड़े रहें। कम्पित स्वर में बोले—'मैं आज ही उसे घर से निकाल देता हूँ, अन्नदाता!'

'आज नहीं, इसी वक्त!'

'इसी वक्त निकाल दूँगा!'

'हमेशा के लिए?'

'हमेशा के लिए।'

'अच्छी बात है, जाइए और आधे घण्टे के अन्दर मुझे सूचना दीजिए।'

मि० मेहता घर चले, तो मारे क्रोध के उनके पाँव काँप रहे थे। देह में आग-सी लगी हुई थी। इस लौंडे के कारण आज उन्हें कितना अपमान सहना पड़ा। गधा चला है यहाँ अपने साम्यवाद का राग अलापने। अब बचा को मालूम होगा, जबान पर लगाम न रखने का क्या नतीजा होता है। मैं क्यों उसके पीछे गली-गली ठोकरें खाऊँ। हाँ, मुझे यह पद और सम्मान प्यारा है। क्यों न प्यारा हो? इसके लिए बरसों एड़ियाँ रगड़ी हैं, अपना खून और पसीना एक किया है। यह अन्याय बुरा जरूर लगता है; लेकिन बुरी लगने की एक यही बात तो नहीं है! और हजारों बातें तो बुरी लगती हैं। जब किसी बात का उपाय मेरे पास नहीं, तो इस मुआमले के पीछे क्यों अपनी जिन्दगी खराब करूँ?

उन्होंने घर आते-ही-आते पुकारा—'जयकृष्ण!'

सुनीता ने कहा—'जयकृष्ण तो तुमसे पहिले ही राजा साहब के पास गया था। तब से यहाँ कब आया?'

'अब तक यहाँ नहीं आया। वह तो मुझसे पहले ही चल चुका था।'

वह फिर बाहर आये और नौकरों से पूछना शुरू किया। अब भी उसका पता न था। मारे डर के कहीं छिप रहा होगा और राजा ने आध घन्टे में इत्तला देने का हुक्म दिया है। यह लौंडा न जाने क्या करने पर लगा हुआ है। आप तो जायेगा ही मुझे भी अपने साथ ले डूबेगा।

सहसा एक सिपाही ने एक पुरजा लाकर उनके हाथ में रख दिया।

अच्छा, यह तो जयकृष्ण की लिखावट है। क्या कहता है—*इस दुर्दशा के बाद मैं इस रियासत में एक क्षण भी नहीं रह सकता। मैं जाता हूँ। आपको अपना पद और मान अपनी आत्मा से ज्यादा प्रिय है, आप खुशी से उसका उपभोग कीजिए। मैं फिर आपको तकलीफ देने न आऊँगा। अम्माँ से मेरा प्रणाम कहिएगा।*

मेहता ने पुरजा लाकर सुनीता को दिखाया और खिन्न होकर बोले—'इसे न जाने कब समझ आयेगी, लेकिन बहुत अच्छा हुआ। जब लाला को मालूम होगा, दुनिया में किस तरह रहना चाहिए। बिना ठोकरें खाये, आदमी की आँखें नहीं खुलतीं। मैं ऐसे तमाशे बहुत खेल चुका, अब इस खुराफात के पीछे अपना शेष जीवन नहीं बरबाद करना चाहता'—और तुरन्त राजा साहब को सूचना देने चले।

2

दम-से-दम में सारी रियासत में यह समाचार फैल गया। जयकृष्ण अपने शील-स्वभाव के कारण जनता में बड़ा प्रिय था। लोग बाजारों और चौरस्तों पर खड़े हो-होकर इस काण्ड पर आलोचना करने लगे—अजी, वह आदमी नहीं था, भाई, उसे किसी देवता का अवतार समझो। महाराज के पास जाकर बेधड़क बोला—*अभी बेगार बन्द कीजिए वरना शहर में हंगामा हो जायेगा।* राजा साहब की तो जबान बन्द हो गयी। बगलें झाँकने लगे। शेर-है-शेर! उम्र तो कुछ नहीं; पर आफत का परकाला है। और वह यह बेगार बन्द कराके रहता, हमेशा के लिए। राजा साहब को भागने की राह न मिलती। सुना, घिघियाने लगे थे। मुदा इसी बीच में दीवान साहब पहुँच गये और उसे देश-निकाले का हुक्म दे दिया। यह हुक्म सुनकर उसकी आँखों में खून उतर आया था, लेकिन बाप का अपमान न किया।

'ऐसे बाप को तो गोली मार देनी चाहिए। बाप है या दुश्मन!'

'वह कुछ भी हो, है तो बाप ही।'

सुनीता सारे दिन बैठी रोती रही। जैसे कोई उसके कलेजे में बर्छियाँ चुभो रहा था। बेचारा न-जाने कहाँ चला गया। अभी जलपान तक न किया था। चूल्हे में जाये ऐसा भोग-विलास, जिसके पीछे उसे बेटे को त्यागना पड़े। हृदय में ऐसा उद्वेग उठा कि इसी दम पति और घर को छोड़कर

रियासत से निकल जाये, जहाँ ऐसे नर-पिशाचों का राज्य है। इन्हें अपनी दीवानी प्यारी है, उसे लेकर रहे। वह अपने पुत्र के साथ उपवास करेगी, पर उसे आँखों से देखती तो रहेगी।

एकाएक वह उठकर महारानी के पास चली! वह उनसे फरियाद करेगी, उन्हें भी ईश्वर ने बालक दिये हैं। उन्हें क्या एक अभिमानी माता पर दया न आवेगी? इसके पहले भी वह कई बार महारानी के दर्शन कर चुकी थी। उसका मुरझाया हुआ मन आशा से लहलहा उठा।

लेकिन रनिवास में पहुँची तो देखा कि महारानी के तीवर भी बदले हुए हैं। उसे देखते ही बोली—'तुम्हारा लड़का बड़ा उजड्ड है। जरा भी अदब नहीं। किससे किस तरह बात करनी चाहिए, इसका जरा भी सलीका नहीं। न-जाने विश्वविद्यालय में क्या पढ़ा करता है। आज महाराज से उलझ बैठा। कहता था कि बेगार बन्द कर दीजिए और एजेंट साहब के स्वागत-सत्कार की कोई तैयारी न कीजिए। इतनी समझ भी उसे नहीं है कि इस तरह कोई राजा कै घंटे गद्दी पर रह सकता है। एजेंट बहुत बड़ा अफसर न सही; लेकिन है तो बादशाह का प्रतिनिधि। उसका आदर-सत्कार करना तो हमारा धर्म है। फिर ये बेगार किस दिन काम आयेंगे। उन्हें रियासत से जागीरें मिली हुई हैं। किस दिन के लिए? प्रजा में विद्रोह की आग भड़काना कोई भले आदमी का काम है? जिस पत्तल में खाओ, उसी में छेद करो। महाराज ने दीवान साहब का मुलाहजा किया, नहीं तो उसे हिरासत में डलवा देते! अब बच्चा नहीं है। खासा पाँच हाथ का जवान है। सब कुछ देखता और समझता है। हम हाकिमों से बैर करें, तो कै दिन निबाह हो। उसका क्या बिगड़ता है। कहीं सौ-पचास की चाकरी पा जायेगा। यहाँ तो करोड़ों की रियासत बरबाद हो जायेगी।'

सुनीता ने आँचल फैलाकर कहा—'महारानी बहुत सत्य कहती हैं; पर अब तो उसका अपराध क्षमा कीजिए। बेचारा लज्जा और भय के मारे घर नहीं गया। न-जाने किधर चला गया। हमारे जीवन का यही एक अवलम्ब है, महारानी! हम दोनों रो-रोकर मर जायेंगे। आँचल फैलाकर आपसे भीख माँगती हूँ, उसको क्षमा-दान दीजिए। माता के हृदय को आपसे ज्यादा और कौन समझेगा; आप महाराज से सिफारिश कर दें...'

महारानी अपनी बड़ी-बड़ी आँखों से उसकी ओर देखा मानो वह

कोई बड़ी अनोखी बात कह रही हो और अपने रंगे हुए होंठों पर अंगूठियों से जगमगाती हुई उँगली रख कर बोली—'क्या कहती हो, सुनीता देवी! उस युवक की महाराज से सिफारिश करूँ जो हमारी जड़ खोदने पर तुला हुआ है? आस्तीन में साँप पालूँ? तुम किस मुँह ऐसी बात कहती हो? और महाराज मुझे क्या कहेंगे? ना मैं इसके बीच में न पड़ूँगी। उसने जो बीज बोये हैं; उनका वह फल खाये। मेरा लड़का ऐसा नालायक होता, तो उसका मुँह न देखती। और तुम ऐसे बेटे की सिफारिश करती हो?'

सुनीता ने आँखों में आँसू भर कर कहा—'महारानी, ऐसी बातें आपके मुँह से शोभा नहीं देतीं।'

महारानी मसनद टेककर उठ बैठीं और तिरस्कार-भरे स्वर में बोली—'अगर तुमने सोचा था कि मैं तुम्हारे आँसू पोछूँगी, तो तुमने भूल की। हमारे द्रोही की सिफारिश लेकर हमारे पास आना, इसके सिवा और क्या है कि तुम उसके अपराध को बाल-क्रीड़ा समझ रही हो। अगर तुमने उसके अपराध की भीषणता का ठीक अनुमान किया होता, तो मेरे पास कभी न आती। जिसने इस रियायत का नमक खाया हो, वह रियासत के द्रोही की पीठ सहलाये! वह स्वयं राजद्रोही है! इसके सिवा और क्या कहूँ?'

सुनीता भी गर्म हो गयी। पुत्र-स्नेह म्यान से बाहर निकल आया। बोली—'राजा का कर्तव्य केवल अपने अफसरों को प्रसन्न करना नहीं है। प्रजा को पालने की जिम्मेदारी इससे कहीं बढ़कर है।'

उसी समय महाराज ने कमरे में कदम रक्खा! रानी ने उठकर स्वागत किया और सुनीता सिर झुकाये निस्पंद खड़ी रह गयी।

राजा ने व्यंग्यपूर्ण मुसकान के साथ पूछा—'यह कौन महिला तुम्हें राजा के कर्तव्य का उपदेश दे रही थी?'

रानी ने सुनीता की ओर आँख मार कर कहा—'यह दीवान साहब की धर्मपत्नी हैं।' राजा साहब की त्योरियाँ चढ़ गयीं। ओठ चबाकर बोले—'जब माँ ऐसी पैनी छुरी है, तो लड़का क्यों न जहर का बुझाया हुआ हो। देवीजी, मैं तुमसे यह शिक्षा नहीं लेना चाहता कि राजा का अपनी प्रजा के साथ क्या धर्म है। यह शिक्षा मुझे कई पीढ़ियों से मिलती चली आयी है। बेहतर हो कि तुम किसी से यह शिक्षा प्राप्त कर लो कि स्वामी

के प्रति उसके सेवक का क्या धर्म है और जो नमकहराम है, उसके साथ स्वामी को कैसा व्यवहार करना चाहिए।'

यह कहते हुए राजा साहब उसी उन्माद की दशा में बाहर चले गये।

मि० मेहता घर जा रहे थे, राजा साहब ने कठोर स्वर में पुकारा—'सुनिए मि० मेहता! आपके सपूत तो विदा हो गये लेकिन मुझे अभी मालूम हुआ कि आपकी देवीजी राजद्रोह के मैदान में उनसे भी दो कदम आगे हैं; बल्कि मैं तो कहूँगा, वह केवल रेकार्ड है, जिसमें देवीजी की आवाज ही बोल रही है। मैं नहीं चाहता कि जो व्यक्ति रियासत का संचालक हो, उसके साये में रियासत के विद्रोहियों को आश्रय मिले। आप खुद इस दोष से मुक्त नहीं हो सकते। यह हरगिज मेरा अन्याय न होगा, यदि मैं यह अनुमान कर लूँ कि आप ही ने यह मन्त्र फूँका है।'

मि० मेहता अपनी स्वामिभक्ति पर यह आक्षेप न सह सके। व्यथित कंठ से बोले—'यह तो मैं किस जबान से कहूँ कि दीनबन्धु इस विषय में मेरे साथ अन्याय कर रहे हैं, लेकिन मैं सर्वथा निर्दोष हूँ और मुझे यह देखकर दु:ख होता है कि मेरी वफादारी पर यों संदेह किया जा रहा है।'

'वफादारी केवल शब्दों से नहीं होती।'

'मेरा ख्याल है कि मैं उसका प्रमाण दे चुका।'

'नयी-नयी दलीलों के लिए नये-नये प्रमाणों की जरूरत है। आपके पुत्र के लिए जो दण्ड-विधान था, वही आपकी स्त्री के लिए भी है। मैं इसमें किसी भी तरह का उज्र नहीं चाहता। और इसी वक्त इस हुक्म की तामील होनी चाहिए।'

'लेकिन दीनानाथ... '

'मैं एक शब्द भी नहीं सुनना चाहता।'

'मुझे कुछ निवेदन करने की आज्ञा न मिलेगी?'

'बिलकुल नहीं, यह मेरा आखिरी हुक्म है।'

मि० मेहता यहाँ से चले, तो उन्हें सुनीता पर बेहद गुस्सा आ रहा था। इन सभी को न जाने क्या सनक सवार हो गयी है। जयकृष्ण तो खैर बालक है, बेसमझ है, इस बुढ़िया को क्या सूझी। न-जाने रानी साहब से जाकर क्या कह आयी। किसी को मुझसे हमदर्दी नहीं, सब अपनी-अपनी

धुन में मस्त है। किस मुसीबत से मैं अपनी जिन्दगी के दिन काट रहा हूँ यह कोई नहीं समझता। कितनी निराशा और विपत्तियों के बाद यहाँ जरा निश्चिन्त हुआ था कि इन सभी ने यह नया तूफान खड़ा कर दिया। न्याय और सत्य का ठीका क्या हमीं ने लिया है? यहाँ भी वही हो रहा है, जो सारी दुनिया में हो रहा है! कोई नयी बात नहीं है। संसार में दुर्बल और दरिद्र होना पाप है। इसकी सजा से कोई बच नहीं सकता। बाज कबूतर पर कभी दया नहीं करता। सत्य और न्याय का समर्थन मनुष्य की सज्जनता और सभ्यता का एक अंग है। बेशक इससे कोई इन्कार नहीं कर सकता; लेकिन जिस तरह और सभी प्राणी केवल मुख से इसका समर्थन करते हैं, क्या उसी तरह हम भी नहीं कर सकते। और जिन लोगों का पक्ष लिया जाये, वे भी तो कुछ इसका महत्व समझें। आज राजा साहब इन्हीं बेगारों से जरा हँसकर बातें करें, तो वे अपने सारे दुखड़े भूल जायेंगे और उल्टे हमारे ही शत्रु बन जायेंगे। शायद सुनीता महारानी के पास जाकर अपने दिल का बुखार निकाल आयी है। गधी यह नहीं समझती कि दुनिया में किसी तरह मान-मर्यादा का निर्वाह करते हुए जिन्दगी काट लेना ही हमारा धर्म है। अगर भाग्य में यश और कीर्ति बदी होती, तो इस तरह दूसरों की गुलामी क्यों करता? लेकिन समस्या यह है कि इसे भेजूँ कहाँ! मैके में कोई है नहीं, मेरे घर में कोई है नहीं। उँह! अब मैं इस चिन्ता में कहाँ तक मरूँ। जहाँ जी चाहे जाये, जैसा किया वैसा भोगे।

वह इसी क्षोम और ग्लानि की दशा में घर में गये और सुनीता से बोले—'आखिर तुम्हें भी वही पागलपन सूझा, जो उस लौंडे को सूझा था। मैं कहता हूँ, आखिर तुम्हें कभी समझ आयेगी या नहीं? क्या सारे संसार के सुधार का बीड़ा हमीं ने उठाया है? कौन राजा ऐसा है, जो अपनी प्रजा पर जुल्म न करता हो, उनके स्वत्वों का अपहरण न करता हो। राजा ही क्यों, हम तुम सभी तो दूसरों पर अन्याय कर रहे हैं। तुम्हें क्या हक है कि तुम दर्जनों खिदमतगार रखो और उन्हें जरा-जरा-सी बात पर सजा दो? न्याय और सत्य निरर्थक शब्द हैं, जिनकी उपयोगिता इसके सिवा और कुछ नहीं कि बुद्धूओं की गर्दन मारी जाये और समझदारों की वाह-वाह हो। तुम और तुम्हारा लड़का उन्हीं बुद्धूओं में है। और इसका दण्ड तुम्हें भोगना पड़ेगा। महाराज का हुक्म है कि तुम तीन घंटे के अन्दर रियासत से निकल जाओ नहीं तो पुलिस आकर तुम्हें निकाल देगी। मैंने तो तय

कर लिया है कि राजा साहब की इच्छा के विरुद्ध एक शब्द भी मुँह से न निकालूँगा। न्याय का पक्ष लेकर देख लिया है। हैरानी और अपमान के सिवा और कुछ हाथ न आया। जिनकी हिमायत की थी, वे आज भी उसी दशा में है; बल्कि उससे भी और बदतर। मैं साफ कहता हूँ कि मैं तुम्हारी उद्दण्डताओं का तावान देने के लिए तैयार नहीं। मैं गुप्त रूप से तुम्हारी सहायता करता रहूँगा। इसके सिवा मैं और कुछ नहीं कर सकता।'

सुनीता ने गर्व के साथ कहा—'मुझे तुम्हारी सहायता की जरूरत नहीं। कहीं भेद खुल जाये, तो दीन-बन्धु तुम्हारे ऊपर कोप का वज्र गिरा दें। तुम्हें अपना पद और सम्मान प्यारा है, उसका आनन्द से उपभोग करो। मेरा लड़का और कुछ न कर सकेगा, तो पाव-भर आटा तो कमा ही लायेगा। मैं भी देखूँगी कि तुम्हारी स्वामीभक्ति कब तक निभती है और कब तक तुम अपनी आत्मा की हत्या करते हो।'

मेहता ने तिलमिलाकर कहा—'क्या तुम चाहती हो कि फिर उसी तरह चारों तरफ ठोकरें खाता फिरूँ?'

सुनीता ने घाव पर नमक छिड़का—'नहीं, कदापि नहीं। अब तक तो मैं समझती थी, तुम्हें ठोकरें खाने में मजा आता है तथा पद और अधिकार से भी मूल्यवान कोई वस्तु तुम्हारे पास है, जिसकी रक्षा के लिए तुम ठोकरें खाना अच्छा समझते हो। अब मालूम हुआ; तुम्हें अपना पद अपनी आत्मा से भी प्रिय है। फिर क्यों ठोकरें खाओ; मगर कभी-कभी अपना कुशल-समाचार तो भेजते रहोगे, या राजा साहब की आज्ञा लेनी पड़ेगी?'

'राजा साहब इतने न्याय-शून्य हैं कि मेरे पत्र-व्यवहार में रोक-टोक करें?'

'अच्छा! राजा साहब में इतनी आदमीयत है? मुझे तो विश्वास नहीं आता।'

'तुम अब भी अपनी गलती पर लज्जित नहीं हो?'

'मैंने कोई गलती नहीं की। मैं तो ईश्वर से चाहती हूँ कि जो मैंने आज किया, वह बार-बार करने का मुझे अवसर मिले।'

मेहता ने अरुचि के साथ पूछा—'तुमने कहाँ जाने का इरादा किया है?'

'जहन्नुम में!'

'गलती आप करती हो, गुस्सा मुझ पर उतारती हो?'

'मैं तुम्हें इतना निर्लज्ज न समझती थी!'

'मैं भी इसी शब्द का तुम्हारे लिए प्रयोग कर सकता हूँ।'

'केवल मुख से, मन से नहीं।'

मि० मेहता लज्जित हो गये।

3

जब सुनीता का विदाई का समय आया, तो स्त्री-पुरुष दोनों खूब रोये और एक तरह से सुनीता ने अपनी भूल स्वीकार कर ली। वास्तव में इस बेकारी के दिनों में मेहता ने जो कुछ किया; वही उचित था, बेचारे कहाँ मारे-मारे फिरते।

पोलिटिकल एजेन्ट साहब पधारे और कई दिनों तक खूब दावतें खायीं और खूब शिकार खेला। राजा साहब ने उनकी तारीफ की। उन्होंने राजा साहब की तारीफ की। राजा साहब ने उन्हें अपनी लायलटी का विश्वास दिलाया, उन्होंने सतिया राज्य को आदर्श कहा और राजा साहब को न्याय और सेवा का अवतार स्वीकार किया और तीन दिन में रियासत को ढाई लाख की चपत देकर विदा हो गये!

मि० मेहता का दिमाग आसमान पर था। सभी उनकी कारगुजारी की प्रशंसा कर रहे थे। एजेन्ट साहब तो उनकी दक्षता पर मुग्ध हो गये। उन्हें 'राय साहब' की उपाधि मिली और उनके अधिकारों में भी वृद्धि हुई। उन्होंने अपनी आत्मा को उठाकर ताक पर रख दिया था। उनकी यह साधना कि महाराज और एजेन्ट दोनों उनसे प्रसन्न रहें, सम्पूर्ण रीति से पूरी हो गयी। रियासत में ऐसा स्वामि-भक्त सेवक दूसरा न था।

राजा साहब अब कम-से-कम तीन साल के लिए निश्चिन्त थे। एजेन्ट खुश है, तो फिर किसका भय! कामुकता, लम्पटता और भाँति-भाँति के दुर्व्यसनों की लहर प्रचण्ड हो उठी। सुन्दरियों की टोह लगाने के लिए सुरागरसानों का एक विभाग खुल गया, जिसका सम्बन्ध सीधे राजा साहब से था। एक बूढ़ा खुर्राट, जिसका पेशा हिमालय की परियों

को फँसाकर राजाओं को लूटना था और जो इसी पेशे की बदौलत राज-दरबारों में पूजा जाता था, इस विभाग का अध्यक्ष बना दिया गया। नयी-नयी चिड़ियाँ आने लगीं। भय, लोभ और सम्मान सभी अस्त्रों से शिकार खेला जाने लगा; लेकिन एक ऐसा अवसर भी पड़ा, जहाँ इस तिकड़म की सारी सामूहिक और वैयक्तिक चेष्टाएँ निष्फल हो गयीं और गुप्त विभाग ने निश्चय किया कि इस बालिका को किसी तरह उड़ा लाया जाये। और इस महत्वपूर्ण कार्य के सम्पादन का भार मि० मेहता पर रखा गया, जिनसे ज्यादा स्वामि-भक्त सेवक रियासत में दूसरा न था। उनके ऊपर महाराजा साहब को पूरा विश्वास था। दूसरों के विषय में सन्देह था कि कहीं रिश्वत लेकर शिकार बहका दें, या भण्डाफोड़ कर दें, या अमानत में खयानत कर बैठें। मेहता की ओर से किसी तरह की उन बातों की शंका न थी। रात को नौ बजे उनकी तलबी हुई—'अन्नदाता ने हुजूर को याद किया है।'

मेहता साहब ड्योढ़ी पर पहुँचे, तो राजा साहब पाईबाग में टहल रहे थे। मेहता को देखते ही बोले—'आइए मि० मेहता, आपसे एक खास बात में सलाह लेनी है। यहाँ कुछ लोगों की राय है कि सिंहद्वार के सामने आपकी एक प्रतिमा स्थापित की जाये, जिससे चिरकाल तक आपकी यादगार कायम रहे। आपको तो शायद इसमें कोई आपत्ति न होगी। और यदि हो भी तो लोग इस विषय में आपकी अवज्ञा करने पर भी तैयार है। सतिया की आपने जो अमूल्य सेवा की है, उसका पुरस्कार तो कोई क्या दे सकता है, लेकिन जनता के हृदय में आपसे जो श्रद्धा है, उसे तो वह किसी-न-किसी रूप में प्रकट ही करेगी।'

मेहता ने बड़ी नम्रता से कहा—'यह अन्नदाता की गुण-ग्राहकता है, मैं तो एक तुच्छ सेवक हूँ। मैंने जो कुछ किया, यह इतना ही है कि नमक का हक अदा करने का सदैव प्रयत्न किया, मगर मैं इस सम्मान के योग्य नहीं हूँ।'

राजा साहब ने कृपालु भाव से हँसकर कहा—'आप योग्य हैं या नहीं इसका निर्णय आपके हाथ में नहीं है मि० मेहता, आपकी दीवानी यहाँ न चलेगी। हम आपका सम्मान नहीं कर रहे हैं, अपनी भक्ति का परिचय दे रहे हैं। थोड़े दिनों में न हम रहेंगे, न आप रहेंगे, उस वक्त भी यह प्रतिमा अपनी मूक वाणी से कहती रहेगी कि पिछले लोग अपने उद्धारकों का आदर करना जानते थे। मैंने लोगों से कह दिया है कि चन्दा

जमा करें। एजेन्ट ने अबकी जो पत्र लिखा है, उसमें आपको खास तौर से सलाम लिखा है।'

मेहता ने जमीन में गड़कर कहा—'यह उनकी उदारता है, मैं तो जैसा आपका सेवक हूँ, वैसा ही उनका भी सेवक हूँ।'

राजा साहब कई मिनट तक फूलों की बहार देखते रहे। फिर इस तरह बोले, मानो कोई भूली हुई बात याद आ गई हो—'तहसील खास में एक गाँव लगनपुर है, आप कभी वहाँ गये हैं?'

'हाँ अन्नदाता! एक बार गया हूँ, वहाँ एक धनी साहूकार है। उसी के दीवानखाने में ठहरा था। अच्छा आदमी है।'

'हाँ, ऊपर से बहुत अच्छा आदमी है; लेकिन अन्दर से पक्का पिशाच। आपको शायद मालूम न हो, इधर कुछ दिनों से महारानी का स्वास्थ्य बहुत बिगड़ गया है और मैं सोच रहा हूँ कि उन्हें किसी सैनेटोरियम में भेज दूँ। वहाँ सब तरह की चिन्ताओं एवं झंझटों से मुक्त होकर वह आराम से रह सकेंगी, लेकिन रनिवास में एक रानी का रहना लाजिम है! अफसरों के साथ उनकी लेडियाँ भी आती हैं, और भी कितने अंग्रेज मित्र अपनी लेडियों के साथ मेरे मेहमान होते रहते हैं। कभी राजे-महाराजे भी रानियों के साथ आ जाते हैं। रानी के बगैर लेडियों का आदर-सत्कार कौन करेगा? मेरे लिए यह वैयक्तिक प्रश्न नहीं, राजनैतिक समस्या है, और शायद आप भी मुझसे सहमत होंगे, इसलिए मैंने दूसरी शादी करने का इरादा कर लिया है। उस साहूकार की एक लड़की है, जो कुछ दिनों अजमेर में शिक्षा पा चुकी है। मैं एक बार उस गाँव से होकर निकला, तो मैंने उसे अपने घर की छत पर खड़ी देखा। मेरे मन में तुरन्त भावना उठी कि अगर यह रमणी रनिवास में आ जाये, तो रनिवास की शोभा बढ़ जाये। मैंने महारानी की अनुमति लेकर साहूकार के पास सन्देशा भेजा, किन्तु मेरे द्रोहियों ने उसे कुछ ऐसी पट्टी पढ़ा दी कि उसने मेरा सन्देशा स्वीकार न किया। कहता है, कन्या का विवाह हो चुका है। मैंने कहला भेजा, इसमें कोई हानि नहीं, मैं तावान देने को तैयार हूँ, लेकिन वह दुष्ट बराबर इन्कार किये जाता है। आप जानते हैं; प्रेम असाध्य रोग है। आपको भी शायद इसका कुछ-न-कुछ अनुभव हो। बस; यह समझ लीजिए कि जीवन निरानन्द हो रहा है। नींद और आराम हराम है। भोजन

से अरुचि हो गयी है। अगर कुछ दिन यही हाल रहा, तो समझ लीजिए कि मेरी जान पर बन आयेगी। सोते-जागते वही मूर्ति आँखों के सामने नाचती रहती है। मन को समझाकर हार गया और अब विवश होकर मैंने कूटनीति से काम लेने का निश्चय किया है। प्रेम और समर में सब कुछ क्षम्य है। मैं चाहता हूँ, आप थोड़े-से मातबर आदमियों को लेकर जायें और उस रमणी को किसी तरह ले आयें। खुशी से आये खुशी से, बल से आये बल से, इसकी चिन्ता नहीं। मैं अपने राज्य का मालिक हूँ। इसमें जिस वस्तु पर मेरी इच्छा हो, उस पर किसी दूसरे व्यक्ति का नैतिक या सामाजिक स्वत्व नहीं हो सकता। यह समझ लीजिए कि आप ही मेरे प्राणों की रक्षा कर सकते हैं। कोई दूसरा ऐसा आदमी नहीं है, जो इस काम को इतने सुचारु रूप से पूरा कर दिखाये। आपने राज्य की बड़ी-बड़ी सेवाएँ की हैं। यह उस यज्ञ की पूर्णाहुति होगी और आप जन्म-जन्मान्तर तक राजवंश के इष्टदेव समझे जायेंगे।'

मि० मेहता का मरा हुआ आत्म-गौरव एकाएक सचेत हो गया। जो रक्त चिरकाल से प्रवाह शून्य हो गया था, उसमें सहसा उद्रेक हो उठा। त्योरियाँ चढ़ाकर बोले—'तो आप चाहते हैं, मैं उसे किडनैप करूँ?'

राजा साहब ने उनके तेवर देखकर आग पर पानी डालते हुए कहा—'कदापि नहीं मि० मेहता, आप मेरे साथ घोर अन्याय कर रहे हैं! मैं आपको अपना प्रतिनिधि बनाकर भेज रहा हूँ। कार्य-सिद्धि के लिए आप जिस नीति से चाहें, काम ले सकते हैं। आपको पूरा अधिकार है।'

मि० मेहता ने और भी उत्तेजित होकर कहा—'मुझसे ऐसा पाजीपन नहीं हो सकता।'

राजा साहब की आँखों से चिनगारियाँ निकलने लगीं।

'अपने स्वामी की आज्ञा-पालन करना पाजीपन है?'

'जो आज्ञा नीति और धर्म के विरुद्ध हो उसका पालन करना बेशक पाजीपन है।'

'किसी स्त्री से विवाह का प्रस्ताव करना नीति और धर्म के विरुद्ध है?'

'इसे आप विवाह कहकर 'विवाह' शब्द को कलंकित करते हैं। यह बलात्कार है!'

'आप अपने होश में हैं?'

'खूब अच्छी तरह?'

'मैं आपको धूल में मिला सकता हूँ?'

'तो आपकी गद्‌दी भी सलामत न रहेगी!'

'मेरी नेकियों का यही बदला है, नमकहराम?'

'आप अब शिष्टता की सीमा से आगे बढ़े जा रहे हैं; राजा साहब! मैंने अब तक अपनी आत्मा की हत्या की है और आपके हर एक जा और बेजा हुक्म की तामील की है; लेकिन आत्मसेवा की भी एक हद होती है, जिसके आगे कोई भला आदमी नहीं जा सकता। आपका यह कृत्य जघन्य है और इसमें जो व्यक्ति आपका सहायक हो, वह इसी योग्य है कि उसकी गर्दन काट ली जाये। मैं ऐसी नौकरी पर लानत भेजता हूँ।'

यह कहकर वह घर आये और रातों-रात बोरिया-बकचा समेटकर रियासत से निकल गये; मगर इसके पहले सारा वृत्तान्त लिखकर उन्होंने एजेण्ट के पास भेज दिया।

मुफ्त का यश

उन दिनों संयोग से हाकिम-जिला एक रसिक सज्जन थे। इतिहास और पुराने सिक्कों की खोज में उन्होंने अच्छी ख्याति प्राप्त कर ली थी। ईश्वर जाने दफ्तर के सूखे कामों से उन्हें ऐतिहासिक छान-बीन के लिए कैसे समय मिल जाता था। वहाँ तो जब किसी अफसर से पूछिए, तो वह यही कहता है—'मारे काम के मरा जाता हूँ, सिर उठाने की फुरसत नहीं मिलती।' शायद शिकार और सैर भी उनके काम में शामिल है? उन सज्जन की कीर्तियाँ मैंने देखी थीं और मन में उनका आदर करता था; लेकिन उनकी अफसरी किसी प्रकार की घनिष्ठता में बाधक थी। मुझे यह संकोच था कि अगर मेरी ओर से पहल हुई तो लोग यही कहेंगे कि इसमें मेरा कोई स्वार्थ है और मैं किसी दशा में भी यह इलजाम अपने सिर नहीं लेना चाहता। मैं तो हुक्काम की दावतों और सार्वजनिक उत्सवों में नेवता देने का भी विरोधी हूँ और जब कभी सुनता हूँ कि किसी अफसर को किसी आम जलसे का सभापति बनाया गया या कोई स्कूल, औषधालय या विधवाश्रम किसी गवर्नर के नाम से खोला गया, तो अपने देश-बन्धुओं की दास-मनोवृत्ति पर घण्टों अफसोस करता हूँ; मगर जब एक दिन हाकिम-जिला ने खुद मेरे नाम एक रुक्का भेजा कि मैं आपसे मिलना चाहता हूँ; क्या आप मेरे बँगले पर आने का कष्ट स्वीकार करेंगे, तो मैं बड़ी दुविधे में पड़ गया। क्या जवाब दूँ? अपने दो-एक मित्रों से सलाह ली। उन्होंने कहा—'साफ लिख दीजिए, मुझे फुरसत नहीं। वह हाकिम-जिला होंगे, तो अपने घर के होंगे, कोई सरकारी वा जाब्ते का काम होता,

तो आपका जाना अनिवार्य था; लेकिन निजी मुलाकात के लिए जाना आपकी शान के खिलाफ है। आखिर वह खुद आपके मकान पर क्यों नहीं आये? इससे क्या उनकी शान में बट्टा लगा जाता था? इसीलिए तो खुद नहीं आये कि वह हाकिम-जिला हैं। इन अहमक हिन्दुस्तानियों को कब यह समझ आयेगी कि दफ्तर के बाहर वे भी वैसे ही साधारण मनुष्य हैं, जैसे हम या आप। शायद ये लोग अपनी घरवालियों से भी अफसरी जताते होंगे। अपना पद उन्हें कभी नहीं भूलता।'

एक मित्र ने, जो लतीफों के चलते-फिरते तिजोरी हैं, हिन्दुस्तानी अफसरों के विषय में कई बड़ी मनोरंजक घटनाएँ सुनायीं। एक अफसर साहब ससुराल गये। शायद स्त्री को विदा कराना था। जैसा आम रिवाज है, ससुर जी ने पहले ही वादे पर लड़की को विदा करना उचित न समझा। कहने लगे—'बेटा, इतने दिनों के बाद आयी है अभी विदा कर दूँ? भला, छः महीने तो रहने दो।' उधर धर्मपत्नीजी ने भी नाइन से सन्देश कहला भेजा—'अभी मैं नहीं जाना चाहती। आखिर माता-पिता से भी तो मेरा कोई नाता है। कुछ तुम्हारे हाथ बिक थोड़े ही गयी हूँ?' दामाद साहब अफसर थे, जामे से बाहर हो गये। तुरन्त घोड़े पर बैठे और सदर की राह ली। दूसरे ही दिन ससुरजी पर सम्मन जारी कर दिया। बेचारा बूढ़ा आदमी तुरन्त लड़की को साथ लेकर दामाद की सेवा में जा पहुँचा। तब जाके उनकी जान बची। ये लोग ऐसे मिथ्याभिमानी होते हैं और फिर तुम्हें हाकिम-जिला से लेना ही क्या है? अगर तुम कोई विद्रोहात्मक गल्प वा लेख लिखोगे, तो फौरन गिरफ्तार कर लिये जाओगे। हाकिम-जिला जरा भी मुरौवत न करेंगे। कह देंगे—*यह गवर्नमेंट का हुक्म हैं, मैं क्या करूँ?* अपने लड़के के लिए कानूनगोई या नायब तहसीलदारी की लालसा तुम्हें हैं नहीं। व्यर्थ क्यों दौड़े जाओ।

लेकिन, मुझे मित्रों की यह सलाह पसन्द न आयी। एक भला आदमी जब निमन्त्रण देता है, तो केवल इसलिए अस्वीकार कर देना कि हाकिम-जिला ने भेजा है, मुटमर्दी है। बेशक हाकिम साहब मेरे घर आ जाते, तो उनकी शान कम न होती। उदार हृदय वाला आदमी बेतकल्लुफ चला आता; लेकिन भाई, जिले की अफसरी बड़ी चीज है। और एक उपन्यासकार की हस्ती ही क्या है। इंग्लैण्ड या अमेरिका में गल्प लेखकों और उपन्यासकारों की मेज पर निमंत्रित होने में प्रधान मन्त्री भी अपना

गौरव समझेगा, हाकिम-जिला की तो गिनती ही क्या है? लेकिन यह भारतवर्ष है, जहाँ हर एक रईस के दरबार में कवि-सम्राटों का जत्था रईस के कीर्तिमान के लिए जमा रहता था और आज भी ताजपोशी में हमारे लेखक-वृन्द बिना बुलाये राजाओं की खिदमत में हाजिर होते हैं, कसीदे पेश करते हैं और ईनाम के लिए हाथ पसारते हैं। तुम ऐसे कहाँ के बड़े वह हो कि हाकिम-जिला तुम्हारे घर चला आये। जब तुममें इतनी अकड़ और तुनुकमिजाजी है, तो वह तो जिले का बादशाह है। अगर उसे कुछ अभिमान भी हो, तो उचित है। इसे उसकी कमजोरी कहो, बेहूदगी कहो, मूर्खता कहो, फिर भी उचित है। देवता होना गर्व की बात है; लेकिन मनुष्य होना भी अपराध नहीं।

और मैं तो कहता हूँ—ईश्वर को धन्यवाद दो कि हाकिम-जिला तुम्हारे घर नहीं आये; वरना तुम्हारी कितनी भद होती। उनके आदर-सत्कार का सामान तुम्हारे पास कहाँ था? गत की एक कुर्सी भी नहीं है। उन्हें क्या तीन टाँगोंवाले सिंहासन पर बैठाते या मटमैले जाजिम पर? तीन पैसे की चौबीस बीड़ियाँ पीकर दिल खुश कर लेते हो। है सामर्थ्य रुपये के दो सिगार खरीदने की? तुम तो इतना भी नहीं जानते कि वह सिगार मिलता कहाँ हैं; उसका नाम क्या है। अपना भाग्य सराहो कि अफसर साहब तुम्हारे घर नहीं आये और तुम्हें बुला लिया। चार-पाँच रुपये बिगड़ भी जाते और लज्जित भी होना पड़ता। और कहीं तुम्हारे परम दुर्भाग्य और पापों के दण्ड स्वरूप उनकी धर्मपत्नी भी उनके साथ होतीं, तब तो तुम्हें धरती में समा जाने के सिवा और कोई ठिकाना न था। तुम या तुम्हारी धर्मपत्नी उस महिला का सत्कार कर सकती थी? तुम्हारी तो घिग्घी बँध जाती साहब, बदहवास हो जाते! वह तुम्हारे दीवानेखाने तक ही न रहती जिसे तुमने गरीबामऊ ढंग से सजा रखा है। वहाँ तुम्हारी गरीबी अवश्य है, पर फूहड़पन नहीं। अन्दर तो पग-पग पर फूहड़पन के दृश्य नजर आते। तुम अपने में फटे पुराने पहनकर और अपनी विपन्नता में मगन रह कर जिन्दगी बसर कर सकते हो; लेकिन कोई भी आत्माभिमानी आदमी यह पसन्द नहीं कर सकता कि उसकी दुरावस्था दूसरों के लिए विनोद की वस्तु बने। इन लेडी साहबा के सामने तो तुम्हारी जबान बंद हो जाती।

चुनाँचे मैंने हाकिम-जिला का निमन्त्रण स्वीकार कर लिया और यद्यपि उनके स्वभाव में कुछ अनावश्यक अफसरी की शान थी; लेकिन

उनके स्नेह और उदारता ने उसे यथासाध्य प्रकट न होने दिया। कम-से-कम उन्होंने मुझे शिकायत का कोई मौका न दिया। अफ़सराना प्रकृति को तब्दील करना उनकी शक्ति के बाहर था।

मुझे इस प्रसंग को कोई महत्व देने की कोई बात भी न थी, महत्व न दिया। उन्होंने मुझे बुलाया, मैं चला गया। कुछ गप-शप किया और लौट आया। किसी से इसकी जिक्र करने की जरूरत ही क्या? मानो भाजी खरीदने बाजार गया था।

लेकिन टोहियों ने जाने कैसे टोह लगा लिया। विशेष समुदायों में यह चर्चा होने लगी कि हाकिम-जिला से मेरी बड़ी गहरी मैत्री है और वह मेरा बड़ा सम्मान करते हैं। अतिशयोक्ति ने मेरा सम्मान और भी बढ़ा दिया। यहाँ तक मशहूर हुआ कि वह मुझसे सलाह लिये बगैर कोई फैसला या रिपोर्ट नहीं लिखते।

कोई भी समझदार आदमी इस ख्याति से लाभ उठा सकता था। स्वार्थ में आदमी बावला हो जाता है। तिनके का सहारा ढूँढ़ता फिरता है। ऐसों को विश्वास दिलाना कुछ मुश्किल न था कि मेरे द्वारा उनका काम निकल सकता है, लेकिन मैं ऐसी बातों से घृणा करता हूँ? सैकड़ों व्यक्ति अपनी कथाएँ लेकर मेरे पास आये। किसी के साथ पुलिस ने बेजा ज्यादती की थी। कोई इन्कम टैक्स वालों की सख्तियों से दु:खी था, किसी की यह शिकायत थी कि दफ्तर में उसकी हकतलफी हो रही है और उसके पीछे के आदमियों को दनादन तरक्कियाँ मिल रही हैं। उसका नम्बर आता है, तो कोई परवाह नहीं करता। इस तरह का कोई-न-कोई प्रसंग नित्य ही मेरे पास आने लगा, लेकिन मेरे पास उन सबके लिए एक ही जवाब था—*मुझसे कोई मतलब नहीं।*

एक दिन मैं अपने कमरे में बैठा था, कि मेरे बचपन के एक सहपाठी मित्र आ टपके। हम दोनों एक ही मकतब में पढ़ने जाया करते थे। कोई 45 साल की पुरानी बात है। मेरी उम्र 19 साल से अधिक न थी। वह भी लगभग इसी उम्र के रहे होंगे; लेकिन मुझसे कहीं बलवान और हृष्ट-पुष्ट। मैं जहीन था, वह निरे कौदन। मौलवी साहब उनसे हार गये थे। और उन्हें सबक पढ़ाने का भार मुझ पर डाल दिया था। अपने से दुगुने व्यक्ति को पढ़ाना मैं अपने लिए गौरव की बात समझता था

और खूब मन लगा कर पढ़ाता था। फल यह हुआ कि मौलवी साहब की छड़ी जहाँ असफल रही, वहाँ मेरा प्रेम सफल हो गया। बलदेव चल निकला, खालिकबारी तक जा पहुँचा, मगर इस बीच में मौलवी साहब का स्वर्गवास हो गया और वह शाखा टूट गयी। उनके छात्र भी इधर-उधर हो गये। तब से बलदेव को केवल मैंने दो-तीन बार रास्ते में देखा, (मैं अब भी वही सीकिया पहलवान हूँ और वह अब भी वही भीमकाय) राम-राम हुई, क्षेम-कुशल पूछा और अपनी-अपनी राह चले गये।

मैंने उनसे हाथ मिलाते हुए कहा—'आओ भाई बलदेव, मजे में तो हो? कैसे याद किया, क्या करते हो आजकल?'

बलदेव ने व्यथित कंठ से कहा—'जिन्दगी के दिन पूरे कर रहे हैं भाई, और क्या। तुमसे मिलने की बहुत दिनों से इच्छा थी। याद करो वह मकतबवाली बात, जब तुम मुझे पढ़ाया करते थे। तुम्हारी बदौलत चार अक्षर पढ़ गया और अपनी जमींदारी का काम सँभाल लेता हूँ, नहीं तो मूर्ख ही बना रहता। तुम मेरे गुरु हो भाई, सच कहता हूँ; मुझ-जैसे गधे को पढ़ाना तुम्हारा ही काम था। न-जाने क्या बात थी कि मौलवी साहब से सबक पढ़कर अपनी जगह पर आया नहीं कि बिलकुल साफ। तुम जो पढ़ाते थे, वह बिना याद किये ही याद हो जाता था। तुम तब भी बड़े जहीन थे।'

यह कहकर उन्होंने मुझे सगर्व-नेत्रों से देखा।

मैं बचपन के साथियों को देखकर फूल उठता हूँ। सजल नेत्र होकर बोला—'मैं तो जब तुम्हें देखता हूँ, तो यही जी में आता है कि दौड़कर तुम्हारे गले लिपट जाऊँ। 45 वर्ष का युग मानो बिलकुल गायब हो जाता है। वह मकतब आँखों के सामने फिरने लगता है। और बचपन सारी मनोहरताओं के साथ ताजा हो जाता है।'

बलदेव ने भी द्रवित कंठ से उत्तर दिया—'मैंने तो भाई, तुम्हें सदैव अपना इष्टदेव समझा है। जब तुम्हें देखता हूँ, तो छाती गज-भर की हो जाती है कि वह मेरा बचपन का संगी जा रहा है, जो समय आ पड़ने पर कभी दगा न देगा। तुम्हारी बड़ाई सुन-सुनकर मन-ही-मन प्रसन्न हो जाता हूँ, लेकिन यह बताओ, क्या तुम्हें खाना नहीं मिलता? कुछ खाते-पीते क्यों नहीं? सूखते क्यों जाते हो? घी न मिलता हो, तो दो-चार कनस्टर

भिजवा दूँ। जब तुम भी बूढ़े हुए, खूब डटकर खाया करो। अब तो देह में जो कुछ तेज और बल है, वह केवल भोजन के अधीन है। मैं तो अब भी सेर-भर दूध और पाव-भर घी उड़ाये जाता हूँ। इधर थोड़ा मक्खन भी खाने लगा हूँ। जिन्दगी-भर बाल-बच्चों के लिए मर मिटे। अब कोई यह भी नहीं पूछता कि तुम्हारी तबियत कैसी है। अगर आज कंधा डाल दूँ, तो कोई एक लोटे पानी को न पूछे। इसलिए खूब खाता हूँ और सबसे ज्यादा काम करता हूँ। घर पर अपना रोब बना हुआ है। वही जो तुम्हारा जेठा लड़का है, उस पर पुलिस ने एक झूठा मुकदमा चला दिया है। जवानी के मद में किसी को कुछ समझता नहीं। है भी अच्छा-खासा पहलवान। दरोगाजी से एक बार कुछ कहा-सुनी हो गयी। तब से घात में लगे हुए थे। इधर गाँव में एक डाका पड़ गया। दारोगाजी ने तहकीकात में उसे भी फाँस लिया। आज एक सप्ताह से हिरासत में है। मुकदमा मुहम्मद खलील, डिप्टी के इजलास में है और मुहम्मद खलील और दारोगाजी से दाँत-काटी रोटी है। अवश्य सजा हो जायेगी। अब तुम्हीं बचाओ, तो उसकी जान बच सकती है। और कोई आशा नहीं है। सजा तो जो होगी वह होगी ही; इज्जत भी खाक में मिल जायेगी। तुम जाकर हाकिम-जिला से इतना कह दो कि मुकदमा झूठा है, आप खुद चलकर तहकीकात कर लें! बस, देखो भाई, बचपन के साथी हो, 'नहीं' न करना। जानता हूँ, तुम इन मुआमलों में नहीं पड़ते और तुम्हारे-जैसे आदमी को पड़ना भी न चाहिए। तुम प्रजा की लड़ाई लड़ने वाले जीव हो, तुम्हें सरकार के आदमियों से मेल-जोल बढ़ाना उचित नहीं; नहीं तो जनता की नजरों से गिर जाओगे। लेकिन यह घर का मुआमला है। इतना समझ लो कि मुआमला बिलकुल झूठ न होता, तो मैं कभी तुम्हारे पास न आता। लड़के की माँ रो-रोकर जान दिये डालती है, बहू ने दाना-पानी छोड़ रखा है। सात दिन से घर में चूल्हा नहीं जला। मैं तो थोड़ा-सा दूध पी लेता हूँ, लेकिन दोनों सास-बहू तो निराहार पड़ी हुई हैं, अगर बच्चा को सजा हो गयी, तो दोनों मर जायेंगी। मैंने यही कहकर उन्हें ढाढ़स दिया है कि जब तक हमारा छोटा भाई सलामत है, कोई हमारा बाल बाँका नहीं कर सकता। तुम्हारी भाभी ने तुम्हारी एक पुस्तक पढ़ी है। वह तो तुम्हें देवतुल्य समझती है और जब कोई बात होती है, तुम्हारी नजीर देकर मुझे लज्जित करती है। मैं भी साफ कह देता हूँ—मैं उस छोकरे की-सी बुद्धि कहाँ से लाऊँ? तुम्हें उसकी नजरों से गिराने के

लिए तुम्हें छोकरा, मरियल सभी कुछ कहता हूँ, पर तुम्हारे सामने मेरा रंग नहीं जमता।'

मैं बड़े संकट में पड़ गया। मेरी ओर से जितनी आपत्तियाँ हो सकती थीं, उन सबका जवाब बलदेवसिंह ने पहले ही से दे दिया था। इनको फिर दुहराना व्यर्थ था। इसके सिवा कोई जवाब न सूझा कि मैं जाकर साहब से कहूँगा। हाँ, इतना मैंने अपनी तरफ से और बढ़ा दिया कि मुझे आशा नहीं कि मेरे कहने का विशेष ख्याल किया जाये, क्योंकि सरकारी मुआमलों में हुक्काम हमेशा अपने मातहतों का पक्ष लिया करते हैं।

बलदेवसिंह ने प्रसन्न होकर कहा—'इसकी चिन्ता नहीं, तकदीर में जो लिखा है, वह तो होगा ही। बस, तुम जाकर कह भर दो।'

'अच्छी बात है।'

'तो कल जाओगे?'

'हाँ अवश्य, जाऊँगा?'

'यह जरूर कहना कि आप चलकर तहकीकात कर लें।'

'हाँ, यह जरूर कहूँगा।'

'और यह भी कह देना कि बलदेवसिंह मेरा भाई है।'

'झूठ बोलने के लिए मुझे मजबूर न करो।'

'तुम मेरे भाई नहीं हो? मैंने तो हमेशा तुम्हें अपना भाई समझा है।'

'अच्छा, यह भी कह दूँगा।'

बलदेवसिंह को विदा करके मैंने अपना खेल समाप्त किया और आराम से भोजन करके लेटा। मैंने उससे गला छुड़ाने के लिए झूठा वादा कर दिया। मेरा इरादा हाकिम-जिला से कुछ कहने का नहीं था। मैंने पेशबन्दी के तौर पर पहले ही जता दिया था कि हुक्काम आमतौर पर पुलिस के मुआमलों में दखल नहीं देते; इसलिए सजा हो भी गयी, तो मुझे यह कहने की काफी गुंजाइश थी कि साहब ने मेरी बात स्वीकार नहीं की।

कई दिन गुजर गये थे। मैं इस वाकिये को बिलकुल भूल गया था। सहसा एक दिन बलदेवसिंह अपने पहलवान बेटे के साथ मेरे कमरे में दाखिल हुए। बेटे ने मेरे चरणों पर सिर रख दिया और अदब से एक किनारे खड़ा हो गया। बलदेवसिंह बोले—'बिलकुल बरी हो गया भैया!

साहब ने दारोगा को बुलाकर खूब डाँटा कि तुम भले आदमियों को सताते और बदनाम करते हो। अगर फिर ऐसा झूठा मुकदमा लाये, तो बर्खास्त कर दिये जाओगे। दारोगाजी बहुत झेंपे। मैंने उन्हें झुककर सलाम किया। बचा पर घड़ों पानी पड़ गया। यह तुम्हारी सिफारिश का चमत्कार है, भाईजान! अगर तुमने मदद न की होती, तो हम तबाह हो गये थे। यह समझ लो कि तुमने चार प्राणियों की जान बचा ली। मैं तुम्हारे पास बहुत डरते-डरते आया था। लोगों ने कहा—उनके पास नाहक जाते हो, वह बड़ा बेमुरौवत आदमी है, उसकी जात से किसी का उपकार नहीं हो सकता। आदमी वह है; जो दूसरों का हित करे। वह क्या आदमी है, जो किसी की कुछ सुने ही नहीं। लेकिन भाईजान, मैंने किसी की बात न मानी। मेरे दिल में मेरा राम बैठा कह रहा था—तुम चाहे कितने ही रूखे और बेलाग हो; लेकिन मुझ पर अवश्य दया करोगे।'

यह कहकर बलदेवसिंह ने अपने बेटे को इशारा किया। वह बाहर गया और एक बड़ा-सा गट्ठर उठा लाया, जिसमें भाँति-भाँति की देहाती सौगातें बँधी हुई थीं। हालाँकि मैं बराबर कहे जाता था—'तुम ये चीजें नाहक लाये, इनकी क्या जरूरत थी, कितने गँवार हो, आखिर तो ठहरे देहाती, मैंने कुछ नहीं कहा, मैं तो साहब के पास गया भी नहीं, लेकिन कौन सुनता है। खोया, दही, मटर की फलियाँ, अमावट, ताजा गुड़ और जाने क्या-क्या आ गया।'

मैंने कहने को तो एक तरह से कह दिया—'मैं साहब के पास गया ही नहीं, जो कुछ हुआ, खुद हुआ, मेरा कोई एहसान नहीं है,' लेकिन उसका मतलब यह निकाला गया कि मैं केवल नम्रता से और सौगातों को लौटा देने का कोई बहाना ढूँढ़ने के लिए ऐसा कह रहा हूँ। मुझे इतनी हिम्मत न हुई कि मैं इस बात का विश्वास दिलाता। इसका जो अर्थ निकाला गया, वही मैं चाहता था। मुफ्त का एहसान छोड़ने का जी न चाहता था, अन्त में जब मैंने जोर देकर कहा कि किसी से इस बात का जिक्र न करना, नहीं तो मेरे पास फरियादों का मेला लग जायेगा, तो मानो मैंने स्वीकार कर लिया कि मैंने सिफारिश की—और जोरों से की।

———————